1162

Katarina von Bredow

Zum Glück allein

Roman

Aus dem Schwedischen von
Maike Dörries

EIN **GULLIVER** VON **BELTZ & GELBERG**

Herzlichen Dank an Ewa Rosén
von der Suchtzentrale in Växjö.

www.gulliver-welten.de
© 2008, 2009 Beltz & Gelberg
in der Verlagsgruppe Beltz · Weinheim Basel
Alle deutschsprachigen Rechte vorbehalten
Die schwedische Originalausgabe erschien u. d. T.
Räcker det om jag älskar dig? bei Rabén & Sjögren, Stockholm
© 2006 Katarina von Bredow
Aus dem Schwedischen von Maike Dörries
Lektorat: Susanne Härtel
Neue Rechtschreibung
Markenkonzept: Groothuis, Lohfert, Consorten, Hamburg
Einbandgestaltung: Cornelia Niere, München
unter Verwendung eines Fotos von plainpicture/Schuster, A.
Gesamtherstellung: Druck Partner Rübelmann, Hemsbach
Printed in Germany
ISBN 978-3-407-74162-2
1 2 3 4 5   13 12 11 10 09

Es ist etwas in deinen Augen.
Etwas, das dort fehlt. Oder das vielleicht dort ist,
aber vorher nicht dort war.
Ich weiß es nicht so genau.
Es geht uns doch wunderbar. Wir haben alles.
Oder etwa nicht?

»MANCHMAL HABE ICH DAS GEFÜHL, er versteht überhaupt nicht, was ich sage.« Alexandra seufzt. »Oder er will es nicht verstehen. Hörst du, Fanny? Vielleicht will er es ja gar nicht verstehen! Aber man muss doch miteinander reden. Wenn man nicht miteinander reden kann, ist das Ganze doch sowieso für die Tonne, oder nicht?«

»Mm«, sage ich abwesend und blättere weiter in der Zeitung. Heute sind sogar mehrere Annoncen drin. Eine Zweizimmerwohnung draußen in Rosbäck. Da sollte man vielleicht anrufen. Ist nicht unbedingt die tollste Gegend, aber dafür sicher auch nicht so teuer.

»*Oder nicht?*«, wiederholt Alexandra mit Nachdruck.

Ich hebe den Blick.

»Was? Ja, nein, klar, natürlich muss man miteinander reden.«

Alexandra seufzt noch einmal und streicht das Haar zurück. Ihr mittelbrauner, langer Haarschwall ist seit neuestem nicht mehr mittelbraun. Gestern hat sie eine Tönung mit der Bezeichnung »Tulpe« einmassiert und jetzt ist ihr Haar dunkellila. Aber es steht ihr, betont ihren Blick.

»Ich glaube, ich mache Schluss«, sagt sie. »Er ist ohnehin nicht der, für den ich ihn gehalten habe.«

Ich grinse. »Das sind sie doch nie.«

»Ja, stell dir vor, das sind sie nicht! Aber was weißt du denn schon, du hast ja Johan!«

Klar. Wo sie recht hat, hat sie recht.

7

»Vielleicht sollte man denjenigen, mit dem man zusammen ist, auch richtig kennen lernen wollen«, sage ich. »Offen sein für Überraschungen. Sich nicht darauf versteifen, dass er der Traummann bleibt, für den man ihn gehalten hat. Johan ist eine reale Person, auch er hat weniger gute Seiten, wie jeder von uns. Das gehört dazu.«

Alexandra beugt sich so ungestüm über den Tisch, dass eine Tulpensträhne in ihren Kaffeebecher taucht.

»Gibt's Grund zur Klage?«, fragt sie mit hoffnungsvollem Lächeln. »Lass es mich wissen, wenn du die Nase voll von ihm hast, ich stelle mich als Erste in die Schlange!«

»Dream on, baby!«, antworte ich und wende meine Aufmerksamkeit wieder den Wohnungsanzeigen zu.

Um uns herum füllt sich das Café allmählich. Wir hatten heute früh Schluss, und als wir kamen, war es noch ganz leer.

Das Miranda ist seit Jahren der Treffpunkt Nummer eins der Schüler. Im Grunde ist es ziemlich abgewrackt. Die Stühle sind die gleichen, so lange ich zurückdenken kann. Höllenschwere Monster aus weiß gestrichenem Gusseisen mit minzgrünen, fadenscheinigen Bezügen. Das Kreischen, das sie bei jedem Verrücken auf dem Steinfußboden von sich geben, lässt die Ohren aus Selbstschutz schrumpfen. Wahrscheinlich ist es zu teuer, neues Mobiliar zu kaufen, aber wenigstens neue Bezüge auf den Stühlen und ein bisschen frische Farbe an den Wänden täten dem Miranda wirklich gut. Mama verlässt das Haus auch nie, ohne sich zu schminken. Sie sagt immer, alte Frauen wären wie Boote, mit ein bisschen frischer Farbe sehen sie aus wie neu. Vor ein paar Tagen habe ich genau das zu Karim gesagt, dem das Café gehört, worauf er sich in seinem Lokal umgesehen hat, als sähe er die Einrichtung zum ersten Mal. Was wahrscheinlich so ist, wenn man so lange wie er am gleichen Ort arbeitet. Ihm gehörte das Miranda schon, als Alexandras Mutter in unserem Alter war und dort zusammen mit ihren Freunden gehockt hat. Karim ist so eine Art stiller, aber immer anwesender Vater für einen Jahrgang Jugendlicher nach dem andern.

Ein Typ aus der Oberstufe schiebt sich so dicht an unserem Tisch vorbei, dass er fast die Zeitung mitreißt. Ich kann sie grade noch festhalten und streiche sie wieder glatt. Wie die neue Wohnung wohl aussehen wird? Und wo sie sein wird?

Im Zentrum wird auch eine Zweizimmerwohnung zum Verkauf angeboten. Einen Häuserblock von der Galleria entfernt. Aber die kostet bestimmt dreimal so viel wie die in Rosbäck und dafür reichen Johans Gehalt und mein Studienbafög nicht. Nein, wir brauchen eine Wohnung, die wenig Miete kostet. Es durchrieselt mich jedes Mal warm, wenn ich daran denke. Meine und Johans Wohnung. Unsere Wohnung.

Ich und mein Freund.

Das klingt so erwachsen.

Johan kann das nicht ganz nachvollziehen, aber das ist nicht weiter verwunderlich. Er hat schon seit ein paar Jahren eine eigene Wohnung und ich übernachte ziemlich oft dort, darum versteht er nicht ganz, wo da der Unterschied sein soll.

Alexandra beugt sich vor und guckt sich die Anzeige genauer an, auf der mein Finger hängen geblieben ist, während meine Gedanken abschweifen.

»Du spinnst ja«, sagt sie. »Die kostet garantiert eine halbe Million!«

Ich lache. »Ich weiß. Gucken kostet ja nichts. In Rosbäck gibt's auch was. Zwei Zimmer.«

9

»Das klingt ja schon wesentlich realistischer. Es ist dir offenbar wirklich ernst, was? Ihr wollt also wirklich zusammenziehen?«

»Wir wohnen ja schon mehr oder weniger zusammen. Aber seine Wohnung ist so verdammt klein. Erinnerst du dich noch an die Fete?«

Alexandra lacht.

»Jeder, der einen Platz hatte, musste jemand auf den Schoß nehmen. Oder sich in der Küchennische quetschen. Obwohl ich das ganz okay fand, ich durfte mich schließlich mit Rikard quetschen.«

»Ich hab nie verstanden, was du an ihm findest.«

»Nö, aber es hat mir gefallen. Er hat einen klasse Body, das lässt sich nicht abstreiten. Schade nur, dass er ansonsten komplett hohl ist.«

Alexandra nimmt mir die Zeitung weg und faltet sie zusammen.

»Weißt du was, Fanny? Eigentlich tust du mir echt leid. Überleg doch mal. So lange mit ein und demselben Typen zusammen zu sein und dann auch noch zusammenzuziehen und so weiter … Das ist doch das Ende. Eine Pralinenschachtel mit nur einer Sorte Pralinen. Da probier ich doch lieber ein paar verschiedene. Das solltest du auch tun, du hättest es verdient!«

»Vergiss es! Ich weiß genau, was du willst. Hast du nicht eben gesagt, du wärst die Erste in der Schlange?«

Alexandra lacht. »Ich und meine große Klappe.«

»Genau. Außerdem ist Johan meine Lieblingspraline in der Schachtel. Ich hätte überhaupt nichts dagegen, eine Schachtel Aladin aufzumachen, in der nur Drillingsnüsse sind.«

Alexandra sieht mich nachdenklich an.

»Nein, wahrscheinlich nicht, oder?«, sagt sie und wird plötzlich ernst. »In der Beziehung sind wir total verschieden. Ich wäre stinksauer, wenn nicht alle Sorten dabei wären. Selbst die ekligen.«

Ich erwidere ihren Blick und grinse. Alexandra muss immer alles in Bildern erklären. Sieht in allem eine Bedeutung. Das kann ganz schön nervig sein. Ist aber meistens auch ziemlich scharfsinnig. Indem sie solche Sachen sagt, öffnet sie immer wieder neue Türen im Sein. Was die Pralinenschachtel angeht, weiß ich noch nicht recht, ob ich es genial oder einfach nur bekloppt finde. Vielleicht beides.

Ihr tiefblauer Blick entlässt mich und gleitet über meine Schulter. Hinter mir kommt jemand. Gleich darauf landet ein Tablett auf unserem Tisch. An dem, was auf dem Tablett steht, weiß ich schon, wer gekommen ist. Zwei Latte mit Vanille- und Kakao-Aroma und zwei große Wassergläser bedeuten Sanna und Eleonor.

»Na, was tuschelt ihr hier rum?«, fragt Eleonor. »Habt ihr schon gehört, dass Andreas Bjarges eine große Abi-Party macht? Einen richtigen Ball. Im Schloss.«

»Herrengut«, berichtigt Sanna sie. »Helmersnäs ist ein Herrengut.«

»Ja, ja, aber es sieht aus wie ein Schloss am Wasser. Erik sagt, die hätten einen richtigen Ballsaal und wollen massig Leute einladen. Meint ihr, wir sind auch dabei?«

»Ihr solltet wohl eher Andreas fragen und nicht uns«, sagt Alexandra.

»Kannst du das nicht machen?«, bettelt Sanna. »Du hast doch schon mal mit ihm geknutscht.«

»Ein einziges Mal auf einer Fete«, sagt Alexandra.

»Ja«, sagt Sanna. »Und damit kennst du ihn eindeutig besser als wir.«

»Zumindest weißt du, was für eine Füllung er hat«, sage ich vielsagend zu Alexandra und lache.

»Es gibt bessere. Er ist Rumrosine, würde ich sagen. Aber die muss es ja auch geben.«

Eleonor schüttelt den Kopf über unser albernes Gegackere.

»Ihr seid echt gestört. Ich will gar nicht wissen, worüber ihr redet. Kennt Mister P. Andreas nicht auch? Sind die nicht irgendwie verwandt, Cousins oder so?«

Mister P., damit ist Johan gemeint.

P für Perfect.

Völlig albern, aber ich bin tierisch stolz, wenn die Mädels ihn Mister P. nennen. Früher habe ich ihn auch so genannt, wie alle anderen in der Siebten auf der Annelundsschule. Damals gingen wir noch in dieselbe Klasse, Sanna, Eleonor, Alexandra und ich. Johan ging in die Neunte. Keiner von uns hatte jemals ein Wort mit ihm gewechselt. Sanna und Eleonor sind jetzt auf dem Medienzweig und Alexandra und ich auf dem soziologischen. Johan hat ein Jahr lang IT gemacht, dann aber abgebrochen und entwirft inzwischen Websites für alle möglichen Unternehmen.

»Ich glaube nicht, dass sie Kontakt haben«, sage ich als Antwort auf Eleonors Frage. »Johan redet jedenfalls nie über ihn.«

»Cousin ist Cousin«, beharrt Eleonor. »Du kannst ihn ja wenigstens mal fragen.«

»Okay.«

»Super!« Sanna nimmt ihr Latte-Glas und rührt mit dem Löffel darin. Schiebt einen Klick weißen Milchschaum in den Mund. Mir fällt auf, dass sie bisher kaum was gesagt hat. Sonst ist sie immer die größte Quasselstrippe von uns vieren. In letzter Zeit sitzt sie eher schweigend daneben.

»Hast du den Job eigentlich gekriegt, für den du dich beworben hast?«, frage ich und versuche, sie in unser Gespräch einzubeziehen.

Sie sieht mich an und senkt genauso schnell wieder den Blick.

»Nein, aber das macht nichts«, antwortet sie hastig. »Ich kann den Sommer über im Napoli arbeiten, wenn ich will.«

»Jeden Tag gratis Pizza«, sagt Eleonor. »Stellt euch mal vor, wie fett sie werden wird!«

»Das wäre nur gerecht.« Alexandra grinst provozierend. »Warum darf ausgerechnet Sanna wie ein Filmstar aussehen und alle hübschen Jungs abgreifen?«

Sanna lacht leicht angestrengt und rührt noch intensiver in ihrer Latte. Der dunkle Pagenschnitt legt sich weich um ihr Gesicht, in dem sich leichte Röte ausbreitet.

»Hör auf«, sagt sie. »Wenn du vor mir da warst, ist eh nichts mehr übrig!«

»Ha, ha. Du kannst Pontus gerne haben«, sagt Alexandra großzügig. »Ich habe mich eben entschieden, dass er demnächst wieder frei ist.«

Eleonor schüttelt den Kopf und sieht uns geheimnisvoll an.

»Das will sie gar nicht. Sie hat was am Laufen, darauf wette ich. Aber sie sagt nichts. Nicht mal *mir*.«

Sannas leichte Röte geht in ein tiefes Rot über und sie funkelt Eleonor wütend an.

»O Mann, was redest du bloß für eine Scheiße!«, faucht sie.

Wir verstummen alle drei und sehen sie verdutzt an.

»Hoppala«, sagt Alexandra. »Empfindliches Thema?«

Sanna schnauft. »Ich finde nur, man sollte nicht so viel über Dinge reden, von denen man keine Ahnung hat.«

Ich trinke den letzten lauwarmen Schluck Kaffee aus meiner Tasse, krame einen Stift aus der Tasche und schreibe die Telefonnummer von der Wohnungsanzeige auf.

Rosbäck wäre völlig in Ordnung. Da ist ziemlich viel gemacht worden und die Busse gehen alle zehn Minuten.

DIE FREITAGABENDE SIND DAS BESTE.
Zusammen auf dem Sofa zu sitzen und zu wissen, dass wir das ganze Wochenende vor uns haben. Meistens leihen wir einen Film und kaufen was Leckeres ein, gegrilltes Hähnchen oder eine Tüte frische Garnelen und einen guten Käse. Manchmal besorgt Johan eine Flasche Wein. Obwohl ich nur ganz wenig trinke. Mama trinkt zu Hause so oft was, dass ich die Lust an allem Alkoholhaltigen verloren habe. Aber es hat trotzdem was Erwachsenes und Freitagsfeierliches, mit einem Wein zusammenzusitzen. Außerdem ist das was ganz anderes als Mamas einsames Gepichel. Ein paar Mal habe ich ein tolles Pastagericht zu Johans Wein gekocht. Das kann ich ziemlich gut.

Heute Abend gibt es selbst gemachten Hamburger. Johan brät das Fleisch und ich dekoriere die Brötchenhälften mit Dressing, Tomatenscheiben, Zwiebeln und Salatblättern. Wir schieben den Actionfilm rein, den wir unten in der Videoecke ausgeliehen haben. Johan trinkt sein Bier direkt aus der Dose und ich trinke eine Cola light.

Johans Wohnung besteht aus einem Zimmer mit Kochnische. Für eine Person ist das ja ganz in Ordnung. Aber sollte ich hier einziehen, wird es eng. Es gibt zum Beispiel nur einen Schrank. Und der ist nicht gerade üppig groß. Wie das Zimmer insgesamt. Das blau karierte Sofa ist gleichzeitig sein Bett. Dann gibt es noch einen Couchtisch, einen Schreibtisch mit Computer, eine Stereoanlage auf dem Boden und die Fernsehbank mit dem Fernseher und DVD-Spieler, ein paar Poster an den Wänden und zwei gardinenlose Fenster. Eigentlich eher ein Jungenzimmer als die Wohnung eines Erwachsenen. Im besten Fall könnte man es noch als Junggesellenbude bezeichnen. Aber die Junggesellenzeit ist jetzt ja vorbei.

Erwachsenenleben. Vielleicht irgendwann mal Kinder. Meine Gedanken gehen auf Wanderschaft. Ich sehe Johan mit einem Kinderwagen vor mir und muss grinsen.

Der Film fängt damit an, dass ein magerer Junge in einem Einkaufszentrum eine Sprengladung anbringt. Eine Schweißperle läuft über seine Schläfe, während er das tut, und er sieht sich nervös um. Wir versuchen, uns bei der Auswahl der Filme ein bisschen entgegenzukommen. Wir haben ja in vielen Dingen den gleichen Geschmack, aber das gilt nicht für die Unterhaltungsbranche. Johan mag Agententhriller, internationale Verschwörungen und drohende Terroranschläge, während ich mehr auf Romantik und Drama stehe. Glücklicherweise gibt es viele Filme, die von beidem was haben. Wahrscheinlich haben die Filmemacher irgendwann gemerkt, dass es eine Menge Paare gibt, die wie wir unterschiedliche Geschmäcker haben, aber trotzdem nicht drauf verzichten wollen, gemeinsam zu gucken.

In diesem Film überwiegt eindeutig die Action, aber das ist mir heute Abend irgendwie egal. Es ist nicht so wichtig. Ich beobachte Johan insgeheim von der Seite. Sein Blick klebt auf dem Bildschirm. Ich könnte ihn unentwegt angucken. Seine Kaumuskeln, die den Hamburger zermahlen, die schwarzen Wimpern, die gerade, leicht spitze Nase, die fülligen, kussfreundlichen Lippen und das schwarz gelockte Haar. Mister P. Mein Mister P. Und das wohlig warme Gefühl in mir. Wie ein

16

weiches Kuscheltier, das mich von innen wärmt, wenn Johan neben mir sitzt.

»Heute stand eine Zweizimmerwohnung in Rosbäck in der Zeitung«, sage ich.

Johan reißt den Blick vom Fernseher los.

»Was …?«

»Eine Zweizimmerwohnung. In Rosbäck. Ich hab die Nummer aufgeschrieben.«

Er nickt und guckt weiter.

»Die ist vielleicht nicht so teuer«, sage ich. »Nicht in der Gegend.«

»Ja, vielleicht«, sagt Johan.

»Vielleicht *nicht*«, verbessere ich ihn.

Johan sieht mich wieder an. Schluckt den Bissen runter, den er im Mund gehabt hat. »Was?«

»Die ist vielleicht *nicht* so teuer«, sage ich lachend. »Soll ich anrufen?«

»Jetzt?«

Ich zucke mit den Schultern. »Ja, warum nicht? Bevor jemand anders uns zuvorkommt und sie uns vor der Nase wegschnappt.«

Johans Blick wandert langsam von mir zum Fernseher und wieder zurück.

»Können wir nicht erst den Film zu Ende gucken und später darüber reden?«, fragt er.

Ich nicke. »Klar.«

Ich weiß ja, dass er nicht so dahinter her ist wie ich und dass seine Simultankapazität sehr begrenzt ist, aber deswegen bin ich trotzdem ein bisschen enttäuscht. Das scheint er zu spüren, weil er sich plötzlich zurücklehnt und den Arm um mich legt,

17

mich an sich zieht, auf die Wange küsst und ganz leicht an meinem Hals schnuppert.

»Meinetwegen können wir auch kurz unterbrechen«, sagt er und seine Stimme wird tiefer, ein bisschen heiser.

Ein schönes Kribbeln macht sich in mir breit.

»Die Hamburger werden kalt«, protestiere ich, weil er es mag, wenn ich am Anfang noch etwas Widerstand leiste.

»Ich wärme sie wieder auf«, sagt er und streichelt über meinen Bauch. Er drückt in dem Moment die Stopp-Taste, als eine leuchtend gelbe Explosion den Bildschirm füllt. Der Film verabschiedet sich und springt auf Nachrichten um. Da passiert auch grad was, eine echte Explosion, wahrscheinlich im Irak. Aber keiner von uns beiden interessiert sich dafür. Der Bildschirm wird ganz schwarz, als Johan ausschaltet.

Außer mit Johan habe ich nur noch mit einem anderen Jungen Sex gehabt. Er hieß Markus und war mein erster Freund. Wir waren nur elf Tage lang zusammen, an denen es die meiste Zeit darum ging, wann ich mich endlich trauen würde, mit ihm zu schlafen. Am Schluss gab ich nach, legte mich auf den Rücken und machte die Beine breit. Es hat irgendwie geschnalzt, als er in mich reinkam, ungefähr so, wie wenn ein Gummiband reißt. Danach hat es ein bisschen gebrannt und das Laken bekam ein paar Blutflecken ab. Traumatisch war es nicht unbedingt, aber auch nichts, wofür ich durchs Feuer gehen würde, um es noch mal zu erleben. Markus war, glaube ich, auch nicht wirklich begeistert. Drei Tage später hat er mit mir Schluss gemacht.

Da konnte ich ja noch nicht ahnen, dass mein nächster Freund Mister P. sein würde. Geschweige denn, dass er mich überhaupt wahrnahm, von meiner Existenz wusste.

Seiner Existenz waren wir uns dafür umso mehr bewusst, wie schon gesagt. Als er die neunte Klasse beendet hatte, gingen wir so oft wie möglich in das Café vom Dahlberggymnasium. Freistunden und längere Mittagspausen verbrachten wir grundsätzlich dort. Natürlich nicht nur, um einen Blick auf Johan zu erhaschen, es gab noch eine Menge andere spannende Dinge zu sehen, auch wenn Johan natürlich bei allen ganz oben auf der Wunschliste stand. Ein Jahr später brach er dann die Schule ab. Danach sahen wir ihn ab und zu in der Stadt, aber ansonsten mussten wir uns andere Ziele ausgucken, denen wir hinterherschmachten konnten. Ich suchte mir Markus. Der Bringer war das nicht, aber irgendwie und irgendwann muss man seine Unschuld ja mal loswerden und zumindest das hat er geschafft.

Alexandra, die nach dem Motto lebt: Zu viel des Guten ist gerade gut genug, hatte schon eine ganze Reihe Freunde. In der zehnten Klasse war sie beispielsweise mit einem blassen, poetischen Typen zusammen, der Stig hieß. Nachdem sie Schluss gemacht hatten, war sie lustigerweise mit einem anderen Typen zusammen, der auch Stig hieß. Ansonsten war er komplett anders. Ein gut durchtrainierter, sonnengebräunter Typ aus der Zwölften.

Zum Abschluss der Elften, also vor ungefähr einem Jahr, waren wir bei einem Grillfest unten am Moasjö gewesen. Wir sind in einer ganzen Gruppe hingeradelt. Alexandra, ich, Sanna, Eleonor und Johanna. Es war ein schöner Abend. Lauwarm, keine Mücken und gute Stimmung. Jeder hatte was zum Grillen mitgebracht. Die meisten aßen Würstchen, aber da Eleonor und Johanna Veganerinnen sind, hatten wir schön bunte Grillspieße mit Paprika, Zwiebeln, Champignons und so weiter dabei. Sanna hatte eine superleckere Sauce dazu gemacht. Rot und ziemlich scharf.

Als es zu dämmern begann, gingen im Garten vor dem Herrensitz von Helmersnäs die Lichter an und spiegelten sich im Wasser. Schmale Rinnsale aus Licht streckten sich bis zu unserem Badeplatz herüber. Irgendjemand hatte Musik dabei und alle waren gut gelaunt und kaum einer besoffen. Jedenfalls nicht sturzbesoffen. Anton und Rambo setzten sich zu uns und wir hatten richtig Spaß. Rambo heißt eigentlich Niklas, aber wir nannten ihn schon seit Jahren Rambo. Warum, weiß ich nicht mehr. Wenn er in Form ist, langweilt sich niemand. Er ist etwas kräftig und hat schwarzes, kurz geschorenes Haar, ein kantiges Gesicht und funkelnde Augen. Und immer einen coolen Spruch auf den Lippen und verrückte Einfälle. Doch, der Abend war supernett, es wurde ziemlich spät.

Ganz unbemerkt hatten sich riesige, dunkelgraue Wolken über uns zusammengeballt, und plötzlich brach ein Unwetter los, mit Blitzen, die alles in weißgrelles Licht tauchten. Eine Sekunde später tat es einen gigantischen Knall, eine gewaltige Detonation direkt über uns, und alle schrien hysterisch auf und düsten in sämtlichen Richtungen auseinander, als ob man vor den Urgewalten der Natur davonlaufen könnte.

»Da scheint Thor aber eine Laus über die Leber gelaufen zu sein«, sagte Alexandra, die selten die Beherrschung verlor.

Ihre Gelassenheit übertrug sich auf mich, und obwohl mein Herz wie verrückt raste, sammelten wir in aller Ruhe Teller, Gläser und Jacken ein. Auf dem Weg zu unseren Fahrrädern kam der nächste Knall, die ersten Regentropfen klatschten uns ins Gesicht. Fünf Sekunden später öffnete der Himmel alle Schleusen und eine Sintflut prasselte auf uns herab. Es waren nur noch wenige Meter bis zu dem überdachten Fahrradstand, trotzdem waren wir nass bis auf die Haut, als wir dort ankamen. Alexandra sah mich mit glänzenden Augen an und lachte, die Schminke lief ihr in Streifen übers Gesicht. Der Regen trommelte so laut auf das Wellblechdach, dass ich befürchtete, es könnte über uns zusammenbrechen. Jede Unterhaltung war unmöglich.

Und da, unter dem Fahrradstand, während ich so vor mich hin bibberte, durchnässt und aufgedreht, passierte es. An einem der absolut unglaublichsten Augenblicke im Leben! Eine lange Gestalt kam durch den Regen auf uns zu gerannt und tauchte unter das Dach. Johan. Mister Perfect. Und er sah mir direkt in die Augen. Ich konnte mich nicht erinnern, dass er mich vorher überhaupt jemals angesehen hätte. Aber da und dort sah er mir direkt in die Augen und schrie durch das Trommeln des Regens: »Ich hab noch einen freien Platz im Auto! Willst du mitfahren?!«

Im Kino wirft die Angesprochene immer einen Blick hinter sich, wenn sie nicht glauben kann, dass die Frage an sie gerichtet ist. Genau das tat ich auch. Im Ernst. Aber da stand niemand.

Stattdessen sah ich Alexandra an, die mich einen Augenblick lang fragend fixierte. Dann grinste sie breit und nickte aufmunternd.

»Wir kommen schon klar!«, rief sie.

Johans Locken klebten nass an seinem Kopf, an seiner Nasenspitze hing ein Wassertropfen und seine Augen strahlten mich durch die Dunkelheit an.

»Ja, gerne!«, schrie ich durch den Geräuschvorhang und mein Herz schlug noch heftiger als vorher bei der Explosion des Himmels.

Eine Sekunde später lief ich hinter ihm her durch den Wolkenbruch und schlüpfte auf den Beifahrersitz des Jetta. Hinten saßen drei Leute, die ich nicht kannte. Noch nicht. Inzwischen weiß ich, dass es Jesper, Lena und Zacke waren. An diesem Abend oder besser in dieser Nacht war mir scheißegal, wer auf der Rückbank saß. Mich interessierte ausschließlich, wer am Steuer saß, und die Tatsache, dass er ausgerechnet mich gefragt hatte.

Später wollte ich natürlich von ihm wissen, warum. Warum um alles in der Welt ausgerechnet ich?

Da lächelte er nur und antwortete: »Du sahst so bemitleidenswert nass aus!«

Dabei waren wir alle gleich nass gewesen. Fünf bis auf die Haut durchnässte Mädchen unter dem Dach eines Fahrradschuppens, von denen mindestens zwei viel hübscher waren als ich. Die Antwort hat mich nicht sonderlich befriedigt. Aber es ist die einzige, die ich bisher bekommen habe.

Eine halbe Stunde später hatte er die drei anderen Mitfahrer an unterschiedlichen Stellen abgesetzt. Wir saßen alleine in seinem Auto. Johan fuhr gemütlich durch den Regen. Eine Weile sah es so aus, als würde der Regen nachlassen, aber bald darauf lud er wieder nach und die Straßenlaternen und Spotlights der Schaufenster wurden zu glimmernden Lichtstreifen auf der Windschutzscheibe. Die Scheibenwischer sausten hektisch hin und her, kamen aber nicht gegen die Wassermassen an, die sich über uns ergossen. Die Lüftung lief auf vollen Touren. Unsere nassen Kleider dampften. Es war alles so unwirklich. Und gleichzeitig das Wirklichste, was ich je erlebt habe.

Wir unterhielten uns über das Fest und das Gewitter, die plötzliche Panik. Johan erzählte von einem Freund, der über eine Flasche mit Selbstgebranntem gestolpert war und sich das Gesicht blutig geschlagen hatte.

»Woraus man lernt, dass nicht nur das Trinken von Alkohol die Gesundheit gefährdet«, sagte er grinsend.

Es war erstaunlich leicht, mit ihm zu reden. Die Worte flossen ungehindert zwischen uns, obwohl ich normalerweise in so einer Situation keinen Ton herausbekommen hätte. Aber jetzt erzählte ich ihm, ohne weiter darüber nachzudenken, wieso ich so gut wie keinen Alkohol trank, und nach einem langen und intensiven Gespräch stellte er den Wagen ab und küsste mich. Ah ja, schon klar, wieder eine Braut flachgelegt, egal wen, dachte ich, er konnte ja wohl schlecht nach Hause fahren ohne eine neue Eroberung. Ich war ein ganz klein bisschen enttäuscht, aber hauptsächlich geschmeichelt, und erwiderte seinen Kuss, kam seiner Zunge entgegen und der Wärme seiner Hand in meinem Nacken.

Danach fragte er, wo ich wohne, und ich sagte es ihm, und zu meinem unsäglichen Erstaunen fuhr er mich nach Hause und ließ mich aussteigen, ohne den geringsten Versuch, mir an die Wäsche zu gehen.

Und schon wieder war ich enttäuscht. Und erleichtert. Irgendwas muss ich ja wohl falsch gemacht haben, dachte ich, wenn er mich einfach so absetzt und weiterfährt. Ich bereute es, ihm von Mama erzählt zu haben. Warum ausgerechnet ihm, einem wildfremden Menschen, wo ich noch nicht einmal mit Alexandra darüber gesprochen hatte?

Das war an einem Freitag.

Am Montag danach tauchte er in der Schulkantine auf. Ich hatte gerade einen Bissen Bratfisch und Kartoffel im Mund, und als Johan durch die große Doppeltür kam, war ich nicht

23

mehr in der Lage, ihn runterzuschlucken. Als hätte mein Körper vergessen, wie man das macht. Alle normalen Reflexe waren auf einen Schlag aus meinem biologischen Speicher gelöscht. Vor den Augen aller Anwesenden (und das waren viele) suchte er den Saal ab, bis er mich entdeckte, und kam dann in Slow Motion – so kam es mir wenigstens vor – auf den Tisch zu, an dem ich saß, blieb vor mir stehen und sagte: »Ich hab ganz vergessen zu fragen, wie du heißt.«

Ich kaute und kaute, konnte aber immer noch nicht schlucken. Aber mit vollem Mund wollte ich nicht antworten. Ich wollte nicht, dass er die unappetitliche Mischung aus weich gebratenem Fisch, Kartoffeln und Sauce béarnaise sah, zu diesem Zeitpunkt unnormal gründlich durchgekaut. Der Gesundheitsdienst hätte mir wahrscheinlich einen Orden für meine Kautechnik verliehen.

»Fanny«, sprang Alexandra von der anderen Seite des Tisches helfend ein. »Fanny Wallin.«

Johan sah von mir zu ihr und wieder zu mir und ich nickte zustimmend. Fanny Wallin. So hieß ich. Absolut. Besonders heute.

»Okay«, sagte Johan. »Ich rufe dich heute Abend an.«

Ich nickte wieder und Johan drehte sich um und ging.

Alexandra strahlte mich begeistert an. »Wow!«, sagte sie. »Wow, Fanny! Wie hast du das angestellt?!«

Ich merkte, wie der vorher geschluckte Fisch sich aus dem üblichen Kreislauf des Körpers löste und gegen den Strom die Speiseröhre nach oben wanderte. Ich fuhr vom Stuhl hoch, drängte mich zwischen den Tischen hindurch, raus durch die große Garderobe und in die Toilette. Ich schaffte es nicht mal mehr, die Tür abzuschließen, so schnell musste ich mich über die Kloschüssel beugen und kotzen. An dieser Stelle hätte das Gesundheitsamt die Medaille natürlich zurückgefordert, aber was spielte das für eine Rolle? Noch nie hatte ein glücklicheres Mädchen auf der Toilette vor unserer Kantine gekotzt, so viel ist sicher.

NACHDEM WIR MITEINANDER GESCHLAFEN HABEN, pennt er ein. Das ist noch nie passiert, aber ich hab gelesen, dass das bei Männern oft so ist. Das ist normal. Vielleicht ein Zeichen dafür, dass er ganz entspannt ist und sich sicher mit mir fühlt. Beziehungen entwickeln, verändern sich. Irgendwann geht der anfängliche Liebesrausch in eine tiefere, beständigere Liebe über.

Ich liege auf dem Sofa und spüre das Gewicht seines Körpers auf mir und seinen Atem an meinem Hals, den dünnen, feuchten Streifen Sperma auf meinem Oberschenkel. Näher als so kann man sich nicht kommen. Das ist das vollkommene Glück.

Wenn ich die Hand so weit ausstrecke wie möglich, kann ich die Fernbedienung auf dem Sofatisch erreichen. Ich ziehe sie mit den Fingerspitzen zu mir her. Ist es wohl sehr taktlos, wenn ich den Fernseher ganz leise anschalte? Ich lausche eine Weile auf seinen Atem, bevor ich vorsichtig aufs Erste schalte. Der Ton dröhnt viel zu laut los und ich presse eilig den Daumen auf die Lautstärketaste. Als kaum noch was zu hören ist, zappe ich mich durch die Kanäle. Im Dritten läuft ein Film, der eine Liebeskomödie sein könnte. Ich lasse ihn laufen. Liege ganz still und lese den Untertext und fühle Johans Körper an meinem. Ein schönes Gefühl. Doch. Unsere Beziehung hat sich entwickelt. Wir sind wie ein Ehepaar. Er schläft und sie guckt Fernsehen. Eben noch haben sie miteinander geschlafen, aber das hat so einen selbstverständlichen Platz in ihrem Leben, dass man hinterher nicht mehr viel Zeit damit vertun muss. Das ist

ganz normal. Schön. Obwohl mein linkes Bein gleich einschläft. Und meine rechte, unbedeckte Seite ist schon ganz kalt.
Ob er aufwacht, wenn ich mich vorsichtig unter ihm raus-
schiebe?

Nach einer weiteren Viertelstunde versuche ich, mich nach
rechts zu drehen. Johan wacht natürlich auf, stöhnt und dreht
sich auf den Rücken.

»Entschuldige«, sage ich. »Ich wollte nur kurz Mama anrufen. Ich habe irgendwie ein ungutes Gefühl, weil sie doch allein
zu Hause ist, na ja, du weißt schon ...«

»Mm ...«, brummelt er.

Eigentlich hatte ich überhaupt nicht vor, Mama anzurufen.
Weil ich keine Lust auf ihre schleppend sentimentale und lie-
bevolle Stimme habe, die sie freitags so oft kriegt. Ich will ihre
benebelten Liebesbeteuerungen nicht hören, die das Ziehen im
Unterleib und die Wut wecken, das schlechte Gewissen, den
Schmerz und die Verachtung. Diese nagende Gefühlsmi-
schung, die niemand gegen seine Mutter hegen sollte.

Ich rufe trotzdem an. Und nicht nur, weil ich es zu Johan gesagt habe.

»Vanja Wallin?«

Bei ihr klingt es immer wie eine Frage, wenn sie ans Telefon
geht. Als wäre sie unsicher, ob sie es wirklich ist. Zumindest
kommt der Name klar und deutlich. Dann hat sie noch nicht zu
viel getrunken.

»Hallo, Mama, ich bin's.«

»Hallo, Schatz! Wie geht es dir? Habt ihr es euch schön gemacht?«

»Ja, ja. Und selber?«

»Ach ja, ich sitze auf dem Sofa und gucke Fernsehen. Im

Dritten läuft ein ganz netter Film. Kommst du heute Abend nach Hause oder übernachtest du bei Johan?«

»Ich übernachte wohl hier.«

Kurze Pause.

»Gut.«

»Ist doch okay, oder?«

Warum frage ich das? Natürlich ist das okay. Ich bin neunzehn Jahre alt und ich will so schnell wie möglich zu Hause ausziehen.

»Klar, natürlich«, antwortet sie hastig. »Dann sehen wir uns wohl morgen?«

»Ja, ich komme am Vormittag nach Hause.«

»Gut. Viel Spaß noch.«

»Mm, danke. Ebenso.«

Mein »ebenso« hallt noch eine Weile in meinem Kopf nach, nachdem wir aufgelegt haben. Ich sehe sie vor mir, wie sie drüben im zweiten Stock der Vegagatan 9 von dem Telefonhöckerchen aufsteht, sich mit der Hand durch das strähnchengebleichte Haar fährt, es im Nacken auflockert und auf dem Weg ins Wohnzimmer den Blick in den Flurspiegel vermeidet. Sie geht zum Bücherschrank, schiebt den Arm hinter die Lyrik-Sammelbände und zieht die Flasche heraus, die sie dort versteckt hat und von deren Existenz ich ihrer Meinung nach nichts weiß. Sie geht in die Küche, nimmt ein Glas und schenkt einen Daumen breit aus der Flasche ein. Schraubt eine Flasche Sprite Zero auf, zögert, trinkt den Wodka mit einer hastigen Bewegung aus und gießt einen neuen nach, bevor sie mit dem kohlensäurehaltigen Getränk auffüllt.

In meinem Magen bildet sich ein eiskalter Klumpen. Ich nehme den Hörer und rufe noch einmal an.

»Mama?«

»Ja?«

»Ich komme wohl doch nach Hause.«

»Wirklich? Aber meinetwegen musst du nicht kommen. Mütter, die ihren Kindern ein schlechtes Gewissen machen, gehören erschossen. Du weißt genau, wie ich darüber denke.«

»Ja, ich weiß. Mal sehen, was ich mache. Tschüs erst mal.«

Ich bleibe mit der Hand am Telefonhörer sitzen. Warum hockt sie jedes Wochenende alleine zu Hause? Sie könnte doch eine Freundin anrufen. Oder eine Kollegin. Vera, zum Beispiel. Vera ist lebenslustig und herzlich, mit einem ansteckenden Lachen. Single ist sie auch. Sie könnten zusammen ausgehen. Tanzen. Einen draufmachen.

Johan hat sich auf dem Sofa aufgesetzt. »Wie ist die Lage? Klang sie besoffen?«

Ich mag es nicht, wenn er so über Mama redet. Gut, sie trinkt definitiv zu viel, aber richtig besoffen ist sie eigentlich nie.

»Nein, schien alles in Ordnung zu sein«, antworte ich ausweichend.

Johan beißt in seinen Hamburger und legt ihn mit einer Grimasse zurück auf den Teller.

»Die müssen wir noch mal aufwärmen«, sagt er.

Er steht auf, schiebt seinen Hamburger auf meinen Teller und stellt das Ganze bei voller Leistung in die Mikrowelle.

Warmer Salat ist nicht unbedingt ein Hit. Lauwarme, rohe Zwiebeln auch nicht. Aber wir essen trotzdem zu Ende, nebeneinander auf dem Sofa. Und wieder sehen wir den mageren Mann eine Sprengladung anbringen.

Ich denke an die Zweizimmerwohnung in Rosbäck.

Zu Hause auszuziehen.

Muss ich dann auch jeden zweiten Abend zu Hause Kontrollanrufe machen, wenn ich mit Johan zusammenwohne? Sie ist ja wohl meine Mutter und nicht umgekehrt. Wenn sie sich abends unbedingt einen hinter die Binde kippen muss, ist das doch eigentlich nicht mein Problem.

Immer wieder die gleichen Gedanken, die nirgendwohin führen. Mich kein Stück voranbringen. Aber sie kriechen wie Schlangen durch meine Hirnwindungen. Wie sieht Freiheit aus?

»Soll ich mich nun auf die Anzeige melden oder nicht?«, frage ich.

Johan reißt seinen Blick von der Mattscheibe los. »Welche Anzeige?«

»Die Zweizimmerwohnung! In Rosbäck!«

»Ach so, ja … Also … Klar, ruf an, wenn du willst.«

»Aber du willst nicht, oder was?« Ich will nicht sauer klingen. Aber genau das tue ich.

»Doch, sicher«, sagt er abwehrend. »Ich finde nur, dass es uns so doch auch super geht. Warum diese Eile? Aber klar, wenn dir so viel daran liegt, dann ruf an. Aber … ist doch auch so alles okay, oder?«

»Ich will endlich zu Hause raus.«

»Klar. Das verstehe ich ja. Aber du …«

Bis jetzt ist sein Blick zwischen dem Film und mir hin- und hergesprungen, jetzt sieht er mich ordentlich an. Es macht mich fast nervös, dass er mir seine ganze Aufmerksamkeit zuwendet.

»Also«, sagt er. »Ich fände es ja eigentlich nicht schlecht, wenn du dir erst mal was Eigenes suchst. Ich kann dir aus

Erfahrung sagen, dass es gut ist, erst mal etwas Eigenes zu haben, bevor man … na ja, zusammenzieht und so weiter.«

Sein Blick beginnt zu flackern, und mir wird klar, dass er gerade etwas gesagt hat, das er schon länger mit sich rumschleppt, das er vor sich her geschoben hat, um die passende Gelegenheit abzuwarten. Seine Worte sind wie Nadelstiche.

»Aha«, sage ich. »So ist das also.«

Er beeilt sich, seine Worte zu entschärfen: »Aber, Fanny … du weißt genau, wie sehr ich dich mag, natürlich will ich auch irgendwann mit dir zusammenziehen, aber … Es ist wirklich gut, zuerst einmal zu testen, wie es ist, alleine zu leben. Einen privaten Bereich für sich zu haben, der nur dir gehört.«

»Klar«, sage ich. »Schon verstanden.«

»Nein, du verstehst gar nichts«, sagt er lachend. »Jetzt bist du sauer, das sieht man dir aus einem Kilometer Entfernung an.«

Er zieht mich an sich und umarmt mich, und ich denke, dass ich vielleicht wirklich alles nur missverstanden habe. Wahrscheinlich bin ich wegen Mama so vernagelt und genervt und nervös und …

»Ich mag dich wirklich«, murmelt er in mein Ohr. »Das weißt du doch, oder?«

»Mögen?«

»Lieben dann eben. Ist das besser? Bist du damit zufrieden?«
Ich nicke, kuschele mich an ihn und atme seinen Duft ein.

Johan streckt sich nach der Fernbedienung aus und startet den Film zum dritten Mal.

»Können wir uns den jetzt angucken?«, fragt er lächelnd.
»Sonst haben wir ihn ganz umsonst ausgeliehen.«

»Okay«, sage ich und erwidere sein Lächeln.

Seinem Lächeln kann ich einfach nicht widerstehen. Es breitet sich in mir aus wie ein Virus.

Als anderthalb Stunden später der Abspann über den Bildschirm läuft, überlegen wir kurz, ob wir noch irgendwohin gehen wollen, kommen aber zu dem Ergebnis, dass keiner von uns wirklich Lust hat. Stattdessen zappen wir uns noch eine Weile durch die Kanäle. Dann ziehen wir das Bettsofa aus und kriechen unter die Decke. Johan schläft ziemlich schnell ein, aber ich liege noch lange wach.

Irgendwann nach Mitternacht stehe ich auf, ziehe mich an, schreibe Johan eine Nachricht und gehe nach Hause.

GEGEN SECHS UHR KNALLT MIR DIE SONNE unbarmherzig ins Gesicht.

Als ich nach Hause gekommen bin, war es noch dunkel, und ich habe nicht daran gedacht, die Jalousie runterzuziehen. Ich habe an überhaupt nichts gedacht. Wollte nur in mein eigenes Bett. Mama war bei laufendem Fernseher auf dem Sofa eingeschlafen. Ich habe ihn nicht ausgeschaltet. Nicht mal das Licht habe ich ausgemacht. Ich habe nur ein paar Sekunden Mamas Gesicht betrachtet. Weit weg, aber nicht friedlich. Meine Mutter schläft nie »wie ein Baby«. Meine Mutter schläft mit einem gequälten Ausdruck, als läge der Schlaf wie eine Bleidecke auf ihr.

Auf dem Sofatisch stand ein Glas mit dem Rest einer farblosen Flüssigkeit. Daneben lag die Fernsehbeilage des *Aftonbladet*. Aber es war keine Flasche zu sehen. Wahrscheinlich, weil sie eventuell doch damit rechnen musste, dass ich nach Hause komme. Sie schämt sich. Will nicht, dass ich was merke.

Die Sonne im Gesicht, noch halb im Schlaf, aber widerstrebend zur Wachheit hingezogen, taucht eine Erinnerung auf. Eine Erinnerung, von der ich gar nicht wusste, dass ich sie habe.

Es ist spät nachts. Ich liege in meinem Kinderbett, einem ausziehbaren Teil mit Blumenschnitzereien am Fußende. Ich bin von lautem Zanken aufgewacht. Mama und Papa streiten selten, vielleicht bin ich deswegen aufgewacht. Aber die Lautstärke allein hätte mich wahrscheinlich nicht geweckt. Den ganzen Abend waren laute, feiernde Leute in der Wohnung gewesen. Aber jetzt sind nur noch Mamas und Papas Stimmen zu hören. Die anderen sind nach Hause gegangen.

»Begreifst du denn nicht, wie peinlich das ist!«, sagt Papas Stimme. »Du bist peinlich! Kannst du dir vorstellen, wie es ist, eine peinliche Frau zu haben?«

»Ach so, *dir* ist das peinlich?«, antwortet Mama schrill. »Hast du mal darüber nachgedacht, wie es mir geht? Alle wissen es! *Alle* wissen es, sage ich! Was glaubst du, wie das ist!«

»Niemand weiß etwas, weil es nichts zu wissen gibt! Das bildest du dir alles nur ein. Alkoholfantasien! Nichts sonst! Saufwahn! Du schiebst mir alle möglichen Sauereien in die Schuhe, wenn du betrunken bist. Und dann breitest du es … vor allen aus. Du bist krank, verdammt noch mal! Such dir Hilfe!«

»Klar! Lass mich doch einweisen! Das wäre dir doch sowieso das Liebste. Dann könnt ihr hier bei uns zu Hause ficken. In unserem Bett. Das wäre doch toll, oder? Für wie bescheuert hältst du mich eigentlich? Aber jetzt ist Schluss, verstehst du! Nimm deine verdammte Hure und fahr zur Hölle!!!«

Danach wieder Papas Stimme, dumpf, fast flüsternd: »Vanja, reiß dich zusammen! Denk an Fanny, verdammt noch mal!«

»Denk du doch selber an Fanny! Das wäre dann aber auch das erste Mal!«

»Geh ins Bett und schlaf deinen Rausch aus. Du bist betrunken.«

»Nicht so betrunken, dass ich …«

»Halt den Mund und geh ins Bett!«

An dieser Stelle reißt die Erinnerung ab, mit meinem Blick auf die weiße Blumenschnitzerei geheftet. Vielleicht hat sie ja getan, was er gesagt hat, und hat den Mund gehalten und sich schlafen gelegt.

34

Ich schlage die Augen auf und zwinge mich aus dem Bett. Bevor ich ins Bad gehe, werfe ich noch einen Blick ins Wohnzimmer. Das Sofa ist leer und das Glas weggeräumt. Und in der Küche ist ein beeindruckendes Frühstück gedeckt. Je betrunkener sie abends ist, desto ausgefallener das Frühstück. Als wollte sie damit etwas kompensieren. Als könnten Spiegeleier, bunt aufgeschnittene Paprika, Gurken und Tomaten, zwei Sorten Käse, frisch gepresster Orangensaft und frisch duftendes Brot den Rausch und die Scham vertreiben.

»Guten Morgen, mein Schatz. Schön, dass du nach Hause gekommen bist. Ich meine …« Sie zögert kurz. Richtet ihre Frisur. Lacht.

»Ich weiß schon, was du meinst«, sage ich. »Schön hast du das gedeckt.«

»Ich dachte … Ist ja schließlich Samstag. Kommt Alexandra vorbei?«

»Kann sein. Wir wollen heute Abend ins Kino.«

»Das finde ich wirklich gut.«

»Was?«

Mama zieht den Bademantelgürtel fester um die Taille. Stellt die kleinen, dünnen Gläser hin, die sie für Saft benutzt. »Na ja, dass ihr einen festen Tag habt, an dem ihr etwas zusammen unternehmt«, sagt sie. »Es passiert so schnell, dass man seine Freundinnen aus den Augen verliert, wenn man … du weißt schon, wenn man mit einem Jungen zusammen ist. Ich habe alle Freunde verloren, als Kenneth und ich geheiratet haben.«

»Mama?«

»Ja?«

»War er untreu? Habt ihr euch deswegen scheiden lassen?«

Ich stehe im Türrahmen zwischen Küche und Flur. Sie sieht mich an. Ihre graugrünen Augen halten mich fest, als bräuchte sie Zeit, eine Entscheidung zu treffen.

»Wie kommst du denn da drauf?«, fragt sie schließlich.

»Ich hab mich heute Nacht an etwas erinnert. An einen Streit.«

»Wieso erinnerst du dich an einen Streit? Wir haben nicht öfter gestritten als andere auch ... ich weiß nicht ... nicht oft, jedenfalls. Und du warst ja noch so klein, ein paar Jahre alt. Obwohl, wenn man's genau nimmt, ich habe auch frühe Kindheitserinnerungen. Was ist deine *allererste* Erinnerung?«

Immer diese Ausflüchte. Immer diese Versuche, das Thema zu wechseln, abzulenken.

»Könntest du mir bitte auf meine Frage antworten?«, sage ich.

»Ich will nichts Schlechtes über ihn sagen. Er ist dein Vater.«

»Aber ich will wissen, wer er war.«

Sie seufzt. Dann setzt sie sich und zeigt auf meinen Platz. Mein Stuhl unterm Fenster auf der anderen Seite des kleinen Tisches.

»Kenneth war ein netter Mann. Aber weißt du ... das Fleisch ist schwach. Ja, er war untreu. Mehrmals sogar. Meist nur ein Mal ... du weißt schon, One-Night-Stand, so was. Aber dann lernte er diese Frau kennen ... eine Kollegin von ihm ... Ich weiß eigentlich nicht sehr viel von ihr, aber die beiden haben sich immer häufiger getroffen, was letztendlich wohl auch der Grund für unsere Trennung war. Er konnte nicht ohne sie, und da fand ich, wenn sie ihm so wichtig war, dann ... Er konnte nicht sonderlich viel mit Kindern anfangen. Natürlich mochte er dich. Da bin ich ganz sicher. Aber er ... ich weiß nicht ... wir

36

waren nicht *das Wichtigste* für ihn. Das sollte die Familie aber sein, wenigstens die Kinder …«

Sie ringt sich die Worte ab. Klingt entschuldigend. Als könnte ich Schaden daran nehmen, zu erfahren, dass mein Vater ein Scheißkerl ist. Ich weiß so gut wie nichts über ihn. Ich weiß, dass er ein Boot- und Motorradfreak war mit dem großen Traum, einmal um die Welt zu segeln, aber er hatte noch nicht einmal Geld für eine Jolle. Aber ich habe keine Ahnung, wie er als Mensch war. Wie er war, wenn er mit uns zusammen war. Ich hätte noch nicht mal gewusst, dass sie geschieden sind, wenn ich nicht zufällig vor ein paar Jahren in einer Mappe die Scheidungsunterlagen gefunden hätte. Das Urteil war nur zwei Tage vor seinem Tod gefällt worden.

»Du brauchst nichts schönzureden«, sage ich. »War doch wahrscheinlich ganz gut, dass du ihn rausgeschmissen hast.«

Sie verzieht den Mund, mehr zu einer Grimasse als zu einem Lächeln.

»Na ja, was heißt rausgeschmissen. Ganz so war es nicht. Eher … Ich habe ihn gefragt, ob er sich vorstellen könnte, mehr Zeit und Energie ins Familienleben zu investieren, weil ich sonst irgendwie keinen Sinn in unserer Beziehung sähe. Das jedenfalls habe ich gesagt. Ich hatte wohl nicht wirklich damit gerechnet, dass … Aber, na ja, er hat sich sozusagen gleich ans Packen gemacht. Man könnte also besser sagen, dass ich ihn befreit habe. Von seinen Fesseln.«

Der letzte Satz kommt glasscharf. Da ist mehr Bitterkeit, als ich geahnt habe, und ich werde an Mamas Stelle wütend.

»Mama, ist schon in Ordnung. Sprich es ruhig aus, dass er ein kompletter Drecksack war. Das war er schließlich!«

Sie schüttelt den Kopf.

37

»Nein, war er nicht. Ganz und gar nicht. Wir hätten nur niemals heiraten dürfen. Er passte nicht ins Mama-Papa-Kind-Schema und … ja … Aber er war kein schlechter Mensch. Ohne ihn hätte ich dich nicht. Ich war ihm wohl einfach zu ernst. Das bin ich ja wirklich.«

»Bist du nicht! Er hat dich ernst gemacht! Wer ist schon gut drauf, wenn der eigene Mann in der Gegend rumvögelt?«

»Fanny, ich bitte dich! Was sind denn das für Ausdrücke!«

Die Zurechtweisung ist von einem Lächeln begleitet, das ich nur zu gern erwidere.

»Jetzt frühstücken wir«, sagt sie. »Das Brot ist frisch aufgebacken.«

»Lecker.«

Nach dem Frühstück lege ich mich noch mal ins Bett. Ich lasse mir alles durch den Kopf gehen, was ich an Neuem erfahren habe, von Papa und seiner Kollegin, von Mama, die alleine mit mir zurückblieb. Ich frage mich, ob ich verwundert sein sollte. Oder empört. Oder schockiert. Nach einer Weile schlafe ich über meinen Gedanken ein und werde erst wieder wach, als das Telefon so gegen zehn Uhr klingelt. Es ist Alexandra.

»Ich habe …«, fängt sie an, bricht den Satz aber ab. »Ähm, ich meine, könnten wir heute vielleicht tagsüber was unternehmen? In die Stadt gehen, Kaffee trinken, whatever? Ich wollte eine neue Hose kaufen, was schön Enges. Kannst du nicht mitkommen?«

»Und was hast du heute Abend vor, das so wichtig ist?«

Ich frage eigentlich nur, um sie zu ärgern. Ich höre ihr an, wie schwer es ihr fällt, unsere Samstagsverabredung abzusagen. Dabei finde ich es so schlimm nun auch wieder nicht. Dann kann ich den Abend mit Johan verbringen.

»Also«, setzt Alexandra von neuem an. »Du weißt genau, wie superwichtig mir unsere Samstagsverabredungen sind. Der Vorschlag kam schließlich von mir, vergiss das nicht. Nachdem du dich mit Johan zusammengetan hast.«

Ich kann mir ein Lachen nicht verkneifen. »Ist schon gut, Alexandra. Was hast du vor?«

»Du weißt doch, Ali, der aus der Parallelklasse ...«

»Ali, der Araber? Du willst doch nicht sagen, dass du dich mit *ihm* treffen willst! Willst du einen Schleier umbinden, oder was?«

Erst letzte Woche hatten wir im Miranda eine heiße Diskussion mit Ali und seinen Kumpeln, die das Recht der Väter verteidigten, über ihre Töchter zu bestimmen. Wir haben ein Mädchen in unserer Klasse, Fatima, die darf überhaupt nichts. Noch nicht mal mit uns ins Café gehen. Und sie hat ihren Schleier immer eng um den Kopf gewickelt. Eigentlich wäre es ihrem Vater am liebsten, wenn sie die Burka tragen würde, dieses weite Gewand, das den Körper komplett bedeckt, samt Gesicht außer einem engmaschigen Netz für die Augen. Aber da machen die Lehrer nicht mit. Ihre Situation hatte eine heftige Diskussion ausgelöst und Ali war einer der schärfsten Verteidiger des Traditionalismus der Elterngeneration gewesen.

»Ach Quatsch«, sagte Alexandra. »Er hat nie verlangt, dass jemand einen Schleier tragen soll! Er hat nur das Recht anderer verteidigt, das zu fordern.«

»Und das findest du okay, oder was?«

»Ach was, du weißt genau, was ich davon halte! Aber man kann doch unterschiedliche Ansichten haben und trotzdem ... Der Typ ist echt heiß, das musst du zugeben!«

»Aber wie! Hat er dich angerufen?«

39

»Wir haben uns gestern Abend im Loop getroffen. Ein bisschen getanzt und … Da hat er mich gefragt, ob wir morgen, also heute, nicht was zusammen unternehmen wollten. Und ich hab zugesagt. Das ist doch okay, oder? Ich hab gesagt, dass ich dich erst fragen muss, da war er ein bisschen sauer, aber das ist sein Problem.«

»Quatsch, du musst mich doch nicht fragen! Du kannst doch machen, was du willst.«

Ich höre regelrecht das kleine, schnippische Lächeln in ihrer Stimme, als sie antwortet: »Ja, du hast bestimmt keine Probleme, dich zu beschäftigen, was?«

»Stimmt. Ich rufe Johan an. Ist völlig in Ordnung. Hab's schön. Aber, du … was ist mit Pontus?«

»Ach, *der*! Der kann sich als abserviert betrachten. Ich rufe ihn an und teile es ihm at once mit.«

»Armer Kerl!«

»Der braucht dir überhaupt nicht leidzutun! Er hat doch die ganze Zeit behauptet, die Mädchen stehen Schlange bei ihm. Jetzt darf er anfangen, die Schlange abzuarbeiten!«

»Okay. Bleibt mir wohl nur, dir Erfolg mit dem Araber zu wünschen, nehme ich an. Streck ihm deine Höcker entgegen, dann fühlt er sich zu Hause.«

Alexandra lacht. »Ich hab doch einen neuen Push-up! Aber … Du kommst doch mit in die Stadt, oder? Ich fände es echt schade, wenn wir uns gar nicht sehen!«

»Okay. In einer Stunde?«

»Super. Das passt.«

Auf dem Küchentisch liegt ein Zettel von Mama, dass sie bei ICA und Maxi einkaufen ist. Sie fährt meistens dahin, obwohl sie selber gleich um die Ecke bei Hemköp arbeitet. Bei Maxi

40

sind die Waren frischer und die Auswahl größer, sagt sie. Aber dort gibt es auch noch etwas anderes. Altglascontainer. Und einen Alkoholladen.

Ich gehe zum Bücherschrank im Wohnzimmer und stecke die Hand hinter Ekelöfs und Frödings gesammelte Werke. Nichts. Dann ist die Flasche gestern leer geworden.

GEGEN HALB ELF RUFE ICH JOHAN AN und berichte ihm erwartungsvoll, dass Alexandra heute Abend schon was vorhat.

Ein paar Sekunden ist es still.

»Da … könnten wir doch was unternehmen, oder?«, schiebe ich nach in die Stille.

»Ja, also …«, sagt Johan. »Ich wollte … Ich hab mich mit Zacke verabredet, weil ich dachte, du wärst unterwegs. Er hat ein paar Programme runtergeladen … die ich mir mal angucken wollte. Vielleicht kann ich was davon für die Arbeit gebrauchen.«

Daran ist nichts Ungewöhnliches. Zakarias arbeitet ebenfalls mit Computern, Homepages, Grafiken und solchen Sachen. Johan und er helfen sich oft gegenseitig aus, vergleichen HTML-Editors und probieren neue Ideen aus. Trotzdem stört mich was. Nicht an dem, was Johan sagt, eher wie er es sagt.

»Zacke?«, echoe ich, während ich versuche herauszufinden, was mich so misstrauisch macht.

»Ja, du weißt schon. Zacke.«

»Ja, natürlich weiß ich, wer Zacke ist.«

»Also … Wenn du sauer bist, sag ich es noch ab.«

»Ich bin nicht sauer. Natürlich sollst du deine Freunde treffen. Mama freut sich bestimmt, wenn ich zur Abwechslung mal einen Abend zu Haus bin. Alexandra und ich gehen jetzt in die Stadt. Aber … na ja, dann sehen wir uns wohl morgen.«

»Ja.«

Als ich aufgelegt habe, breitet sich das Unbehagen in Windeseile in meinem Körper aus. Ich versuche, mir einzureden, dass ich albern bin. Dass ich mir was einbilde. Aber das hilft nichts. Das dumme Gefühl, dass Johan nicht die Wahrheit gesagt hat, bleibt. Es verschwindet nicht einmal, als ich Alexandra vor dem Miranda treffe, und es macht mich unkonzentriert, als Alexandra Klamotten probiert und mich nach meiner Meinung fragt. Nach einer Weile zerrt sie mich in eine Umkleidekabine von JC und zieht den Vorhang zu.

»Was ist denn los mit dir?«, fragt sie.

»Wieso?«, sage ich ertappt.

»Es ist doch was. Hältst du mich für blöd? Ist was passiert?«

»Was? Nein … nein, es ist nichts passiert.«

Und das stimmt ja. Nichts ist passiert. Ich habe mir nur was in den Kopf gesetzt, das ich nicht wieder loswerde. Etwas, das ich mir sicher nur einbilde.

»Bist du sauer auf mich?«, will Alexandra wissen. »Weil ich heute Abend mit Ali ausgehe? Ich kann ihn anrufen und sagen, dass wir es auf einen anderen Abend verschieben. Du bist mir viel wichtiger.«

Ich winke ab. »Ach was, geh du ruhig mit deinem Araber aus. Ich denke nur über was nach. Aber das hat absolut nichts mit dir zu tun.«

»Habt ihr wegen der Wohnung angerufen?«

»Nein … Johan war nicht gerade Feuer und Flamme.«

Alexandras tiefblaue Augen verengen sich, wie immer, wenn sie in mich hineinzusehen versucht.

»Ihr habt euch doch nicht verkracht?«

Ich lache. »Absolut nicht. Uns geht's super.«

»Okay …«

Sie klingt nicht ganz überzeugt, und ich versuche, mich zusammenzureißen, und gebe einen Kommentar zu der Jeans ab, die sie gerade anhat. Sie sitzt absolut perfekt. Es dauert nicht lange, bis ich ihre Aufmerksamkeit von meinen dummen Grübeleien abgelenkt habe. Ich vergesse sie sogar selbst für eine Weile.

Erst später am Nachmittag, nachdem Mama und ich ihre köstliche, selbst gemachte Lasagne gegessen haben und satt am Tisch sitzen und über Gott und die Welt plaudern, kommen die Gedanken wieder angekrochen. Um sie ein für alle Mal abhaken zu können, wähle ich Johans Nummer. Ich will ihm nicht hinterherspionieren, mich nur überzeugen, dass er wie immer klingt, damit ich mich wieder beruhigen kann.

Es klingelt und klingelt, aber er antwortet nicht. Dann ist er wohl schon losgefahren.

Zacke heißt Zakarias Lyttner. So viele Personen mit diesem Namen dürfte es in der Stadt wohl nicht geben. Ich rufe die Auskunft an und notiere mir die Telefonnummer. Danach sitze ich eine Weile mit dem Zettel in der Hand da und überlege, was ich sagen soll. Es ist nichts Merkwürdiges dabei, dass ich Johan sprechen möchte, aber zumindest Johan gegenüber sollte ich mir einen Anlass einfallen lassen, warum ich ihn bei einem Freund anrufe. Anlässe gäbe es eigentlich genug, aber weil ich mich wie ein misstrauischer Schurke fühle, brauche ich Ewigkeiten, bis mir einfällt, ihn wegen Andreas Bjarges' Abi-Fest zu fragen. Ich kann ja sagen, dass Sanna und Eleonor mich gerade angerufen haben und wissen wollen, ob sie auch eingeladen sind. Klar, das hätte auch bis morgen Zeit, aber ich schiebe dann einfach vor, dass Eleonor so ungeduldig sei und dass ich versprochen hätte, ihn zu fragen, ob er mal mit Andreas sprechen könnte, und dass ich das gestern ganz vergessen hätte.

44

So werde ich es machen. Was Besseres fällt mir nicht ein. Meine Finger fühlen sich steif an, als ich die Nummer wähle.

»Hallo?«, meldet Zacke sich am anderen Ende.

»Hallo«, sage ich nervös. »Hier ist Fanny. Ist Johan bei dir?«

»Nein.«

»Ach so, ist er noch nicht gekommen? Zu Hause ist er nicht rangegangen, da dachte ich mir, dass er sich vielleicht schon auf den Weg zu dir gemacht hat.«

»Wollte er kommen? Heute?«

Mir wird kalt. »Das … das dachte ich«, stammele ich. »Aber vielleicht habe ich ihn auch falsch verstanden.«

»Ich muss heute Abend zu so einem beschissenen Familientreffen. Mein Alter rastet aus, wenn ich nicht komme. Jedes Jahr am zweiten Samstag im Mai. Sterbenslangweilig. Machen deine Eltern auch so was?«

»Nein …«

»Sei froh. Ich rufe Johan auf dem Handy an und sage ihm, dass ich weg bin. Falls er wirklich auf dem Weg hierher ist.«

Mein Herz überschlägt sich und ich schnappe nach Luft. »Ach was, das brauchst du nicht! Ich habe sicher was falsch verstanden … Wahrscheinlich wollte er zu jemand anders.«

»Okay. Wir hören.«

»Mm.«

Meine Hand ist so zittrig, dass ich kaum den Hörer auflegen kann. Warum musste ich dort anrufen? Was bin ich für eine Idiotin! Wenn sie sich das nächste Mal treffen, spricht Zacke Johan garantiert darauf an, dass ich angerufen habe. Ich muss einen totalen Kurzschluss in der Birne gehabt haben!

Obwohl es ja tatsächlich ganz unschuldig gewesen sein könnte, gar nicht, um ihn zu kontrollieren, sondern nur, um ihn

45

zu fragen, ob er mit Andreas Kontakt hat. Und er hat schließlich gesagt, dass er zu Zacke wollte, was soll also merkwürdig daran sein, wenn ich dort anrufe?

Doch, es ist merkwürdig. Ich hätte ihn auf dem Handy anrufen können. Was ich unter normalen Umständen auch getan hätte. Warum habe ich daran nicht gedacht? Kann ich behaupten, ich hätte keinen Empfang gehabt? Dass das Netz überlastet war oder …

Es gibt bestimmt eine ganz natürliche Erklärung. Vielleicht geht er wirklich davon aus, dass er mit Zacke verabredet ist, und hat sich im Tag geirrt. Meine kranke Fantasie geht mit mir durch. So wird es sein. Vielleicht ruft er ja gleich an und teilt mir mit, dass er sich geirrt hat, und fragt mich, ob ich immer noch Lust habe, zu ihm zu kommen. Vielleicht ist er auch grade losgegangen, um was Leckeres für heute Abend zu kaufen. Eine Pizza für jeden von uns.

Ich stehe von dem Telefonhocker auf und gehe zu Mama ins Wohnzimmer, die es sich vor dem Fernseher gemütlich gemacht hat. Ich setze mich neben sie und gucke die Tagesschau. Aber meine Gedanken wollen einfach nicht bei den Nachrichten verweilen. Ich warte auf das Klingeln des Telefons. Es *muss* klingeln.

Während meine Aufmerksamkeit immer mehr von den Nachrichten abdriftet, schweift mein Blick durch den Raum und bleibt bei Ekelöf und Fröding hängen. Fröding ragt etwas hervor. Das heißt, dass etwas dahinter steht. Verflucht seien die Idioten, die beschlossen haben, dass die Spirituosenläden auch samstags geöffnet sind. Und jetzt wird auch noch darüber diskutiert, die Alkoholsteuer zu senken. Was passiert dann? Noch mehr Flaschen? Aber vielleicht denke ich in die falsche Richtung. Vielleicht wäre das sogar gut. Vielleicht bleibt dann mehr Geld übrig. Ich habe über das Ganze eigentlich noch nie so richtig nachgedacht. Wie kann sie sich diese vielen Flaschen überhaupt leisten? Wo kommt das ganze Geld her? Und zerstört Alkohol nicht eine Menge Gehirnzellen? Und die Leber? Sollte ich mir mehr Sorgen machen? So viel hat sie doch früher nicht getrunken. Nicht jeden Abend.

»Mama?«

»Ja.«

»Unternimm doch mal irgendwas. Melde dich bei einem Kurs an oder geh aus. Triff dich mit Leuten. Warum rufst du nicht mal bei Vera an?«

»Vera?«

»Ja. Warum nicht? Die ist doch nett.«

Mama lacht. »Ja, und was sollen wir dann machen, meinst du? Ausgehen und Kerle aufreißen? Zwei peinliche, alte Schachteln wie wir?«

»Vera ist doch keine alte Schachtel!«

Schweigen.

»Nein, sie vielleicht nicht.«

»Mama!«

Sie wendet mir ihr Gesicht zu. Ihr Atem riecht nach einer Mischung aus Lutschbonbon und Alkohol.

»Ich habe keine Lust«, sagt sie. »Ich will nicht noch mal von vorne anfangen.«

»Wer sagt denn, dass du noch mal ›von vorne‹ anfangen sollst!«, sage ich gereizt. »Ihr könntet doch einfach mal ausgehen und ein bisschen Spaß haben! Was ist daran so schlimm? Oder hast du vor, für den Rest deines Lebens die betrogene, leidende Witwe zu spielen?«

47

Das rutscht mir so raus, ehe ich nachdenken kann. Sie sieht mich schockiert an.

»Fanny! Was ist denn in dich gefahren?«

»Tut mir leid … Ich bin nur … ach, nichts. Ich möchte nur, dass du lebst. Und aufhörst, so viel zu trinken.«

Das habe ich noch nie gesagt. Noch nicht einmal andeutungsweise.

Ihr Hals wird rot und ihr Mund kriegt einen unsicheren Zug, ehe sie sich sammelt und zurückschießt: »Was ist das für ein Unsinn? Ich trinke überhaupt nicht viel! Ein Glas zwischendurch wird ein erwachsener Mensch sich ja wohl gönnen dürfen! Du klingst schon genau wie Kenneth. Ist das auch eine alte Erinnerung, die plötzlich aufgetaucht ist? Oder sitzt diese vorwurfsvolle Art in den Genen?«

Ich antworte nicht.

Für den Bruchteil einer Sekunde überlege ich, ob ich zum Regal gehen soll, die beiden dicken Bücher herausziehen und ihr elendes Versteck freilegen soll, aber ich lasse es bleiben. Vielleicht, weil sie mir leidtut. Vielleicht, weil ich Angst habe. Ich weiß nicht, wie sie reagieren würde. Ob sie dann zusammenbricht und heult oder ausrastet. Ich weiß nicht, ob ich die Konfrontation ertrage, die folgen muss. Nicht gerade jetzt.

Warum meldet Johan sich nicht?

Da fällt mir ein, dass es aus Rücksicht auf Mama sein könnte. Ich hab ihm doch gesagt, dass Mama sich sicher freuen würde, wenn ich heute Abend zu Hause bliebe. Genau. So wird es sein.

»Entschuldige«, sagt Mama.

Ich bin in Gedanken gerade so woanders, dass ich sie nur fragend ansehe. Sie streicht mir über die Wange.

»Phasenweise ist es vielleicht wirklich etwas mehr gewesen,

und natürlich hast du das gemerkt … Aber mach dir keine Sorgen, ich habe … das im Griff. Falls es das ist, was du befürchtest.«

»Wirklich?«

»Natürlich hab ich das!« Die Antwort kommt zu schnell und zu energisch.

Aber ich nicke nur. »Okay. Wenn du es sagst.«

Ich stemme mich vom Sofa hoch und gehe zum Telefon auf dem Flur. Sehe nach, ob der Hörer richtig aufliegt. Danach überprüfe ich das Telefon in der Küche. Mein Magen flattert unruhig. Es ist eine schleichende, scharrende Unruhe, die mich antreibt, durch die Wohnung zu laufen, mir ein Brot zu schmieren, den Computer anzuschalten und meine Mails abzurufen, bevor ich mich wieder auslogge und zu Mama ins Wohnzimmer gehe. Ich schalte den Fernseher ein, zappe hin und her.

Um halb neun halte ich es nicht mehr aus und wähle Johans Handynummer. Nach fünf Signalen antwortet er.

»Hallo, ich bin's«, sage ich steif.

Stille. Dann ein Rascheln und Schritte.

»Hi.«

»Mir ist eingefallen, dass ich dich noch was fragen wollte«, sage ich eilig und kriege heiße Wangen.

»Ja?«

Ich bringe mein Anliegen vor, und Johan verspricht, Andreas wegen des Abi-Fests zu fragen. Er ist kurz angebunden, ich merke, dass er das Gespräch so schnell wie möglich beenden will. Er war noch nie für langes Reden am Telefon zu haben. Aber ich muss wissen, dass er mich nicht angelogen hat, sonst latsche ich hier zu Hause noch den Linoleumboden durch.

»Bist du bei Zacke?«

»Ja, hab ich doch gesagt.«

Hinter meinen Augen brennt es wie Feuer und ich beiße mir fest auf die Lippe. Wieso lügt er? Wieso?

»Okay …«, sage ich und versuche, meine Stimme zu beherrschen. »Dann bis morgen?«

»Ja, tschüs.«

Ich lege auf und bleibe auf dem Telefonhocker sitzen. Ich fühle mich so leer. Da ist ein großes, bodenloses Loch.

DIE NACHT IST ENDLOS. Die Stunden ziehen über mich hinweg wie eine Dampfwalze. Gnadenlos schwer und unerträglich langsam.

Morgen werde ich Johan sehen.

Morgen bekomme ich für alles eine Erklärung.

Aber bis dahin ist die Nacht ein grauschwarzes Monster, das sich zwischen den zerknüllten Laken auf mich stürzt.

Ich habe das Gefühl, keine Sekunde zu schlafen. Ich wälze mich hin und her. Drehe das Kissen um. Versuche, an schöne und gute Dinge zu denken. Denke an gestern Abend (seine zärtlichen Hände auf dem Sofa). Denke an seine Stimme, die sagt, dass er mich liebt (»Dann eben lieben. Ist das besser? Bist du damit zufrieden?«). Denke an alles Schöne, das wir zusammen erlebt haben, die Nähe. Aber schlafen? Nein, schlafen kann ich nicht.

Gegen halb vier betritt ein Dämon mein Schlafzimmer. Das ist ihre Zeit, die Zeit der Dämonen, kurz bevor es hell wird, wenn die Dunkelheit bläulich-angstgräulich wird. Ich muss raus. Ich stehe auf und gehe in die Küche, um ein Glas Milch zu trinken oder mir ein Brot zu schmieren, irgendwas. Das Licht ist an und am Küchentisch sitzt Mama mit der aufgeschlagenen Zeitung vor sich. Eine halb volle Kanne mit Saft steht auch dort. Das Licht der Lampe bildet darin einen hellrosa Stern. Mama hebt den Blick, als ich reinkomme.

»Oh, hallo«, sagt sie wie ertappt.

Meine spontane Reaktion ist, mich unsichtbar zu machen.

51

Ich will allein sein mit meiner Unruhe. Aber dann merke ich, dass das nicht stimmt. Es stört mich nicht, dass sie da sitzt. Irgendwie ist es sogar ganz gut, dass sie da ist. Hier gehöre ich schließlich her, oder? In die Welt der Halbexistenzen. Und nicht in Mister Perfects Welt.

Ich schüttele mich unmerklich. Was ist bloß mit mir los? Johan liebt mich. Wir wollen zusammenziehen. Vielleicht nicht gleich, aber bald. Er hat doch gesagt, dass er das auch will. Wieso breche ich wegen einer Sache zusammen, für die es bestimmt eine ganz natürliche Erklärung gibt?

»Du hier?«, frage ich dumm.

»Ja … ich konnte nicht schlafen. Hab wach gelegen und darüber nachgedacht, was du gesagt hast … Und dass du recht hast. Auch wenn ich es nicht wahrhaben will. Oder mich nicht getraut habe, es mir einzugestehen.«

Ich verkrampfe mich innerlich, starre in den Kühlschrank, den ich gerade geöffnet habe. Nicht *jetzt*. Bitte jetzt keine große Beichte über Alkoholismus, Lebenskrisen und Schuldgefühle. Ich bin hierhergekommen, um die Dämonen zu vertreiben, und nichts anderes.

Sie erwartet, dass ich etwas sage, aber ich bin vollauf damit beschäftigt, nicht zu schreien und mit den Händen auf den Ohren rauszulaufen wie eine Sechsjährige.

Nach ein paar zähen Sekunden ergreift sie selbst wieder das Wort: »Er *war* ein echtes Arschloch«, sagt sie. »Vielleicht hat er sich sogar angestrengt, ich weiß es nicht. Vielleicht hat er wirklich sein Bestes gegeben, das weiß ich genauso wenig. Aber er war ein echtes Arschloch, und das Beste, was das Arschloch zu geben hatte, war in unserem Fall nicht genug!«

Allmählich lässt die Spannung in meinem Nacken und

Rücken nach, ich spüre kleine, schmerzhafte Stiche der Erleichterung. Ach so, über ihn hat sie nachgedacht. Über ihn will sie reden.

»Es ist dein gutes Recht, zu wissen, was für ein Mensch er war«, fährt sie fort. »Das Dumme ist nur, dass du mit meiner Version vorliebnehmen musst. Er kann sich nicht mehr rechtfertigen. Nichts erklären.«

Meine Hand zittert leicht, als ich Margarine, Käse und Milch aus dem Kühlschrank nehme. Also nur *darum* geht es! Ich bin aufgewühlt und aufgekratzt. Die Milchtüte ist noch nicht angebrochen und beschlagen und rutscht mir fast aus den Fingern. Ich nehme ein großes Glas aus dem Hängeschrank, reiße das Paket auf und fülle das Glas mit der kalten, weißen Ruhe. Schicke Mama ein hastiges Lächeln über die Schulter.

»Er kann seine Geschichte ja den kleinen gehörnten Wesen erzählen, mit denen er sich inzwischen umgibt.«

»Fanny, ich bitte dich!«

Ich schmiere mein Brot und setze mich ihr gegenüber an den Tisch. »Mama, du darfst wütend auf ihn sein«, sage ich. »Man darf auch auf Menschen wütend sein, die tot sind. Das musst du üben. Sprich mir nach: ›Ich bin stinksauer auf Kenneth, weil er mich sitzen gelassen hat.‹«

»Uns«, sagt sie. »Er hat uns sitzen lassen. Dich. Was noch schlimmer ist.«

»Ich kann mich kaum an ihn erinnern.«

»Manchmal frage ich mich …«, sagt sie und ihr Blick schweift durch das Fenster in die Nacht. »Manchmal frage ich mich, ob er getan hätte, was er getan hat, wenn er gewusst hätte, dass er krank ist. Dass ihm weniger als ein Jahr blieb. Dass es bald zu spät sein würde, seine Tochter zu erleben.«

»Und fast zu spät, um mit der Kollegin zusammen zu sein«, wende ich ein.

»Ja … klar«, sagt sie verdutzt. »Das auch.«

»Du wirst es niemals erfahren«, sage ich. »Es wird Zeit, dass du mit der Grübelei aufhörst und ihn endgültig aus deinem Leben kickst. Schau nach vorn! Die Zeit ist überreif. Seit ungefähr fünfzehn Jahren.«

Sie sieht mich an. Im Schein der Lampe sind ihre Augen eher grün als grau. »Das war mir´ wichtig«, sagt sie. »Es war mir wichtig, zu Hause zu sein, wenn du aus der Schule kommst, für dich da zu sein … Ich war sicher keine Supermutter, aber ich wollte immer für dich da sein.«

»Das ist total okay, Mama. Aber ich bin jetzt erwachsen. Du wirst dir wohl … einen andern Lebensinhalt suchen müssen. Ich … wir … Johan und ich haben darüber geredet, zusammenzuziehen.«

Sie nickt. »Das hört sich doch wunderbar an.«

Ja, denke ich. Das hört sich wunderbar an.

Überfallartig bohrt sich die Unruhe wieder wie eine Speerspitze in meine Eingeweide. Wieso hat er mich angelogen? Kann es nicht endlich Morgen werden? Ein Morgen voller Licht und Erklärungen. Ein Morgen, der beweist, dass ich dumm war, mich geirrt habe, ein Tag, der meine Angst zu Asche verbrennt und sie im Frühlingswind zerstreut. Ich schaue auf die Uhr. Zwei Minuten vor vier. Vor dem Fenster wird es schon hell, eine gemächliche Dämmerung.

Ich esse mein Brot, trinke die Milch aus und stehe auf. »Ich versuche, noch ein bisschen zu schlafen.«

»Tu das«, sagt sie. »Ich bleib noch ein wenig sitzen.«

ICH HATTE EIGENTLICH NICHT VOR, Johan mit meiner Entdeckung zu konfrontieren. Ich dachte wohl, die Erklärung würde von alleine kommen, aber der Sonntagnachmittag vergeht, ohne dass etwas passiert. Johan ist wie immer. Oder zumindest glaube ich das. Ich kann es nicht lassen, nach Zeichen zu suchen, dass etwas nicht stimmt, dass er etwas verbirgt, mir ausweicht. Wir sitzen mit ein paar anderen aus der Clique im Miranda. Irgendwann kreuzt Alexandra mit Ali im Schlepptau auf. Sie sieht gut gelaunt aus. Dann war es offenbar ein gelungener Abend. Johan kauft ein großes Baguette mit Parmaschinken und Camembert, schneidet es in zwei Hälften und gibt mir eine. Es schmeckt gut, aber ich habe Mühe, die Bissen runterzukriegen. Beobachte ihn insgeheim, als er sich mit Anton unterhält, der neben Ali sitzt.

Sanna und Eleonor betreten das Café. Eleonor zieht einen Tisch heran, als sie Johan sieht, stellt ihren Latte ab und fährt sich mit der Hand durch das grell blondierte, strapazierte Haar. Sie fängt sofort an, über Andreas' Abi-Fest zu reden. Sanna setzt sich ebenfalls. Sie rührt unentwegt mit dem langen Löffel in ihrem Latte und starrt das Glas an, als hätte sie Karim im Verdacht, ihr etwas Untrinkbares serviert zu haben. Johan, der die ganze Zeit seinen Arm auf meiner Rückenlehne liegen hatte, lässt ihn heruntergleiten. Das Gespräch mit Anton bricht ab. Vielleicht ist ihm ja aufgefallen, dass ich mich irgendwie komisch benehme. Die Stimmen verschmelzen in meinem Kopf zu einem einzigen Lautbrei. Ich muss mich anstrengen,

55

um nicht den Faden zu verlieren. Ich reiße mich zusammen und lache an den richtigen Stellen.

Nein, ich hatte wirklich nicht vor, ihn auf den gestrigen Tag anzusprechen. Aber ein paar Stunden später, als wir allein in Johans Wohnung sind, überkommt es mich doch. Wahrscheinlich weil er die ganze Zeit gähnt, müde wirkt. Oder weil ich nicht möchte, dass zwischen uns etwas Unausgesprochenes steht, weil das ein schlechter Start in eine gemeinsame Zukunft wäre.

»Zacke war gestern bei einer Familienfeier«, sage ich.

Es rutscht mir einfach so heraus, als ich den Mund aufmache. Ich bereue es schon, bevor ich den Satz ganz zu Ende gesprochen habe. Aber das hilft auch nichts. Die Worte bleiben in der Luft hängen, und Johans Blick wechselt von einer Art neutralem Erstaunen zu einem schwarzen Vorhang, der vor seine Gedanken fällt.

»Scheiße … Spionierst du mir etwa hinterher?«

Ich schüttele kreuzunglücklich den Kopf. »Ich wollte dich bloß was fragen und hab dich auf dem Handy nicht erreicht. Also hab ich bei Zacke angerufen«, rappele ich herunter. »Aber da warst du nicht.«

»Scheiße«, sagt Johan noch einmal.

»Ich wollte dich nicht kontrollieren, das musst du mir glauben«, lüge ich.

»Ach nein, und wie nennst du das dann? Mich bei meinen Kumpeln anzurufen?«

»Ich … wollte nur mit dir reden …«

Plötzlich bin ich der Schuft, die Angeklagte, die sich schlecht benommen hat. Die Lügnerin.

Johan steht mit nacktem Oberkörper vor mir. Er wollte gerade das dunkelblaue T-Shirt gegen seinen schwarzen Pullover eintauschen, als mir der elende Satz entwischt ist. Wir wollen ins Kino. Oder besser: Wir *wollten* ins Kino. Jetzt schleudert er den Pullover mit einer wütenden Bewegung von sich.

»Stell dir vor, ab und zu brauche ich auch mal ein bisschen Zeit für mich selbst«, sagt er. »Du hängst doch dauernd hier rum. Einen Abend in der Woche wird man ja wohl mal allein sein dürfen!«

Gleich heule ich los. Scharfkantige Tränen brennen hinter meinen Augenlidern und aus meinem Bauch strömt dunkelrot glühende Paniklava durch meinen Körper. Ich bin so unglaublich bescheuert. So unerträglich beknackt.

»Natürlich, ja«, sage ich mit jämmerlich erstickter Stimme. »Ist doch klar, das verstehe ich ja … Ich wundere mich ja nur … Das hättest du doch auch sagen können. Ich respektiere das doch.«

»Sind wir verheiratet, oder was!?«

»Nein, nein, tut mir leid! … Ich wollte doch nicht … Bitte, Johan, es tut mir leid!«

Ich hasse meine unterwürfige Stimme, mein Betteln, aber in diese Situation hab ich mich ganz allein gebracht und in diesem Augenblick gibt es nur ein Ziel: Ich muss alles wiedergutmachen, das zornige, gekränkte Funkeln aus seinen Augen verscheuchen.

»Wir können ja noch einen Tag in der Woche festlegen«, sage ich, »an dem wir uns nicht sehen, meine ich. Wenn du findest, dass … dass …«

Ich suche verzweifelt nach den richtigen Worten. Seine Stimme hallt in meinem Kopf wieder, fliegt unkontrolliert durch das Vakuum, wo eigentlich das Gehirn sein sollte, die

Intelligenz, die mich das mit Zacke hätte verschweigen lassen. »Du hängst doch dauernd hier rum«, echot die Stimme. »Du-hängst-doch-dauernd-hier-rum-hängst-doch-dauernd-hier-rum«. Das Echo dringt aus meinem Mund, schrecklich hohl. Die Worte flocken aus wie überhitzte Sauce béarnaise.

»... dass ich dauernd hier rumhänge.«

Johan hat sich wieder beruhigt. Sieht mich kurz an. Dann nimmt er den Pullover und zieht ihn an.

»Ach nein«, sagt er. »Das ist mir so rausgerutscht. Ich hab's nicht so gemeint. Ich kann es nur nicht leiden, wenn du mich kontrollierst. Mir hinterherspionierst.«

»Das war keine Absicht«, schluchze ich.

Doch, es kommt tatsächlich ein Schluchzer. Er löst sich aus der Erleichterung, dass seine Wut nachgelassen hat. Aber ich weine nicht. Schluchze nur. Halte die Tränen zurück, die wie ein drohender Tsunami gegen die Augenlider drücken.

»Was ist, gehen wir jetzt ins Kino?«, fragt Johan.

Ich nicke.

Einerseits wünsche ich mir, dass er mich in den Arm nimmt, andererseits ist es gut, dass er das nicht tut, weil ich dann wahrscheinlich die Kontrolle über die Flutwelle verloren hätte. Ich gehe in sein kleines Badezimmer und wasche mein Gesicht. Die Wimperntusche ist verwischt und die Augen rot gerändert. Was allerdings genauso viel an der langen, schlaflosen Nacht liegt. Ich fahre mit den Fingern durch mein dunkelbraunes Haar, knete und schüttele es, um ein bisschen Volumen reinzubringen. Es müsste mal wieder geschnitten werden. Mein Haar wächst wie Unkraut. Wenn ich es zu lange wachsen lasse, hängt es platt und schwer herunter. Am Anfang der Neunten habe ich mich von der Friseurin überreden lassen, eine Dauerwelle zu machen. Ich hatte mir weich fallende Naturlocken vorgestellt, aber es kam die reinste Katastrophe dabei heraus. Als hätte ich mich mit einem Quirl gekämmt. Ich bestand darauf, dass sie alles abschnitt zu einer kurzen, ziemlich frechen Frisur, mit der ich mich zu meiner eigenen Verwunderung ganz wohl fühlte und die ich danach beibehalten habe. Wenn es wächst, sieht es fast ein bisschen retro aus.

Ich stehe da und starre mein Spiegelbild an, während mein Herzschlag sich allmählich beruhigt.

Johan ist bereits im Flur und knotet seine Sneaker zu.

»Bist du fertig?«, ruft er.

Ich trockne meine Hände und das Gesicht an seinem blauen Frotteehandtuch ab.

»Komme!«

Auf dem Spaziergang zum Kino und ein paar Stunden später auf dem Rückweg gebe ich mir alle Mühe, die Dinge wieder einzurenken. Damit alles ist wie immer. Trotzdem ist die Stimmung angespannt. Vielleicht strenge ich mich zu sehr an. Ich hoffe, dass es daran liegt. Dabei vergehe ich fast vor Angst, dass ich einen Keil zwischen uns getrieben habe, sein Vertrauen auf eine Art verletzt habe, die nicht mehr zu reparieren ist. Oder kommt es mir nur so vor, dass er stiller ist als sonst?

Auf dem Bettsofa muss ich die Initiative ergreifen, dass etwas passiert, seinen Körper mit meinen Händen wecken. Mein eigener Körper ist von Angst und Unruhe beherrscht und weigert sich, loszulassen, obwohl ich es wirklich will. Ich täusche einen Orgasmus vor, um ihm eine Freude zu machen. Ich habe nicht oft einen Orgasmus, wenn wir Sex haben, aber bei den wenigen Malen haben seine Augen immer so warm gestrahlt. Und siehe da. Er nimmt mich besonders fest in den

Arm. Und trotzdem ist da irgendetwas, das nicht so ist, wie es sein sollte.

»Bist du immer noch sauer?«, frage ich in die Dunkelheit hinein, als wir so dicht nebeneinander daliegen.

»Nein, ist schon gut. Hör jetzt endlich auf damit.«

»Okay.«

»Schläfst du hier oder musst du nach Hause?«

»Was möchtest du? Vielleicht möchtest du lieber alleine schlafen?«

Die Frage ist ehrlich gemeint, aber ich merke selbst, wie anbiedernd sie klingt.

»Jetzt hör schon auf«, sagt Johan nur. »Lass uns schlafen.«

Er zieht den Arm weg, den er schön warm um mich gelegt hatte, und dreht mir den Rücken zu. Ich bleibe in meiner Haltung liegen und starre blind zu dem kahlen Fenster über mir.

Ich will Johan nicht verlieren.

Alles, nur das nicht.

Wie konnte ich nur so maßlos idiotisch sein?

IN GEMEINSCHAFTSKUNDE SOLLEN WIR in Zweiergruppen die Entwicklung der UN erarbeiten, Absichten und Ziele mit Ergebnissen vergleichen. Alexandra setzt sich zu mir, schlägt die Bücher auf den entsprechenden Seiten auf und nimmt einen Stift in die Hand.

»Lass hören«, sagt sie, während das Stimmengewirr um uns herum immer lauter wird.

»Was?«, frage ich verwirrt. »Bin ich UN-Expertin, oder was?«

Zwischen ihren Augenbrauen bildet sich eine ungeduldige Falte.

»Was interessiert mich die UNO, wenn meine beste Freundin wie eine wandelnde Leiche durch die Gegend läuft. Was ist passiert? Ich hab schon am Samstag gemerkt, dass was mit dir nicht stimmt.«

Ich blättere in meinem Block herum und suche gleichzeitig fiebrig in meinem Hirn nach einer Ausrede. Ich kann über fast alles mit Alexandra reden, aber nicht darüber. Vielleicht, weil sie ein paar Mal zu oft im Scherz gesagt hat, dass sie die Erste in der Schlange wäre, wenn es zwischen Johan und mir in die Brüche geht. Ich finde den Scherz jedenfalls nicht sonderlich komisch. Nicht dass ich wirklich glaube, sie würde sich auf ihn stürzen. Trotzdem.

»Lieb von dir, aber es ist nichts«, sage ich schließlich. »Ich habe nur die letzten drei Nächte kaum geschlafen.«

»Nur? Man liegt doch nicht grundlos nächtelang wach?«

»Ich habe … Albträume. Manchmal habe ich solche Phasen. Kurz bevor ich meine Tage kriege. Aber diesmal war's schlimmer als sonst.«

Na wunderbar! Jetzt habe ich in weniger als vierundzwanzig Stunden nicht nur meinen Freund, sondern auch noch meine beste Freundin angelogen. Super! Meine Karriere als einsame, charakterlose, verlogene Schlampe kommt richtig in Schwung.

Alexandra sieht mich skeptisch an. »Du hast mir noch nie was von irgendwelchen Albträumen erzählt.«

»Weil es da nicht viel zu erzählen gab«, antworte ich. »Wer redet schon großartig über PMS?«

Sie holt Luft, um noch etwas zu sagen, aber da kommt Fünf-Fehler-Finn und rettet mich. Natürlich heißt unser Gemeinschaftskundelehrer nicht wirklich so, sondern Finn Bäckström. Aber da alle seine Tests so angelegt sind, dass keiner von uns es je geschafft hat, weniger als fünf Fehler zu machen, haben wir ihm diesen Spitznamen verpasst. Ansonsten mögen wir ihn. Und er mag seine Schüler, würde ich sagen. Besonders die, die gerne diskutieren und das Thema auf tagesaktuelle, gesellschaftsrelevante Fragen bringen. Da die meisten Fragen irgendwie gesellschaftsrelevant sind, kann man in Finns Stunden über alles Mögliche reden.

Er beugt sich in seinem olivgrünen Baumwollpullover über unseren Tisch, verbreitet einen sanften Duft von Seife und Minze.

»Ihr zwei konzentriert euch bitte besonders auf die Rolle der USA«, sagt er. »Das Zusammenspiel der Supermacht mit der UN über die Jahre. Oder das Gegenteil davon.«

»Die haben doch nie einen Mitgliedsbeitrag gezahlt, oder?«, fragt Alexandra.

»*Nie* ist nicht ganz korrekt. Aber sie liegen ganz klar im Rückstand.«

»Trotzdem machen sie, was sie wollen«, sage ich.

Er lächelt. Er hat ein sympathisches Lächeln. Das Vertrauen einflößt. Er wäre garantiert auch ein guter Autoverkäufer, der den Leuten die letzten Schrotthaufen andreht, wenn es sein muss.

»Seht in der Bibliothek nach«, sagt er. »Und im Internet. Seht euch die größeren Beschlüsse an, die gefasst wurden. Welche Einsätze die UN geleistet hat und welche Bedeutung die USA in diesen Zusammenhängen hatten.«

»Okay.«

Finn geht weiter zu Johanna und Julia, die hinter uns sitzen. Mit ihnen redet er über Russland und die Sowjetunion.

Das macht er meistens so, dass er der Klasse ein gemeinsames Thema zum Bearbeiten gibt und dann jeder Arbeitsgruppe einen bestimmten Blickwinkel darauf zuteilt. Wahrscheinlich ist es dann hinterher nicht so langweilig, die Aufsätze zu lesen. Einige fühlen sich ungerecht behandelt, weil ihrer Meinung nach immer die anderen die leichteren Themen kriegen, aber mir gefällt das. Man fühlt sich dadurch fast ein bisschen auserwählt.

Wenigstens ist Alexandras Interesse jetzt von meinen vorgeschobenen Albträumen abgelenkt. Zumindest bis auf weiteres.

Wir gehen in die Bibliothek und den Computerraum, kriegen aber bis zum Ende der Stunde nicht mehr viel erledigt. Als wir runter zu den Schränken gehen, um die Bücher für Schwedisch zu holen, fällt mir ein, dass meine Tasche noch in dem Gemeinschaftskunderaum steht. Ich laufe nach oben. Die Tür ist glücklicherweise noch offen. Finn packt gerade seine Unterlagen in die abgegriffene, graue Mappe, die er überall mit sich rumträgt.

»Hab meine Tasche vergessen«, erkläre ich atemlos, als ich zu meinem Platz stürze.

Er nickt. »Hab ich schon gesehen. Ich hätte sie mit runtergenommen, weil ich jetzt abschließe. Seid ihr erfolgreich gewesen?«

»Geht so. Ist ja nicht gerade die leichteste Aufgabe.«

Er lächelt und streicht sich das halblange, sandfarbene Haar aus den Augen. »Das sollte es auch nicht sein.«

Ich hänge die Tasche über die Schulter und gehe auf den Flur. Noch drei Minuten bis zur nächsten Stunde.

»Sie sehen müde aus, Fanny«, sagt Finn hinter mir. »Zu lange gefeiert am Wochenende?«

»Klar«, antworte ich und erwidere das Lächeln. »Ich hab mir voll die Kante gegeben.«

Erstaunen weicht schnell einem Lachen in seinen Augen.

»Klar«, sagt er. »Ja, sicher.«

Alexandra steht mit ihren Büchern unterm Arm vor meinem Schrank. »Beeil dich. Wir waren letzte Woche schon zweimal zu spät bei Schwedisch!«

»Erzähl mir was Neues«, keuche ich und stecke den Schlüssel ins Schloss, reiße die Tür auf und schnappe mir die Bücher und einen Block.

Der Rest des Tages zieht sich ewig in die Länge. Ich will zu Johan, will eine Bestätigung, dass alles in Ordnung ist, dass ich keinen irreparablen Schaden angerichtet habe. Um die Qual noch auszudehnen, gibt Yvonne uns eine gepfefferte Französisch-Hausaufgabe für morgen auf. Das heißt, dass ich vorher nach Hause und pauken muss, bevor ich zu Johan kann. Ich habe ausprobiert, meine Hausaufgaben in seiner Wohnung zu machen, aber das geht nicht sonderlich gut. Es ist schwer, sich auf seine Bücher zu konzentrieren mit Mister Perfect in greifbarer Nähe.

Aber anrufen muss ich ihn schon mal. Ich ziehe die Schuhe aus, stelle die Tasche in mein Zimmer und wähle seine Nummer. Er antwortet sofort.

»Ich muss noch ein bisschen lernen«, sage ich. »Aber ich komme in ein paar Stunden, wenn das okay ist.«

»Klar. Ich hab auch noch 'ne Menge zu tun, das passt also gut.«

»Bis später.«

»Fanny?«

»Ja?«

»Ich liebe dich.«

Es durchrieselt mich warm. »Ich liebe dich auch … sehr.«

Meine Füße berühren kaum den Boden, als ich zurück in mein Zimmer gehe. Johan, Johan, Johan, du machst mich so glücklich! Ich will dir auch nie, nie mehr misstrauen!

Das kurze Gespräch macht es nicht unbedingt einfacher, mich auf die Französischaufgaben zu konzentrieren. Die Vokabeln purzeln schneller aus meinem Kopf, als ich nachladen kann.

Gegen halb fünf kommt Mama nach Hause. Sie klingt fröhlich, als sie im Flur ihr »Hallo, ich bin wieder zu Hause!« ruft. Sie stellt sich in die Tür zu meinem Zimmer und lächelt mich an.

»Ich hab getan, was du gesagt hast«, sagt sie. »Am Samstag kommt Vera zum Essen zu uns, danach gehen wir aus. Tanzen, vielleicht.«

»Super! Das tut dir bestimmt gut.«

»Ja, mal sehen. Bist du hungrig?«

»Geht so. Was gibt es?«

»Ich habe mir gedacht, dass ich Enchiladas mache. Vera hat mir ein Rezept gegeben und ich habe auf dem Heimweg die Sachen besorgt.«

»Lecker. Soll ich dir helfen?«

»Nein, mach du deine Hausaufgaben, dann musst du hinterher nicht noch mal ran.«

»Danke. Ich wollte nachher sowieso zu Johan.«

Mama geht in die Küche. Ich höre sie leise vor sich hin summen, während sie die Tüten auspackt. Ich weiß nicht, wann ich sie das letzte Mal so erlebt habe, aber es ist auf alle Fälle lange her. Ich gucke ins Französischbuch. Jetzt muss ich nur noch diese dämlichen Vokabeln in den Kopf kriegen, dann könnte das ein perfekter Tag werden. Yvonne knallt uns morgen garantiert einen schriftlichen Test hin, das gehört zu ihren Lieblingsüberraschungen.

Das Essen ist superlecker. Genau richtig gewürzt. Und dazu gibt es einen großen, bunten Salat.

»Du bist schon eine verdammt gute Köchin«, sage ich lobend. »Ich kann mir nicht vorstellen, dass Papas Kollegin so gut kochen konnte.«

Sie lacht.

»Kann sein. Übers Essen hat er sich auch nie beschwert. Aber das war auch so ziemlich das Einzige.«

Etwas später, als Mama kurz im Badezimmer ist, überkommt mich ein plötzlicher Hoffnungsschimmer. Ich gehe ins Wohnzimmer und ziehe Ekelöfs und Frödings gesammelte Werke hervor. Aber da war ich etwas zu voreilig. Die Wodkaflasche

66

steht, wo sie immer steht. Es ist nur noch ein Viertel drin. Daneben eine unangebrochene Flasche Gordons Gin.

Es ist so kindisch, die Flaschen dort zu verstecken. Wenn sie heute Abend wieder eine Fahne hat, konfrontiere ich sie damit, dass ich sie durchschaut habe.

Oder auch nicht.

Nicht ausgerechnet heute, wo sie so glücklich ist.

Ich stelle die Bücher zurück. Plötzlich fällt mir auf, dass irgendetwas auf dem Regal anders ist. Etwas, das nichts mit dem Schnaps zu tun hat. Es dauert eine Weile, bis ich sehe, was es ist. Die gerahmten Fotos auf dem mittleren Regal stehen weiter auseinander als sonst. Eins ist nicht mehr da – das Foto von Papa.

Das löst ganz widersprüchliche Gefühle in mir aus. Das Bild hat immer dort gestanden. Aber wahrscheinlich ist es jetzt an der Zeit, ihn ordentlich sterben zu lassen.

DAS GESTÄNDNIS KOMMT VÖLLIG UNERWARTET. Ich bin komplett unvorbereitet.

Wahrscheinlich hätte ich misstrauisch werden sollen bei der Liebeserklärung am Telefon. Oder dass Johan mich mit einer so leidenschaftlichen Umarmung begrüßt. Aber ich bin einfach nur glücklich. Erleichtert und entspannt und glücklich und absolut schutzlos.

»Du, ich muss mit dir reden«, sagt er plötzlich und zieht mich aufs Sofa.

Ich sehe ihn verwirrt an. »Ja?«

»Die Sache am Samstag ...«

O nein. Nicht das schon wieder.

»Ich weiß«, sage ich eilig. »Das war saudumm von mir. Aber ...«

Er unterbricht mich. Legt zwei warme Finger auf meine Lippen.

»Das war nicht dumm. Ich war nur so wütend ... weil ich mich ertappt gefühlt habe.«

»Du bist ja schließlich nicht verpflichtet, mir über alles Auskunft zu geben, was du tust! Natürlich braucht man Zeit für sich selber und ...«

»Kannst du nicht einfach mal zuhören«, unterbricht er mich. »Es fällt mir verdammt schwer, das zu sagen! Ich war nicht allein. Ich war bei jemandem. Einem Mädchen.«

Die Botschaft dringt in mein Hirn, findet aber keinen Halt. Das Sofa unter mir fängt an zu schwanken. Das ganze Zimmer fängt an zu schwanken. Die Wände rücken näher, immer dichter zusammen. Ich kann nichts sagen, meine Zunge bewegt sich nicht mehr. Johan nimmt meine Hände.

»Ich habe seit gestern unentwegt darüber nachgedacht«, sagt er. »Und ich liebe dich, Fanny. Ich will dich nicht verlieren. Du bist ... wichtiger als sie. Verstehst du?«

Ich schüttele den Kopf. Nein, ich verstehe nicht. Ich verstehe gar nichts. All die kleinen grauen Arbeiter in meinem Kopf sind gleichzeitig in Streik gegangen. Ich weiß auch gar nicht, ob ich es überhaupt verstehen will.

»Wir müssen doch ehrlich sein«, fährt Johan fort. »Ich meine, wenn wir zusammen sein wollen, vielleicht sogar zusammenziehen wollen, dann müssen wir doch ganz offen sein. Ich finde es wichtig, dass ich dir davon erzähle, obwohl es sicher einfacher wäre, es zu verschweigen, aber Ehrlichkeit ist doch das Wichtigste, oder? Es ist doch besser, die Karten auf den Tisch zu legen und noch mal von vorne anzufangen. Oder?«

Ich sehe ihn an und frage mich, ob ich jetzt nicken soll. Sein Blick wird unruhig.

»Ich mache natürlich Schluss«, sagt er. »Mit ihr, meine ich.«

Schluss?

Etwas, das einen Schluss hat, hat auch einen Anfang, so weit kann ich gerade noch denken, trotz meines unbemannten Gehirns.

»Dann ... ihr ... du und sie ... Also, ihr ...« Ich kriege keinen Zusammenhang in die Worte. Sie verhaken sich ineinander. Ich nehme neu Anlauf, diesmal mit mehr Luft in der Lunge. »Ihr habt euch also schon öfter getroffen?«

Johan nickt. »Ein paar Mal. Meistens samstags.«

Schon klar. An meinem und Alexandras Tag. Samstags. Wenn

69

Alexandra und ich im Kino oder mit Freunden unterwegs waren, hat mein Freund sich mit einer anderen im Bett gewälzt. Das passiert jetzt gerade nicht. Das ist nur ein Film. Ein Film, den wir uns unten in der Videothek geliehen haben.

»Das war verdammt dumm von mir und es tut mir verdammt leid«, sagt Johan.

»Ist es … Kenne ich sie?«, hauche ich.

»Spielt das eine Rolle?«

Ob das eine Rolle spielt? Natürlich spielt das eine Rolle! Das spielt eine verflucht wichtige Rolle! Ich nicke. Jedes Wort und jede Bewegung erfordern eine ungeheure Anstrengung von mir, alle Kraft, die ich aufbringen kann.

Er seufzt. »Ja, doch, du kennst sie. Sanna. Sanna Cederlund. Ihr wart mal in der gleichen Klasse, glaube ich.«

Ich kneife die Augen zu. Sanna. Nein, nicht Sanna! Nicht eine meiner Freundinnen! So etwas tut man nicht! Nicht Sanna!

Ich fass es nicht.

Und gleichzeitig nur zu gut.

Im Grunde genommen hätte ich schon längst was merken müssen. Die hübsche, schlanke Sanna. Die in letzter Zeit so schweigsam ist. Die einen Ausbruch kriegte, als Eleonor andeutete, sie hätte was laufen. Und das hatte sie. Mit Johan. Meinem Johan.

Wo bleiben die Tränen? Jetzt wäre es wirklich angebracht, zu heulen und ihm zu zeigen, was für ein fieses Schwein er ist, ihm ein schlechtes Gewissen zu machen. Wo bleiben die Tränen, wenn ich sie brauche?

»Wir haben das nicht geplant«, sagt Johan. »Es ist einfach passiert.«

Einfach passiert?

So was passiert doch nicht einfach? Ein Mal passiert es vielleicht einfach! Aber nicht mehrere Samstage nacheinander.

Ziehender Schmerz im Zwerchfell. Meine Hände sind schweißnass. Ich ziehe sie von ihm weg.

»Entschuldige«, sagt Johan.

Ich glaube, das ist das erste Mal, dass ich ihn um Entschuldigung bitten höre. Das Wort benutzt er offensichtlich nur, wenn es wirklich nötig ist. Und jetzt ist es nötig. Aber es kommt nicht bei mir an. Es prallt an mir ab und fällt zwischen uns zu Boden. Was soll die Entschuldigung? Eine Entschuldigung ändert gar nichts an der Situation. Mir ist mit einem Mal sonnenklar, dass eine Entschuldigung null Bedeutung hat.

»Bist du jetzt … sehr böse?«, fragt Johan.

Ich schüttele den Kopf.

»Es war doch richtig, dass ich es erzählt habe, oder?«, sagt Johan. »Dass wir ehrlich zueinander sind?«

Ich nicke.

Ich nicke und wünsche mir in Wahrheit, dass er gelogen hätte. Warum plötzlich dieser Ehrlichkeitsanspruch? Gibt es einen einzigen positiven Punkt an seiner Ehrlichkeit?!

»Ehrlichkeit ist das Wichtigste in einer Beziehung, stimmt's?«, sagt Johan und ich nicke wieder.

Er seufzt. »Jetzt sag doch was!«

Ich sehe ihn an. Mir fällt nichts ein, was ich sagen könnte.

»Was zum Beispiel?«

Er zuckt mit den Schultern. »Na ja … was … was du denkst, oder so.«

Was ich denke? Ich denke nicht. Nicht aktiv. Meine Gedanken purzeln unkontrolliert durcheinander, bruchstückhaft und

71

verwirrend. Landen in einem chaotischen und unübersicht-
lichen Haufen auf dem Boden.

Und jetzt? Das ist der einzige zusammenhängende Gedanke,
den ich zustande bringe. Und wie geht's jetzt weiter? Er legt die
Arme um mich, als ich ihn das frage.

»Ich gehöre nur dir, das ist doch klar. Wenn du mich noch
willst. Wir können ja wegen der Wohnung anrufen … Lass uns
einen Strich unter das Ganze ziehen und weitermachen. Nur
du und ich?«

Bis eben habe ich nicht gewusst, dass es etwas anderes als ein
»Nur-du-und-ich« gegeben hatte. Wusste nicht, dass wir zu
dritt sind. Wusste nicht, dass Sanna … Mein Gott! Jedes Mal,
wenn ich sie getroffen habe, in der Schule, im Miranda, frisch
gevögelt und noch ganz warm von … Ich weiß, wie sie nackt
aussieht. Zumindest wie sie nackt aussah, als wir nach dem
Sport noch zusammen geduscht haben. Runde, feste Pobacken
und spitze Brüste. Das Ganze solariumgebräunt. Ihre Mutter
hat einen Schönheitssalon mit Solarium. »Hähnchengrill«, wie
Mama immer sagt.

»Wie viele Samstage?«, frage ich. »Wie lange … geht das
schon?«

Johan windet sich. Ihm ist das offensichtlich lästig. »Ich weiß
nicht so genau.«

»Natürlich weißt du das!«, fahre ich ihn an.

Er breitet die Arme aus. Seine Augen funkeln genervt.
»Nein, weiß ich nicht! Ein paar Mal! Fünf oder sechs oder was
weiß ich! Was spielt das für eine Rolle?«

Eine große.

»Weil ich sie fast jeden Tag getroffen habe, ohne was zu wissen«, sage ich. »Sie hat es gewusst, aber ich nicht.«

»Aber das bedeutet doch nichts«, sagt Johan. »Das ist nicht so ... wie mit dir.« Er springt auf. »Jetzt weißt du es jedenfalls. Mach damit, was du willst.«

Was ich will? In dem Fall will ich das Ganze ungeschehen machen. Ich will, dass alles ist wie früher. Ich will nichts wissen. Und gleichzeitig will ich alles wissen.

Aber ich will Johan nicht verlieren. Alles, nur das nicht!

Er schaltet den Computer ein. Kaum ist das Leben mal ein bisschen kompliziert, hockt er sich an den Computer. Das ist seine alternative Wirklichkeit. Eine Wirklichkeit, die sich kontrollieren lässt. Ich bleibe auf dem Sofa sitzen und starre vor mich hin, während ich zu begreifen versuche, dass Johan über mehrere Wochen ein Verhältnis mit Sanna hatte. Dass sie in seinem Bett gelegen haben, dass seine Stimme in ihrer Nähe belegt und tief wurde, dass er sie so sehr gewollt hat, dass er dafür alles aufs Spiel gesetzt hat. Uns.

Aber wie bekloppt kann man auch sein. Wie komme ich denn darauf, allein für Mister Perfect reichen zu können? Wie konnte ich mir das einbilden?

Ich habe plötzlich das unbändige Verlangen, die ganze Wahrheit zu erfahren. Jedes noch so kleine Detail. Von wem ging die Initiative aus – hat er an uns gedacht, wenn er zu ihr ging – was haben sie gemacht – was hat *sie* gemacht – war das besser als das, was ich mache?

»Du musst mir alles erzählen«, sage ich.

Johan nimmt den Blick vom Bildschirm und sieht mich an. »Was soll ich erzählen? Ich habe dir doch gerade alles erzählt. Und ich hatte eine Scheißangst, es dir zu sagen. Du könntest mir ruhig einen kleinen Kredit einräumen, dass ich es getan habe.«

Ach so. *Ich* soll *ihm* entgegenkommen! Er sollte mir ein bisschen entgegenkommen, dafür dass ich ihm keine Szene mache und ihn nicht einfach sitzen lasse. Aber das geht ihm offenbar am Arsch vorbei. Ihm kann das ja egal sein. Die Mädchen stehen ja Schlange vor seiner Tür. Aber er muss damit nicht rumprahlen wie Alexandras Pontus. Bei ihm ist das was ganz Selbstverständliches.

»Wie hat es angefangen?«, frage ich. »Und warum ist jetzt plötzlich Schluss damit?«

Er seufzt. »Es hat sich einfach so ergeben, das habe ich doch gesagt! Sie hat mich angemacht, in so einem ausgeschnittenen Pullover, man konnte fast ihre Brustwarzen sehen ... Sie sah saugut aus ... Scheiße ... Und du warst mit Alex unterwegs ... Ich hab nicht viel nachgedacht. Einmal ist keinmal, sozusagen. Aber ich war nicht in sie verliebt oder so.«

»Und dann?«

Johan fährt sich mit den Händen durchs Haar. »Muss das sein?«

»Ja!«

Ich quetsche die Details aus ihm heraus. Ich frage alles, alles, was ich nicht wissen will, was nicht passiert sein sollte, alles presse ich aus ihm heraus. Als ich ihn am Samstag angerufen habe, lag er mit ihr im Bett. Er musste aufstehen und ein paar Schritte beiseitegehen, um mit mir zu sprechen. Das war es, was ich gehört habe. Das Rascheln. Die Schritte.

Später am Abend hatte sie ihm dann ein Ultimatum gestellt. Er solle sich entscheiden. Sie oder ich. Und er hat sich für mich entschieden.

»Das wird Sanna echt treffen«, sagt er aufgewühlt. »Ich will ihr nicht wehtun, dachte, es wäre ihr klar, dass es nur ... ja, du weißt schon, vorübergehend ist. Aber offenbar ist sie von was anderem ausgegangen. Oder hat es zumindest gehofft. Und am Sonntag, im Miranda ... O Mann, das war ganz schön heavy, als sie und Eleonor reinkamen und wir an einem Tisch sitzen mussten!«

Ich sehe sie vor mir, wie sie hektisch in ihrem Latteglas rührt. Johans Arm, der von meiner Stuhllehne gleitet. Es hat direkt vor meinen Augen stattgefunden und ich habe nichts gerafft.

Aber jetzt.

Jetzt raffe ich, dass Johan von mir erwartet, dass ich ihn für sein Geständnis lobe und Mitleid mit Sanna habe, weil sie die Verschmähte ist. Abgewählt. Ich bin die glückliche Siegerin und habe mich zu freuen.

»Dann ... rufst du sie also an?«, frage ich kleinlaut. »Morgen?«

»Ja«, sagt er. »Mach ich. Können wir das jetzt abschließen? Wollen wir ... du weißt schon ... noch mal anfangen?«

Ich nicke. Sicher. So was passiert ja wohl in den meisten Beziehungen. Was habe ich noch neulich in der Zeitung über die Seitensprungfrequenz der Männer gelesen? Eine ziemlich hohe Prozentzahl stand da jedenfalls. So hoch, dass man das hier als »ganz normal« betrachten kann.

Und er hat sich doch für mich entschieden. Er will mich. Mich liebt er.

Aber die Wände rücken immer noch bedrohlich näher.

NACHT.

Johans Atemzüge neben mir.

Ich schaue in die Dunkelheit und warte auf die Dämmerung, das graue Licht, wissend, dass dort die Dämonen lauern, und dennoch warte ich. Schlimmer als jetzt kann es kaum werden. Morgen werde ich in die Schule gehen und Sanna Auge in Auge gegenüberstehen. Vielleicht merkt sie, dass ich es weiß, dass Johan es mir erzählt hat.

Ab und zu zieht ein Erinnerungsfetzen durch meinen völlig übermüden Kopf. Taucht auf, entfaltet sich und verblasst wieder.

Johans Lächeln im sommerlichen Linnépark. Unsere zweite Verabredung, das zweite Mal, als er mich angerufen und gefragt hat, ob ich schon was vorhätte oder was mit ihm unternehmen möchte. Beim ersten Mal waren wir im Kino. Hinterher hatte er mich nach Hause gebracht und mich ganz keusch mit geschlossenen Lippen geküsst und ich hatte mich wie in die Fünfzigerjahre zurückversetzt gefühlt (oder wann immer das war, als man seine Abende mit einem Kuss vor der Haustür beendete). Im Park ist es dann anders. Er berührt mich ständig, zieht mich hinter Hecken und Baumstämme, hält mich fest, lässt mich spüren, was er will. Ich bin selig. Wahnsinnig und unbeschreiblich glücklich. Über mir der pralle, blaue Himmel, kitzelnde Sonnenstrahlen im Nacken, als ich mich zu ihm umdrehe und meine Lippen auf seine drücke.

»Fanny«, flüstert er. »Du bist so unglaublich schön … Ich

würde so gern … mit dir zusammen sein. Richtig. Dass du meine Freundin bist.«

Ich lache. Mein ganzer Körper lacht.

Mein Gott, war ich happy an diesem Tag, als er das gesagt hat.

Wenig später lagen wir auf seinem Bettsofa. Er streichelte mich so lange, bis ich vor Verlangen fast verglühte. Dann war er in mir und kam in weniger als einer Minute. Aber das machte nichts. Ich befand mich im siebten Himmel.

Mister Perfect und ich. Johan und Fanny.

Wir sind inzwischen ein feststehender Begriff. Eine Zweisamkeit. (»Wollen wir Johan und Fanny auch einladen?«)

Johan ist einundzwanzig. Ich bin neunzehn. Ich habe schon ein paar Mal an Kinder gedacht, den Gedanken zumindest gestreift. Johan und ich in unserer gemeinsamen Wohnung. Johan und ich und unser Baby.

An welcher Stelle kam Sanna plötzlich ins Spiel?

Wie wurde sie plötzlich ein Teil davon?

Der Dämon kommt, genau wie ich es mir gedacht habe. Aber ich habe nicht damit gerechnet, dass er so grausam sein würde. Hatte gehofft, dass es nicht noch schlimmer werden würde. Aber das wird es. Er beugt sich über mich, kalt und grau, und mit feuchtem Atem flüstert er mir ein, dass Johan sich erst gegen Sanna entschieden hat, als er *musste*. Er will sie *auch*. Ohne ihr Ultimatum würde er auch weiter samstags zu ihr gehen, auf Feten in verborgenen Winkeln mit ihr rumknutschen, sich aufgeilen und dann mit mir schlafen. Das ist es, was er *eigentlich* will. Er hätte am liebsten auf die Entscheidung verzichtet und hat sich nur entschieden, weil sie es von ihm verlangt hat.

77

Ich will nach Hause. Zu Mama und in mein eigenes Bett. Ich stehe auf, mache das Licht in der Küchennische an und schreibe einen Zettel.

»Ich gehe nach Hause. Muss alleine sein und nachdenken. Bin ziemlich geschockt, wie du dir vielleicht denken kannst. Melde mich.«

Ich lese den Zettel noch einmal durch und begreife, dass er mich alles kosten kann. Dass ich seinetwegen Johan verlieren kann. Unsere gemeinsame Zukunft. Vielleicht bereut er seine Entscheidung ja und sagt etwas ganz anderes, wenn er mit Sanna telefoniert.

Ich reiße den Zettel in winzig kleine Fetzen, die ich so tief wie möglich in den Müllbeutel drücke. Dann krieche ich wieder neben ihm ins Bett. Starre weiter in die Dämmerung, die allmählich über die Nacht siegt.

Am folgenden Tag bin ich ein Wrack.

Johan ist grundsätzlich ein Morgenmuffel. Er sagt zwar, dass ich ihn wecken soll, wenn ich aufstehe, murmelt dann aber nur unzusammenhängendes Zeug, wenn ich es tatsächlich tue. Ich wünsche mir, dass es an diesem Morgen genauso ist, alles soll wie immer sein, aber das ist es nicht. Er steht mit mir auf und frühstückt mit mir.

»Wie geht es dir?«, fragt er.

»Müde«, sage ich. »Aber ansonsten okay.«

»Das heißt … du und ich, wir sind weiter … du weißt schon?«

Nein, denke ich, weiß ich nicht. Sind wir noch zusammen, wie man in der Mittelstufe zusammen war, oder sind wir ein Paar mit Zukunft?

»Natürlich«, sage ich. »Ich liebe dich.«

Er lacht. »Ich liebe dich auch. Ich wusste es, dass du das schaffen würdest. Du bist echt stark, Fanny.«

Ich fühle mich überhaupt nicht stark. Ist es in so einer Situation als Kompliment aufzufassen, wenn man als stark bezeichnet wird?

Als ich die Margarine und den Käse in den Kühlschrank stelle, sehe ich den Zettel, der mit einem Magneten an der Tür befestigt ist. Eine Telefonnummer. Die Nummer aus den Wohnungsanzeigen. Von der Zweizimmerwohnung in Rosbäck.

Ich begegne ihr gleich vormittags.

Sie ist schon von weitem zu sehen, leuchtet regelrecht in ihrem engen, knallroten Top und den tief sitzenden Jeans. Dazwischen leuchtet ein sonnengebräunter Streifen Haut. Haut mit Johans unsichtbaren Handabdrücken. Das dunkle Haar mit seinem Atem.

Sanna.

Die sich hinter all den Lügen versteckt hat, mit denen ich gelebt habe.

Aber er hat sich für mich entschieden. Sie hat ihn gezwungen, sich zu entscheiden, und er hat mich gewählt. Ob sie wohl glaubt, dass er sich für sie entscheidet?

Ich will sie nicht sehen, aber sie zieht meinen Blick magisch an. Als ob ihre Existenz den entscheidenden Muskel hinter meinen Augäpfeln beherrschte. Als Eleonor Alexandra und mich entdeckt, steuert sie schnurstracks auf uns zu, und da hat Sanna kaum eine andere Wahl, als mitzukommen. Alles andere wäre seltsam. Aber ich bin fast sicher, ihren Widerwillen zu spüren, mit dem sie ihre Schritte in unsere Richtung lenkt. Ich will cool sein, ihr in die Augen sehen, sie vernichten, zeigen,

79

wer gewonnen hat, aber ich starre auf ihre Füße, bin nicht in der Lage, sie anzusehen. Vielleicht geht es ihr genauso.

Ich mochte Sanna! Sanna war eine von den Netten und Zuverlässigen.

Manche Dinge tut man einfach nicht. Man schläft nicht mit dem Freund seiner Freundin. Ich sehe von Sannas Füßen zu Eleonor, von Eleonor zu Alexandra und für einen schwindelerregenden Augenblick kommen sie mir alle so fremd vor.

Nein, nicht Alexandra, sie nicht. Sie würde so etwas niemals tun. Oder?

Als würde sie spüren, dass ich an sie denke, dreht sie den Kopf und sieht mich an. Streicht das Tulpenhaar aus dem Gesicht und kriegt einen nachdenklichen Blick.

Gleich kommen die Fragen. Alexandra und ich kennen uns zu lange. Ich kann unmöglich vor ihr verbergen, wenn es mir nicht gut geht. Und ich ersticke fast an dem Bedürfnis, mit jemandem zu reden. Trotzdem tue ich es nicht. Es geht nicht. Da gibt es eine Grenze.

Auf dem Weg zu den Schränken wirkt sie fast ein bisschen gekränkt.

»Bin *ich* das Problem, oder was?«, fragt sie gereizt.

»Nein. Nein«, sage ich. »Ich hab dir doch gesagt ... dass ich so schlecht schlafe. Ich bin so schrecklich müde.«

»Für wie bescheuert hältst du mich eigentlich? Konnten wir nicht immer über alles reden?«

»Ja, natürlich.«

Als ich den Schlüssel ins Schloss stecken will, stellt sie sich mir in den Weg.

»Es geht um Johan, oder?«, nagelt sie mich fest. »Du hast Probleme mit Johan, und jetzt glaubst du, ich hätte nichts Bes-

80

seres zu tun, als meine Angel auszuwerfen und ihn einzuholen wie einen verdammten Fisch. Ist es das? Sag schon!«

Alexandra ist zu intelligent für mich. Sie rechnet sich Sachen aus, auf die sie eigentlich gar nicht kommen sollte, und es wird ihr nicht entgehen, dass sie mitten ins Schwarze getroffen hat. Ich wage es ja kaum, vor mir selbst zuzugegeben, dass es so ist, aber als sie es ausspricht, wird es mir auf einmal erschreckend klar.

Ich hole Luft, um zu protestieren, aber es dauert zu lange; Alexandra hat ihre Bestätigung.

»Ich hatte wirklich gehofft, dass ich mich irre«, sagt sie. Und geht.

»Alex!«

Bei meinem lauten Ruf drehen sich alle möglichen Leute zu mir um. Alle außer Alexandra. Das schwarzlila Haar schwingt hinter ihrem Rücken.

»Tu was!«, ruft mein Gehirn dem Körper zu. »Du hast deine beste Freundin auf mieseste Weise verletzt. Jetzt tu schon was!«

Aber ich bin wie paralysiert. Stehe da wie angewurzelt und glotze hinter ihr her und merke, wie ich immer stärker Schlagseite bekomme. Wie eine Pappmachéfigur im Regen.

Im Unterricht sitzt sie auf ihrem gewohnten Platz, einen knappen Meter von mir entfernt, aber sie sieht mich nicht, ich bin Luft für sie, und ich weiß nur zu gut, dass ich das ganz allein mir zuzuschreiben und dass ich es nicht anders verdient habe.

Ich kritzle »Entschuldigung« auf einen Zettel, falte ihn zusammen und halte ihn lange in der Hand. Und dann werfe ich ihn doch nicht auf ihren Tisch. Mit einem »Entschuldigung«

81

gebe ich zu, dass sie recht hat. Dass ich tatsächlich so schlecht von ihr gedacht habe. Einer Entschuldigung muss ein Gespräch folgen, irgendeine Erklärung. Die Lektion habe ich nämlich gerade eben gelernt, dass eine Entschuldigung allein gar nichts bedeutet.

Die Stunde ist fast zu Ende, als ich »Es ist nicht so, wie du glaubst« auf einen neuen Zettel schreibe. Aber auch dieser Zettel landet nicht auf Alexandras Tisch. Ich habe schon genug gelogen. Und außerdem verlangt dieser Zettel genauso eine Erklärung. Ich müsste ihr von Sanna und Johan erzählen und erklären, warum ich das nicht eher getan habe.

Warum erzähle ich ihr nicht einfach, wie es ist, und sage ihr, dass mich Sannas Verrat so geschockt hat, dass ich plötzlich nicht mehr wusste, wem ich überhaupt noch trauen kann? Dass das nur am Schock lag ...

Aber Alexandra ist eine zu ehrliche Haut. Wenn sie daraufhin beschließt, mich wieder in Gnaden aufzunehmen, wird sie garantiert ein Mordsspektakel veranstalten und jedem erzählen, was Sanna getan hat, sie lauthals anklagen. Es wird nicht lange dauern, bis es alle wissen. Bei dem Gedanken, dass alle davon erfahren, wird mir eiskalt.

Es klingelt zur Pause. Keiner meiner Zettel ist bei Alexandra gelandet. Ich habe keinen Versuch unternommen, Kontakt zu ihr aufzunehmen. Sie steht auf, nimmt ihre Bücher und geht.

In der großen Pause ist sie mit Eleonor und Sanna zusammen. Ich gehe nicht zu ihnen, trotz Eleonors verwunderten Blicken. Eine Sekunde oder nur einen Bruchteil davon begegne ich Sannas Blick. Ich kann nicht erkennen, was sich darin abspielt. Vielleicht ahnt sie, dass ich es weiß. Vielleicht denkt sie, dass ich deswegen nicht zu ihnen komme.

Was fühlt sie?

Hat sie ein schlechtes Gewissen? Ist es Verachtung? Eifersucht?

Sie weiß noch nicht, dass Johan sich entschieden hat. Es ist jedenfalls unwahrscheinlich, dass er es ihr schon mitgeteilt hat. Außer, er hat ihr eine SMS geschickt. Aber Johan ist nicht der Typ, der per SMS Schluss macht. Nein, sie weiß noch nichts. Wahrscheinlich hofft sie in diesem Moment, dass er mich in die Wüste schickt. Da steht sie mit ihren spitzen Brüsten und dem braun gebrannten Bauch und glaubt, sie hätte gewonnen.

Ich will nicht an ihren Körper denken. Ihren Körper und Johans. Seine Hände zwischen ihren Beinen. Ich will nicht daran denken, aber die Gedanken gehorchen mir nicht. Mir geht durch den Kopf, dass sie doch bestimmt über mich gesprochen haben. Hinterher, dicht aneinandergeschmiegt – er schläft natürlich nicht ein, das hat er am Anfang unserer Beziehung auch nicht getan –, da werden sie über mich geredet haben. Oder komme ich gar nicht vor in ihren intimsten Augenblicken? Bin ich bereits ausgelöscht? Nicht existent?

Ich weiß nicht, was ich schlimmer finde. Dass sie sich über die dämliche Betrogene unterhalten oder dass ich für sie überhaupt nicht existiere.

Ich sage mir immer wieder vor, dass er sich für mich entschieden hat. Wie ein Mantra. Er hat sich für mich entschieden. Er hat sich für mich entschieden. Mich liebt er. Mich. Sie bedeutet ihm nichts. Das hat er gesagt. Aber geht man wirklich so oft mit jemandem ins Bett, der einem nichts bedeutet? Setzt man die Beziehung zu jemandem aufs Spiel, der einem wirklich was bedeutet, und riskiert alles für jemanden, der einem nichts bedeutet?

Das geht über meinen Horizont.

Andererseits fällt es mir gar nicht schwer, mir vorzustellen, dass ich Johan nicht genüge. Dass er unmöglich widerstehen kann bei den vielen schönen Augen, die ihm gemacht werden. Dass all die schmachtenden Mädchen um ihn herum einfach eine zu große Versuchung sind. Er ist Mister Perfect. Und ich bin ich. Fanny Wallin. Mit dem Namen fängt es schon an. Warum haben sie mir keinen vernünftigen Namen gegeben? Ist Fanny auf Mamas oder Papas Mist gewachsen? There's nothing funny about Fanny.

Ja doch, ich sollte dankbar sein. Als Johan vor die Wahl gestellt wird, wählt er Fanny. Und im Laufe des Tages ruft er Sanna an und macht Schluss mit ihr und dann ist es vorbei. Dann können wir weitermachen.

Wenn das mit Johan wieder im Lot ist, habe ich auch die Kraft, das mit Alexandra in Ordnung zu bringen. Die Kraft, es ihr zu erklären. Im Augenblick steht sie im feindlichen Lager, wenn auch nur aus dem Grund, weil sie nichts weiß. Und das liegt allein an mir. Da drüben stehen die drei Freundinnen zusammen, wie immer, und ahnen nicht, dass im Stillen eine Bombe hochgegangen ist.

Das weiß nur ich.

Und ich habe niemanden, mit dem ich reden könnte.

Der Tag zieht sich unerträglich in die Länge. Ich tue nichts anderes, als darauf zu warten, dass die letzte Stunde endlich vorbei ist und ich nach Hause gehen kann zu Johan, um mir Sicherheit zu verschaffen. Seine Arme, sein Mund und seine Bestätigung.

»HAST DU SCHON ANGERUFEN?«

Johan sieht fragend von seinem Computerbildschirm auf. Er müsse noch einen Job erledigen, meint er, als ich zu ihm komme. Der heute fertig werden muss. Lange werde es nicht dauern. »Wen angerufen?«

»Sie«, sage ich.

Er wendet sich wieder dem Bildschirm zu. »Das wollte ich heute Abend machen.«

»Sie dürfte jetzt aber zu Hause sein.«

Er hackt einen Augenblick fester auf die Tastatur. »Ich mache es heute Abend! Ich muss das hier erst fertig kriegen!«

Das ist ihm also wichtiger. Um den Seitensprung können wir uns später kümmern. Wenn Zeit ist.

Ich schneide Porree für eine Pastasauce. Meine Augen fangen schon wieder an zu brennen und ein penetranter Schmerz zieht vom Nacken bis in den Kopf.

Unter der Woche esse ich normalerweise zu Hause, aber heute habe ich es dort nicht ausgehalten. Ich wollte nicht warten, bis Mama nach Hause kommt. Musste zu Johan. Ich habe angekündigt, dass ich uns was Leckeres koche, was Thailändisches mit Chili und Limetten und schönen Farben. Er soll sehen, dass seine Entscheidung gut war.

Natürlich will er sie jetzt nicht anrufen, wenn er mitten in der Arbeit steckt. Er will heute Abend in aller Ruhe mit ihr reden. Das kann man ja verstehen.

Mein Kopf hämmert und ich fröstele.

»Hast du eine Kopfschmerztablette?«, frage ich.

»Vielleicht im Badezimmerschrank. Aber ich weiß nicht, ob noch welche da sind.«

In meinem Kopf spielt sich die Situation ganz anders ab. Er dreht sich zu mir um und fragt besorgt, ob ich krank bin, und ich sage, dass ich mich ein bisschen fiebrig fühle und Kopfschmerzen habe, aber dass ich eigentlich hauptsächlich traurig bin. Da kommt er zu mir, nimmt mich fest in den Arm und sagt, dass er auch traurig ist, traurig darüber, mir wehgetan zu haben. Und dann küsst er mich leidenschaftlich.

So sieht die Innensicht aus.

Die Außensicht ist anders. Da betrete ich das kleine Badezimmer, mache den Schrank auf und stelle fest, dass keine Schmerztabletten mehr da sind. Ich stehe eine ganze Weile da und betrachte mein Spiegelbild. Man sieht mir an, dass ich mehrere Nächte nicht geschlafen habe. Das Haar ist ohne Glanz und ich habe dunkle Ringe unter den Augen. Ich denke an Sannas braunen Bauch und ihre fülligen Lippen.

Zehn Minuten später stehe ich wieder vor der Küchenanrichte. Ich schneide den Porree fertig und eine kleine rote Chilischote in Streifen und lausche dem Klackern der Computertastatur. Ich will ihn nicht nerven. Niemand mag jemanden, der nervt. Und ich will, dass er mich mag.

»Was ist das für eine Arbeit?«, frage ich.

»Eine Homepage. Für Erik Wester, seine Anwaltskanzlei, du weißt.«

»Nein, weiß ich nicht. Ich brauchte zum Glück bisher noch nie einen Anwalt.« Ich lächele ihn an, aber er klebt mit seinem Blick am Bildschirm.

Ich kann nichts dafür, dass mir ständig die Tränen kommen.

Ich kämpfe, um sie zurückzuhalten, aber dann mogelt sich doch eine heraus, und ich wische sie reflexartig mit der Hand weg, ohne daran zu denken, dass ich gerade eine höllenscharfe Chili gehackt habe. Eine kurze Berührung mit den Fingerspitzen reicht, dass es brennt, als hätte mir der Teufel seinen Dreizack ins Auge gebohrt. Ich halte den ganzen Kopf unter den Wasserhahn und spüle das Auge mit kaltem Wasser aus, während der Schmerz sich mit einer Wucht ausbreitet, dass er für einen Moment alles andere verdrängt.

»Was machst du da?!«

Plötzlich steht Johan neben mir. Das Wasser läuft über mein Gesicht und mein Haar. Ich kriege das Küchenhandtuch zu fassen und drücke es mir aufs Auge.

»Chili«, schniefe ich. »Ich hab Chili ins Auge bekommen. Das brennt wie Hölle.«

Seine Hände um meine Schultern, er zieht mich unter die Lampe. »Lass mich mal sehen!«

Das intensive Feuer ist in ein beißendes Schmirgelgefühl übergegangen, als Johan sein Gesicht dicht über meins beugt und das Auge begutachtet.

»Ein bisschen gerötet«, stellt er fest. Er nimmt mich in den Arm und legt seine Wange auf mein Haar. »Und ziemlich nass«, sagt er grinsend.

Ich erwidere seine Umarmung.

»Es ist so anstrengend«, sage ich leise. »Es ist gut, dass du es erzählt hast, und bestimmt renkt sich alles wieder ein, aber im Moment ist es einfach nur anstrengend … Es wäre gut, wenn du sie bald anrufen würdest. Ich habe das Gefühl, wir können erst weitermachen, wenn du sie angerufen hast.«

Seine Umarmung lockert sich.

87

»Geht das schon wieder los! Ich *werde* sie ja anrufen. Aber das ist schließlich nichts, was man mal eben so kurz am Telefon mitteilt. Das musst du doch begreifen.«

»So wie du das sagst, klingt es, als wärt ihr wirklich … zusammen gewesen. Als wäre zwischen euch und uns kein großer Unterschied.«

Johan seufzt entnervt. »Ich habe es dir doch bereits gesagt. Sie glaubt, da wäre mehr. Das war wohl auch der Grund, warum sie plötzlich wollte, dass ich mich entscheide. Und genau das habe ich getan! Ich liebe dich, verdammt noch mal, reicht das denn nicht?«

Ich sinke auf die Armlehne des Sofas. Presse die Handfläche auf mein brennendes Auge.

»Ich liebe dich auch, verdammt noch mal«, flüstere ich.

»Dann hast du aber eine sehr merkwürdige Art, es zu zeigen«, sagt er und setzt sich wieder an seinen Computer.

Das ist das Stichwort. Ich koche über. Bin randvoll mit schwarzroter Lava. »Ich? Ich habe eine merkwürdige Art, das zu zeigen? Nicht ich bin es, verdammt noch mal, die in der Gegend rumvögelt!«

Johan fährt wütend von seinem Bürostuhl hoch, der nach hinten rollt und gegen den Sofatisch knallt.

»Ich habe mich entschuldigt, ich habe zugegeben, dass das dumm und falsch war und dass ich mit ihr Schluss mache. Was willst du noch? Entweder hältst du jetzt die Klappe oder du gehst nach Hause!«

Meine Luftröhre ist wie abgeklemmt, als ich mit den Schnürsenkeln kämpfe. Haare und T-Shirt sind nass, mein Auge brennt, meine Beine sind steif, lassen sich kaum beugen und ich kriege keine Luft.

88

In diesem Zustand stolpere ich, so schnell ich kann, nach Hause, in die Wohnung, in mein Zimmer, wo ich gerade noch die Tür abschließen kann, bevor ich auf dem Bett zusammenbreche.

Es dauert nur wenige Sekunden, bis Mama an der Türklinke rüttelt.

»Fanny …? Fanny, Liebling, was ist mit dir? Ist was passiert?«

Ich kriege kaum Luft, die Lungen sind wie zusammengeklebt, ich bekomme keinen Ton heraus.

»Ich habe schreckliche Kopfschmerzen, lass mich einfach nur in Ruhe … Wird sich schon legen«, krächze ich.

Stille.

Dann erneut ihre Stimme. Die Unruhe dringt durch die Tür, presst sich durch jede Ritze.

»Das ist doch kein Grund, die Tür abzuschließen. Du schließt doch sonst nie ab. Soll ich dir was bringen? Eine Kopfschmerztablette?«

Ihre Fürsorge tut fast weh, treibt mir neue Tränen in die Augen.

»Ich will einfach nur meine Ruhe haben … bitte!«

Die folgende Stille verrät mir, dass sie noch eine ganze Weile vor der Tür steht. Aber sie sagt nichts mehr. Und kurz darauf höre ich, wie sie mit zögernden Schritten weggeht. Als würde sie jeden Augenblick damit rechnen, von mir zurückgerufen zu werden.

In meinem Kopf geht alles durcheinander, die Gedanken werden zermahlen wie in der Schraube einer Fleischmühle. Und es fühlt sich an, als würden die Eingeweide gleich mit verhackstückt, umgekrempelt und zerfetzt.

Jetzt telefoniert er wahrscheinlich mit Sanna.

Jetzt telefoniert er mit Sanna und sagt ganz andere Dinge zu ihr, als er hätte sagen sollen. Vielleicht geht er heute Abend ja zu ihr, umfängt sie mit seiner Wärme und steckt seine Nase zwischen ihre spitzen Brüste.

Fanny nörgelt ständig rum, Fanny nervt und ist sauer. Aber Sanna empfängt ihn mit einem Lächeln, macht die Beine breit und genießt ihren Sieg.

Ich halte das nicht länger aus.

Ich muss zurück. Mich bei ihm entschuldigen, ehe es zu spät ist.

Mein Herz hämmert, als ich mein schmuddeliges T-Shirt gegen ein frisch gewaschenes, weiches und ziemlich enges Top austausche, das Johan sexy findet, wie er mal gesagt hat. Ich bringe die Haare in Ordnung und schminke meine rot geränderten Augen, so gut es geht.

Mama kommt leise angeschlichen und sieht mir zu, wie ich mich schminke.

»Willst du schon wieder weg? Was ist eigentlich los?«

»Ich will zu Johan.«

»Aha … Geht's deinem Kopf jetzt besser? Du siehst … müde aus.«

»Danke schön, genau das brauche ich jetzt!«

»Meine Güte, Fanny, ich hab es nicht so gemeint. Du siehst sehr süß aus.«

Ich stecke den Eyeliner ins Etui und drehe mich zu ihr um. »Hast du nichts Besseres zu tun? Gar nichts?!«

Sie lächelt entschuldigend. »Doch, natürlich … Hab einen schönen Abend. Du wirst ja hoffentlich den Mund aufmachen, wenn du … reden möchtest oder so …«

Sie verschwindet in die Küche.

Ich ziehe meine Schuhe an und gehe die Vegagatan zurück, am Marktplatz vorbei, quer durch den Park und hinterm Theater in das graue Wohnviertel, wo Johan seine Wohnung hat. Scheinbar hat er mich schon vom Fenster aus gesehen, jedenfalls öffnet er bereits die Tür, als ich noch nicht ganz oben bin, und erwartet mich. Er zieht mich an sich und hält mich ganz, ganz fest.

»Fanny«, flüstert er leise in mein Ohr. »Scheiße, du hast mir einen schönen Schrecken eingejagt.«

Ich sage nichts, die Worte haben sich in meinem Hals verklumpt und hängen fest. Johan zieht die Tür zu und wir küssen uns, ohne die Umarmung zu lösen. Plötzlich sind seine Hände unter meinem Pullover, auf meinen Pobacken. Unsere Lust hat was Verzweifeltes, wir schaffen es nicht einmal die wenigen Schritte zum Sofa, sondern fallen gleich auf dem harten Flurboden übereinander her. Ich habe einen Sportschuh unter der Schulter, als er in mich eindringt, den ich so zurechtrücken kann, dass er mir als Kopfkissen dient. Johan lacht über mich, und wenn ich mich nicht täusche, sind seine Augen ganz feucht.

Vielleicht liebt er mich ja wirklich.

Mehr als je zuvor.

Wie soll ich ihm da nicht verzeihen können?

An diesem Abend ruft Johan Sanna nicht an. Er hat schließlich keine Zeit, kriegt keine Chance, wir kleben aneinander, und da macht es auch nichts, dass er sie nicht anruft, weil es in diesem Moment nur um uns zwei geht. Wir müssen uns trösten, unsere Wunden lecken und nach vorn gucken. Er schläft mit

91

einem Arm um mich ein und in mir ist ein warmes Gefühl, ich bin fast glücklich.

Am nächsten Morgen bin ich wild entschlossen, mit Alexandra zu reden. Im Grunde genommen habe ich nie wirklich geglaubt, dass sie ihre Krallen in Johan schlagen würde, sobald es zwischen uns kriselt. Nicht wirklich, oder? Ich war nur so verwirrt und verunsichert, als ich gemerkt habe, dass er mich angelogen hat. Das kann einem schon den Boden unter den Füßen wegreißen, wenn derjenige, dem man blind vertraut, einen hintergeht. Und direkt gelogen wäre es ja nicht, wenn ich Alexandra sagen würde, dass meine Probleme absolut nichts mit ihr zu tun haben und dass ich nur wegen Johan nicht mit ihr darüber reden wollte. Und dass es mich in einen echten Loyalitätskonflikt gebracht hat, als sie es unbedingt wissen wollte.

Alexandras Augen verengen sich und sie mustert mich genau.

»Lüg mich nie wieder an«, sagt sie. »Wenn du mich anlügst, ist es vorbei mit unserer Freundschaft. Ich hasse Leute, die lügen.«

»Ich weiß«, sage ich.

»Gut.«

Sie wartet auf mich, während ich meine Sachen aus dem Schrank hole, und geht an meiner Seite die Treppe hoch. Trotzdem habe ich das Gefühl, als würde zwischen uns ein Abgrund klaffen. Das sind genau die Situationen, in denen man Freunde braucht. Das sind die Gelegenheiten, in denen man zusammenhockt und heult und diskutiert und sich seiner besten Freundin anvertraut. Warum bin ich nicht normal? Was stimmt nicht mit mir?

In der Mittagspause sitzen wir, wie so oft, mit Eleonor und Sanna an einem Tisch. Ich rieche Sannas Parfüm, Moschus und ein schwerer, süßer Duft, der lange Nächte und Intimität verheißt. Und wieder stelle ich mir die Frage, ob ihr klar ist, dass ich Bescheid weiß. Dass Johan mir alles erzählt hat.

Macht es sie nervös, dass er sich nicht meldet? Oder genießt sie es, dass er sich offenbar nicht entscheiden kann, dass es ihr möglicherweise gelungen ist, unsere Beziehung zu knacken, unsere gemeinsame Zukunft?

Aber er hat sich entschieden.

Gestern Abend hat er eindeutig gezeigt, dass er sich entschieden hat. Dass er mich liebt. Soll Sanna mit ihrem braunen Bauch und ihrem Moschusduft doch sehen, wo sie bleibt. Sie hat verloren. Sie ist absorbiert. Sie ist out.

Nachmittags haben wir Gemeinschaftskunde. Alexandra und ich gehen in die Bibliothek und suchen im Internet nach Material und unterhalten uns über die Rolle der USA in der UN, kommen aber irgendwie nicht vom Fleck. Mehr als ein paar halbherzige Notizen bringen wir nicht mit zurück in den Klassenraum. Das, was uns eigentlich interessiert, legt sich wie eine klebrige Schicht über unsere Zusammenarbeit. Auf Finns Stirn bildet sich eine besorgte Falte, als er sieht, was wir zusammengetragen haben. Er hat keine Schwierigkeiten, seine fünf Fehler zu finden.

»Jetzt reißt euch mal zusammen«, sagt er. »Es ist nicht so gedacht, dass ihr während der Arbeitszeit euer Privatleben durchhechelt oder was immer ihr macht. Nächste Woche sollen die Arbeiten als Referate vorgetragen werden. Was ihr nicht geschafft habt, kriegt ihr als Hausaufgabe auf. Okay?«

Wir nicken ohne Protest.

Wenn er wüsste, dass es gerade unser *nicht* durchgehecheltes Privatleben ist, das den Sand ins Getriebe gestreut und uns jeder Konzentration beraubt hat. Ich vermisse Alexandra, obwohl sie neben mir sitzt, und jemanden zu vermissen, der in greifbarer Nähe ist, ist schlimmer, als jemanden zu vermissen, der weit weg ist.

Aber wenn Johan erst Sanna angerufen hat, wenn wir endlich neu anfangen können, dann wird sich auch alles andere lösen. Dann habe ich die Kraft, die ich dazu brauche. Dann kann ich wieder klar denken. Klar denken und einiges wiedergutmachen.

Als ich um kurz nach drei zu Hause ankomme, ist Mama auch schon da. Ich werde unruhig, als ich ihre Schuhe und die Handtasche im Flur sehe. Ist was passiert? Die Unruhe legt sich rasch, als ich sie sehe. Sie lächelt mir entgegen. Ist richtig aufgekratzt.

»Ich habe mir ein paar Stunden freigenommen«, sagt sie. »Na ja, es ist schon so lange her, dass ich das letzte Mal ausgegangen bin, ich habe überhaupt nichts Vernünftiges anzuziehen für Samstag. Hättest du Lust, mit in die Stadt zu gehen und mir dabei zu helfen, was Schönes auszusuchen?«

Ich nicke. »Klar komm ich mit.«

Eigentlich will ich zu Johan. Aber es ist so schön, Mama glücklich und so erwartungsvoll zu erleben. Außerdem gehen wir so selten zusammen in die Stadt.

Sie hat einen Thunfischsalat gemacht.

»Ich wollte was Fettarmes machen«, sagt sie entschuldigend. »Ein paar Kilo weniger würden mir nicht schaden.«

Ich lache. »Bis Samstag?«

»Man weiß ja nie, vielleicht gehen wir ja öfter mal aus. Du kannst dir ja noch ein Brot schmieren, wenn du willst.«

Ich schüttele den Kopf. »Alles super, Mama. Ich sterbe auch nicht, wenn ich ein bisschen abnehme.«

Der Ausflug in die Stadt zieht sich länger hin als geplant. Wir bummeln von Laden zu Laden, ganz entspannt, kommentieren alles, was wir sehen, lachen über extrem ausstaffierte Schaufensterpuppen und probieren endlos Klamotten. Sie sieht eigentlich nur unglücklich aus, wenn sie in der Umkleidekabine mit den Knöpfen und Reißverschlüssen zu enger Röcke kämpft.

»Ich wusste ja, dass ich zugelegt habe«, murmelt sie, »aber dass ich nicht mal mehr in Größe zweiundvierzig passe … furchtbar …«

»Quatsch«, sage ich aufmunternd. »Die Größen fallen eben manchmal klein aus.«

Es ist fast sechs, als sie sich endlich für einen moosgrünen Rock und eine dazu passende Tunika entscheidet. Darin sieht sie jünger und schlanker aus. Ich ernte ein dankbares Lächeln, als ich das sage.

»Danke, dass du mitgekommen bist, Fanny, alleine hätte ich das nie geschafft. Ich hasse Umkleidekabinen.«

»Das sind wohl weniger die Umkleidekabinen, mit denen du Probleme hast, als mit dir selbst. Aber du wirst sie am Samstag alle im Sturm erobern!«

Sie kichert, aber ich sehe, dass sie sich geschmeichelt fühlt.

Ich gehe mit ihr nach Hause, springe schnell unter die Dusche und mache mich auf den Weg. Die Abendsonne taucht alles in einen goldenen Schimmer und die Luft ist herrlich warm. Als ich durch den Park zu Johans Straße gehe, duftet es

95

nach Sommer. Ein junges Pärchen mit Kinderwagen kommt mir entgegen. Sie dürften nicht viel älter sein als wir. Sie schiebt den Wagen vor sich her und er hat seinen Arm um ihre Schulter gelegt. Irgendwann gehen Johan und ich vielleicht auch so spazieren.

Leichtfüßig laufe ich die drei Stockwerke hoch, klingele einmal kurz und schließe die Tür auf.

Johan telefoniert. Er blickt auf, als er mich sieht.

»Du«, sagt er hastig in den Hörer, »ich muss Schluss machen. Ja … Nein … mh, klar … Doch, ja. Doch, sicher. Mh … Bis dann. Tschüs …«

Er legt auf. Aber er bleibt auf dem Stuhl sitzen und kommt mir nicht entgegen wie gestern.

»So«, sagt er. »Ich hab's getan. Bist du jetzt zufrieden?«

Dann hat er also mit Sanna telefoniert.

Meine Freude verpufft und weicht einer nagenden Unruhe. Was heißt hier »zufrieden«? Was will er damit sagen? Ich habe ihn schließlich zu nichts gezwungen. Er hat selbst entschieden. Seine letzten an sie gerichteten Worte hängen noch im Raum. Wie sind sie zu deuten?

»Warum hast du das gesagt?«, frage ich. »Habt ihr vor, weiter Kontakt zu halten, oder wie ist das zu verstehen?«

»Wovon redest du?«

»Warum hast du gesagt ›bis dann‹?«

»Das sagt man halt so.«

»Das sagt man nur, wenn man vorhat, in Kontakt zu bleiben.«

»Jetzt hör endlich auf! Was ist denn bloß mit dir los? Ich habe sie angerufen und ihr gesagt, dass Schluss ist. Das war es doch, was du die ganze Zeit wolltest.«

96

Ich sehe ihn an und versuche ruhig zu atmen. Der Sauerstoff im Zimmer nimmt schlagartig ab.

Warum muss das so sein? Warum habe ich plötzlich das Gefühl, ich müsste ein schlechtes Gewissen haben? Als hätte ich ihm ein Opfer abverlangt und er hätte sich meinem Willen gebeugt? Warum fühle ich mich, als stünde ich in *seiner* Schuld?

»Was soll das heißen?«, sage ich. »Du warst es doch, der … Du hast doch selbst gesagt, dass sie von dir verlangt hat, dass du dich entscheiden sollst, und dass du dich für mich entschieden hast.«

»Ja! Und jetzt habe ich Schluss mit ihr gemacht. Was stehst du also rum wie sieben Tage Regenwetter und streitest dich über Nichtigkeiten?«

»Ich streite nicht.«

Eben war ich noch so froh. Hoffnungsvoll. Jetzt rumort wieder die Lava in meinem Magen. Wie kann man solche Situationen vermeiden? Wird es jemals wieder normal zwischen uns? Wie macht man das?

»Ich … liebe dich …«, flüstere ich unglücklich.

Er seufzt. »Ich dich doch auch. Aber das ist alles nicht so einfach. Sanna war traurig. Verdammt traurig. Sie hat geweint.«

Ach so. Soll ich ihretwegen jetzt auch noch ein schlechtes Gewissen haben? Johan kann einem wirklich leidtun, weil er mit seiner Geliebten Schluss machen muss. Und diese verfluchte Schlampe erst, die versucht hat, mir Johan auszuspannen!

Im hintersten Winkel meines Bewusstseins blitzt immer wieder ein Gedanke auf. Ich war jahrelang mit Sanna befreundet. Fakt ist, dass ich sie seit dem Kindergarten kenne. Unendlich viel länger als Johan. Er hat gesagt, sie hätte ihn angemacht und verführt. Aber woher will ich wissen, ob das auch wirklich stimmt? Was macht mich so sicher, dass die Initiative von Sanna ausging? Und wenn nun Johan derjenige war? Vielleicht dachte er ja, es würde bei einem kleinen Seitensprung bleiben, aber dann hat sich mehr daraus entwickelt, mehr, als er erwartet hatte.

Ich sehe ihn an.

Wir müssen uns vertrauen können. Sicher sein, dass der andere die Wahrheit sagt. Sonst wird das Leben zur Hölle. Unser Leben. Das gemeinsame.

»Kannst du mir etwas versprechen?«, frage ich. »Ehrlich versprechen, meine ich?«

Er sieht mich fragend und abwartend an.

»Dass du mich nicht mehr belügst. Dass du sagst, wie es ist, wenn … wenn du jemand anders kennen lernst oder …«

Ich breche den Satz ab. Die Antwort ist offenbar nicht selbstverständlich, da er mich etliche Sekunden schweigend ansieht.

»Wenn du die Wahrheit hören willst«, sagt er schließlich, »ich bereue bereits, etwas gesagt zu haben. Tausendmal hab ich es bereut.«

Ich nicke. »Das verstehe ich. Soll ich dir auch was verraten? Ich auch. Ich habe mir auch schon gewünscht, du hättest nichts gesagt. Aber das ist falsch. So darf es zwischen uns nicht sein … oder?«

Johan seufzt. »Nein, das dachte ich ja auch. Darum habe ich es ja erzählt.«

»Du hast das Richtige getan. Es tut weh, aber es ist richtig.«

Er zieht die Schultern hoch. »Das hoffe ich.«

Nimm mich in den Arm, denke ich. Steh von diesem verdammten Stuhl auf und nimm mich in den Arm!

Aber er bleibt sitzen, wo er sitzt. Sieht mich resigniert an, als ob alles zu spät wäre. Warum muss eigentlich ich *ihn* trösten?

»Bist du ganz sicher?«, frage ich. »Hundertprozentig sicher, dass du die richtige Entscheidung getroffen hast?«

»Dass ich es dir erzählt habe?«

Ich zögere einen Augenblick, aber dann weiß ich, dass ich eine Antwort haben will.

»Als du dich für mich entschieden hast«, sage ich.

Johans Augen. Mein Gott, wie oft ich von diesen Augen geträumt habe. Ich bin abends mit seinem Blick eingeschlafen. Habe große Teile des Unterrichts verpasst wegen dieser Augen. Wegen des Gefühls, von ihnen gesehen zu werden. Aber das ist jetzt anders. Etwas ist anders als vorher. Etwas in der tiefblauen Iris ist nicht mehr länger selbstverständlich.

»Natürlich bin ich sicher«, sagt er nach einer viel zu langen Pause.

»Du lügst«, sage ich. »Du lügst schon wieder.«

Er stöhnt. »Verdammt, Fanny, du nervst! Ich war auf alle Fälle sicher! Aber du hast dich in den letzten Tagen so verändert! Total verändert.«

Mein Herz pumpt. Rackert und kämpft, um das Blut bis in die dünnsten Adern zu pumpen.

»Kannst du nicht begreifen, dass ich Zeit brauche …? Um darüber hinwegzukommen! Wenn du überraschend erfahren hättest, dass ich mit … Zacke gepennt habe oder sonst wem … Über mehrere Monate! Würde dich das nicht … stören?!«

Er starrt mich an. »Zacke?«

Ich zucke mit den Schultern. »Zum Beispiel.«

»Bist du in Zacke verknallt, oder was?«

Ich seufze frustriert. »Nein! Es geht doch nicht um ihn. Das war nur ein Beispiel! Ich möchte nur, dass du dir das mal vorstellst … Damit du es begreifst! Wie es für mich ist!«

Mir wird eiskalt. Ich will Johan nicht verlieren. Nur das nicht. Aber egal, was ich tue, alles ist falsch. Gibt es keine Ratgeber für solche Situationen?

»Nein«, sage ich kraftlos. »Ich liebe dich. Ich will das einfach nur hinter mich bringen.«

Er nickt. »Okay. Dann belassen wir es dabei. Wenn du immer wieder davon anfängst … bringen wir es niemals hinter uns! Du wolltest, dass ich Sanna anrufe und Schluss mache, das habe ich getan. Ich habe mich entschuldigt, gesagt, dass ich eine Dummheit begangen habe, und … Ich habe alles getan, was du von mir verlangt hast … Aber ich kann es verdammt noch mal nicht ungeschehen machen! Es ist, wie es ist. Und Sanna ist traurig, und es ist nicht schön, jemanden traurig zu machen, auch wenn ich mir sicher bin, mich für das richtige Mädchen entschieden zu haben. Aber wenn du dann die ganze Zeit darauf herumreitest … bin ich mir schon weniger sicher. Das kannst du doch sicher nachvollziehen?«

Ich nicke. So weh es auch tut, ich kann es nachvollziehen.

Nur zu gut.

ZWEI TAGE SPÄTER haben sich die Wogen ein wenig geglättet, es könnte aber auch sein, dass wir nur einen Schleier über das Geschehene breiten, den illusorischen Schleier einer Windstille. Alexandra und ich reden miteinander, verbringen die Pausen zusammen und sitzen in der Kantine am selben Tisch. Aber wir sind beide wachsam.

Ich würde ihr ja gerne alles erzählen, aber irgendwie habe ich den richtigen Zeitpunkt verpasst, eigentlich befinde ich mich bereits in einer Situation, in der es eine verdammt gute Erklärung bräuchte, wieso ich nicht eher mit ihr gesprochen habe. Wenn Sanna und Eleonor in der Nähe sind, kriege ich kaum ein Wort heraus, mein Hals schnürt sich zusammen und die Luft wird knapp. Sanna redet auch nicht mit mir und meidet meinen Blick genauso wie ich ihren. Ich gehe davon aus, dass sie weiß, dass ich eingeweiht bin. Ob ihr das peinlich ist, kann ich nicht sagen. Vielleicht weicht sie meinem Blick ja auch aus, um ihre Wut zu verbergen oder ihre Enttäuschung und ihren Hass auf mich. Bis vor kurzem waren wir Freundinnen. Nein, das stimmt nicht. Nicht bis vor kurzem. Sie hat mich schließlich mehrere Wochen hintergangen. Während ich davon ausging, dass wir Freundinnen sind.

Die Nachmittage verbringe ich so wie sonst auch bei Johan. Ich habe versprochen, die Geschichte mit Sanna nicht ständig wieder aufzuwärmen, und ich halte mein Versprechen. Minute um Minute, Stunde um Stunde halte ich mein Versprechen, obwohl Sannas Schatten die ganze Zeit zwischen uns steht, ob-

wohl ich ihn nicht umarmen kann, ohne Sannas sonnenge-
bräunten Bauch vor mir zu sehen oder ihre Lipgloss-glänzenden Lippen, die sich hungrig an ihm festsaugen. Aber ich halte
den Mund. Zum einen, weil ich es versprochen habe. Zum andern, weil es dazu nicht viel mehr zu sagen gibt. Nichts, was wir
sagen, kann es ungeschehen machen. Ich könnte verzweifeln,
wenn ich daran denke. *Nichts kann es jemals ungeschehen
machen.* Ich muss zugeben, dass ich mir vorher nie wirklich die
Tragweite einer Handlung klargemacht habe. Ich bin still-
schweigend davon ausgegangen, dass alles, was geschieht, sozusagen in einem großen Loch namens Vergangenheit verschwindet. Aber so ist es nicht. Alles, was wir erleben, lagert
sich in irgendeiner Form ab. Steht als versteinerte Zeit hinter
uns, ewig und unvergänglich.

Und doch vergehen diese zwei Tage. Und ich hoffe, dass ich
mit dem, was geschehen ist, leben kann. Johan ist bei mir geblieben, auch Alexandra ist mir erhalten geblieben. Jetzt gilt es,
was Neues aufzubauen, nach vorn zu blicken, aus der Erfahrung zu lernen und so weiter.

Am Samstagmorgen scheint die Sonne durch einen offenen
Spalt der Jalousie. Im Hinterhof singt eine Kohlmeise. Nebenan
im Bad dreht Mama die Dusche auf und summt gut gelaunt vor
sich hin. Als ich eine Viertelstunde später aufstehe, kommt sie
mir mit rosigem Teint, in ein hellblaues Frotteehandtuch gewickelt und mit einem weißen Handtuch um die Haare entgegen.

»Was für ein herrlicher Morgen«, sagt sie munter. »Gehst du
zu Johan, oder machen wir einen schönen, ausgiebigen Spaziergang, bevor ich mit dem Kochen anfange?«

»Wann kommt Vera?«

»Gegen sechs. Ich will Lasagne mit Spinat und Ricotta machen. Wie findest du das? Das ist schön einfach.«

»Klingt bestens.«

»Was haben Alexandra und du heute Abend vor?«

Ich zucke mit den Schultern. »Ins Kino gehen, vielleicht. Aber die Lasagne will ich auf keinen Fall verpassen«, sage ich. »Wahrscheinlich gehen wir also in die Neun-Uhr-Vorstellung.«

»Lad Alexandra doch auch zum Essen ein! Dann haben wir ein richtiges Mädel-Essen.«

Ich nicke. »Okay, ich frage sie.«

Wir frühstücken ausgiebig und in aller Ruhe, danach gehen wir raus. Ich rufe nicht bei Johan an, aber das ist völlig okay. Ich kann mir die Geschichte vom Leib halten, als ich mit Mama durchs Zentrum spaziere, am Bahnhof vorbei und runter zum See, um den ein asphaltierter Spazierweg führt. Wenn man zügig geht, schafft man es in einer Stunde um den See. Mama ist ziemlich bald außer Puste, aber so schnell gibt sie nicht auf.

»Meine Güte, ich hab überhaupt keine Kondition mehr!«, keucht sie. »Ich sollte das eigentlich ein paar Mal pro Woche machen, vielleicht schmilzt so das eine oder andere Kilo.«

»Dann sind deine neuen Klamotten ja gleich wieder zu weit.«

Sie lacht. »Stell dir vor, das würde mir gar nichts ausmachen!« Hier draußen in der Sonne geht mir auf, dass ich sie schon lange nicht mehr richtig angeschaut habe. Am Dienstag, bei unserer gemeinsamen Shoppingtour, habe ich einen kleinen Teil von ihr zu sehen bekommen, aber jetzt kommt sie ganz zum Vorschein. Wie frisch aus der Puppe geschlüpft, geblendet von dem grellen Licht draußen. Ich weiß nicht, wie ich es beschreiben soll. Natürlich war sie vorher auch schon da, aber es ist etwas mit ihr passiert. Seit wir über Papa gesprochen haben. Seit sie beschlossen hat, mit Vera auszugehen. Der erschöpfte und blasse Schmetterling hat seine Flügel entfaltet und lässt sie trocknen, um sie vorsichtig auszuprobieren. Ich finde das schön und beunruhigend zugleich. Ich habe das Bedürfnis, sie zu beschützen. Aber ich kann ja nicht einmal mich selbst beschützen.

Auf dem Heimweg kaufen wir Gemüse ein und Mama investiert in eine große Packung SlimFast.

Wieder zu Hause, gehe ich zum Telefon und wähle Johans Nummer. Aber noch vor dem ersten Klingelzeichen lege ich den Hörer schnell wieder auf. Soll er mich doch ruhig ein bisschen vermissen. Das wird ihm guttun.

Am Abend verbringt Mama eine halbe Ewigkeit vor dem Badezimmerspiegel und schminkt sich. Sie fragt mich, ob der Lidschatten zu ihr passt, wischt alles wieder ab und fängt noch mal von vorne an, will wissen, ob es zu viel oder zu wenig ist. Danach bearbeitet sie ihre Zähne mit Zahnweiß.

Veras Lachen klingt, als würde man eine Blechdose mit rostigen Nägeln schütteln. Hemmungslos, heiser und ein wenig rasselnd. Man kann gar nicht anders, als mitzulachen, wenn sie anfängt.

Alexandra kommt auch. Sie lässt sich selten eine Gelegenheit entgehen, Mamas Kochkünste zu kosten. Ich habe einen leckeren Salat gemacht, luftig bunt angerichtet mit verschiedenen Salatsorten, nussigem Dressing, Cocktailtomaten, Gurke, orangefarbener Paprika und Honigmelone.

Mama hat den Dreiliterkarton Wein schon bei den Essensvorbereitungen angezapft, aber soweit ich es mitbekommen habe, hat sie die ganze Zeit am gleichen Glas genippt, ohne nachzuschenken. Dagegen ist also nichts einzuwenden. Es ist schließlich Samstag und sie und Vera wollen auf die Piste.

Zum Essen trinken wir alle Wein, ich sogar zwei ganze Gläser, ein bisschen mit dem Hintergedanken, dass Mamas Anteil damit schrumpft. Aber sicher auch, weil es so nett ist und sich alles viel leichter anfühlt.

Zwischen Alexandra und Vera fliegen flotte Sprüche hin und her wie Pingpongbälle. Mama und ich kommen gar nicht aus dem Lachen raus. Und wenn Vera lacht, müssen wir noch mehr lachen. Die Spannung in meinem Körper lässt etwas nach. Die Lasagne schmeckt fantastisch, lässt unsere Geschmacksknospen jubilieren.

Nach dem Essen, als die anderen in der Küche mit dem Abwasch rumklappern, mache ich einen Abstecher ins Wohnzimmer und werfe einen schnellen Blick hinter Fröding. Die Flasche ist fast voll, genauso wie gestern Abend, als ich nach Hause gekommen bin. Mir wird noch leichter ums Herz. Vielleicht ist Mama ja doch keine Alkoholikerin. Vielleicht war sie in letzter Zeit nur zu viel allein und deprimiert. Vielleicht wird jetzt ja alles anders.

»Hört mal, Mädels, wollt ihr nicht mit ins Flores?«, fragt Vera, als Mama den Kaffee einschenkt. »Ein bisschen junges Blut würde denen guttun.«

Alexandra und ich schütteln den Kopf.

»Um Foxtrott mit irgendwelchen Tattergreisen zu tanzen?«, sagt Alexandra. »Nein danke.«

»Tattergreise?« Vera lacht. »Eines Tages werdet ihr begreifen, dass reife Männer viel reizvoller sind als diese pickeligen Viersekundentypen, mit denen ihr euch abgebt.«

»Vera!« Mama ist schockiert und wird rot, worauf Vera in ihr schepperndes Lachen ausbricht.

»Du kennst Ali nicht«, sagt Alexandra provozierend und jetzt werde ich ein wenig rot. Über so was spricht man doch nicht mit seinen Müttern.

»Wir hauen jetzt ab«, sage ich.

»Es ist doch noch nicht mal acht Uhr«, sagt Alexandra. »Ich will erst noch Kaffee trinken. Das Essen war einsame Spitze, hab ich das schon gesagt, Vanja?«

Mama nickt lächelnd und fingert an ihrem hochgesteckten Haar. »Ja, hast du. Danke.«

Kurz vor halb neun machen wir uns auf den Weg in die Stadt.

»Das war ja total nett«, sagt Alexandra. »Diese Vera ist echt cool, finde ich.«

Ich nicke.

»Schön für deine Mutter. Sie sitzt schon viel zu lange zu Hause rum und schiebt einen Depri.«

Die halbe Stadt ist auf den Beinen, und im Filmpalast stehen lange Schlangen, obwohl es draußen so hell und warm ist. Mein Kopf ist wunderbar leer. Das Wohlbehagen hält bis zum Ende der Werbung an, bis das Licht im Saal ausgeht. Da kommen die Gedanken angekrochen.

Wie viele Samstagabende haben Alexandra und ich hier verbracht. Haben uns einen Film nach dem anderen angeguckt, während Johan sich in Sannas Bett gewälzt hat. Ich kann meine Gedanken nicht auf den Film vorne auf der Leinwand konzentrieren, die Bilder werden die ganze Zeit von anderen verdrängt und die nagende Unruhe ist wieder da, jagt die Gelassenheit in die Flucht. Johans Atem auf Sannas Haut, seine Hände auf ihren Pobacken, als er in sie eindringt. Hatte sie einen Orgasmus, wenn er mit ihr geschlafen hat? Hat sie Dinge gemacht, die ich nicht mache? Hat sie ihm einen geblasen? Sein Sperma geschluckt wie die Frauen in den Pornofilmen?

Ich rutsche in meinem Kinosessel hin und her, es drückt überall. Alexandra schickt mir einen fragenden Blick durch die Dunkelheit, und ich versuche, mich zusammenzureißen, und lächele sie an.

Hab ich sie denn noch alle beisammen, einen Typen wie Mister P. jeden Samstag sich selbst zu überlassen?

Und ich dachte die ganze Zeit, ich tue was Gutes, weil ich meine Freundschaft zu Alex pflege, und stattdessen treibe ich Johan regelrecht in Sannas Arme und mache ihm den Seitensprung auch noch so einfach wie möglich. Samstagabend steigen die Feten, da hat man frei und trifft Leute, die man sonst nie trifft. Wäre das auch passiert, wenn Alexandra und ich einen anderen Tag gewählt hätten? Warum haben wir nicht beschlossen, uns dienstags zu treffen? Oder an einem ganz banalen Donnerstag? Wie konnte ich nur so naiv und blind und gutgläubig sein?

Als der Film endlich aus ist und wir vor dem Kino stehen, habe ich plötzlich das dringende Bedürfnis, Johan zu sehen. Nicht, um ihn zu kontrollieren, eher, um all die Samstage zu kompensieren, die ich nicht mit ihm verbracht habe.

Alexandra nimmt es mir nicht übel. Im Gegenteil.

»Dann rufe ich eben Ali an«, sagt sie fröhlich und zieht das Handy aus der Tasche. »Er hätte sich sowieso gerne heute Abend mit mir getroffen, aber ich hab natürlich abgesagt.«

Klar bin ich froh, dass sie nicht sauer reagiert. Trotzdem versetzt es mir irgendwie einen Stich. Als hätte sie sich geopfert, den Abend mit mir zu verbringen, obwohl sie eigentlich lieber was mit Ali gemacht hätte. Offenbar merkt sie, dass ein wenig Enttäuschung angebrachter gewesen wäre, weil sie ihre Nummerneingabe unterbricht und mich verlegen anlächelt.

»Ich bin wohl doch ziemlich verknallt in ihn«, sagt sie. »Aber das hast du ja bestimmt schon gerafft, oder?«

»Nein … nicht direkt«, antworte ich. »Wenn das auf Gegenseitigkeit beruht, kann man euch ja nur gratulieren.«

»Wäre doch klasse, wenn wir ab und zu was zu viert unternehmen könnten? An einem Samstagabend zum Beispiel?«

»Ja … gern…«

»Zwischen dir und Johan ist doch alles wieder in Ordnung, oder?«

»Ja, klar.«

Alexandra drückt das Handy an die Brust, als ob es sich sonst aus dem Staub machen könnte. Sie sieht mich eindringlich an.

»Aber irgendwie bist du immer noch seltsam«, sagt sie. »Du bist anders als sonst.«

»Mag sein. Da kannst du dich ja mit Johan zusammentun!«, sage ich gereizter als beabsichtigt.

Alexandras Augen verengen sich, als würde sie die Schärfe einstellen, um besser hinter meine Schädeldecke gucken zu können. »Aha …! Sagt er das? Dass du anders bist als sonst?«

Ich zieh die Schultern hoch. »Ach, wir hatten ein bisschen Stress. Aber jetzt ist alles wieder gut.«

»Okay … wenn du es sagst.«

»Ja, sage ich.«

»Aber er hat recht, weißt du? Du bist wirklich anders. Aber ich dachte eben, nur mir gegenüber.«

Was soll ich darauf antworten? Ich weiß es nicht. Ich stehe

da, während Alexandra mich noch ein paar Sekunden mit ihrem Röntgenblick mustert. Dann tippt sie endlich die letzten Zahlen von Alis Nummer ein.

»Tschüs«, sage ich. »Bis dann!«

Sie winkt und lacht, das Handy am Ohr. Ich laufe zügig die Storgatan entlang und biege am Platz in die Kungsgatan ein. Auf der anderen Straßenseite grölen ein paar ältere Jungs besoffen.

In diesem Augenblick gibt es nichts Wichtigeres als Johan. Und dass wir unsere gemeinsame Zukunft retten. Ob Alexandra lieber mit mir oder mit Ali zusammen ist, darüber kann ich mir gerade keine Gedanken machen. Ich kann mich nur auf eine Sache auf einmal konzentrieren. Und in diesem Moment ist das, mich in Johans Arm zu schmiegen und zu spüren, dass es nur uns beide gibt, dass Sanna dort keinen Platz hat, dass sie ein Fehltritt war und der richtige Weg da langführt, wo er soll, und nirgends sonst.

Ich laufe die Treppe zu Johans Wohnung hoch und klingele. Versuche, meinen Atem zu beruhigen, um nicht keuchend vor ihm zu stehen. Es ist nichts zu hören. Ich drücke die Klinke, aber die Tür ist abgeschlossen. Johan ist nicht zu Hause.

Für ein paar Sekunden herrscht totale Leere in meinem Kopf. Dann beginnt mein Herz zu rasen, die Luftröhre schnürt sich auf Strohhalmbreite zusammen. Ich stehe reglos da und starre starr und wie paralysiert vor mich hin.

Er ist bei ihr! Wo soll er sonst sein?

Er ist schon wieder bei ihr!

Mit großer Kraftanstrengung zwinge ich meine Beine, sich in Bewegung zu setzen. Ich drehe mich um und gehe die Treppe hinunter. Ich zittere am ganzen Körper, habe das Gefühl, jeden

Augenblick zu fallen und das letzte Stockwerk wie ein Kartof-felsack runterzukugeln.

In der Haustür stoße ich mit ihm zusammen.

Er zieht die Tür auf und kommt mit einem großen Pizzakar-ton vor seiner Brust herein, sieht mich und strahlt übers ganze Gesicht. »Hallo, du hier? Klasse. Ich hatte so einen Mordshun-ger, dass ich mir erst mal eine Pizza holen musste. Kommst du mit hoch und hilfst mir?«

Die Röte schießt mir heiß ins Gesicht. Ich kann vor Erleich-terung kaum antworten. Natürlich, er war nur weg, um sich eine Pizza zu holen. Wie konnte ich überhaupt etwas anderes denken? Natürlich würde er mich jetzt nicht betrügen. Warum sollte er mir das Ganze beichten, wenn er vorhat, sich weiter mit ihr zu treffen? Ich bin so dumm. Ich muss ihm vertrauen. Wie soll es sonst weitergehen, wenn ich ihm nicht vertraue? Das macht doch nur alles kaputt!

Kurz darauf sitzen wir nebeneinander auf dem Sofa und es-sen eine typische Johan-Pizza mit einer brutalen Mischung. Er bestellt immer alle Extras. Thunfisch und Garnelen drängen sich mit Salami, Zwiebeln, Banane und Schinken. Oliven, Krebsfleisch und sonnengetrocknete Tomaten dürfen auch nicht fehlen.

»Da hab ich ja Glück gehabt, dass ich eine Familienpizza ge-nommen habe«, sagt er gut gelaunt mit vollem Mund. »Ich muss im Gefühl gehabt haben, dass du kommst. Vielleicht war es auch nur Wunschdenken. Es war schrecklich langweilig so alleine zu Hause. Wart ihr im Kino?«

Ich nicke. »Aber den nächsten Samstag brauchst du nicht allein zu verbringen. Alexandra hat vorgeschlagen, dass wir ja mal was zu viert unternehmen können.«

»Zu viert?«

»Sie ist mit Ali zusammen.«

Johan lacht. »Mit dem Araber? Krass. Endlich jemand, der ihr Kontra geben kann!«

Ich grinse. »Ist das gut?«

»Ja klar. Bei den vielen durch die Mangel gedrehten Softies, die ihren Weg pflastern, völlig geplättet und durchlöchert von ihren spitzen Absätzen.«

»Du bist richtig gehässig.«

»Gar nicht. Ich mag Alex, das weißt du. Aber sie ist ganz schön taff.«

Und Sanna?, denke ich. Ist die auch taff? Was bedeutet sie für dich? Aber ich sage nichts. Es wird Zeit, sie zu vergessen. Ich lege das Pizzastück weg, schlinge meine Arme um Johans Hals und küsse ihn. Und er erwidert meinen Kuss mit dem Geschmack von allen Extras auf der Zunge.

In dieser Nacht bleibe ich bei Johan. Gegen drei Uhr schlafe ich ein, das Gesicht ganz nah an seiner Schulter.

Morgens schneide ich herzförmige Käsescheiben aus, schmiere Butter auf ein paar Scheiben Brot, belege sie mit dem Käse und stelle sie auf den Tisch. Johan schläft bestimmt noch bis um zwölf, das macht er meistens am Sonntag. Ich gehe, ehe er aufwacht. Muss doch erfahren, wie Mamas Abend war.

Die Sehnsucht des Menschen nach Sicherheit verträgt sich schlecht mit der Angst vor Tristesse.

Dass nichts so ist, wie es scheint, hat offenbar einen gewissen Unterhaltungswert. Computerspiele bauen darauf auf. Und Horrorfilme. Kaum atmet man nach einer überstandenen Krise auf, öffnet sich ein Abgrund. Und wir bezahlen auch noch dafür, das erleben zu dürfen.

Aber Computerspiele und Filme kann man abstellen. Das ist wohl der entscheidende Unterschied.

ES HÄTTE EIN SEHR SCHÖNER TAG werden können.
Dieser Sonntag ist wie dafür gemacht, schön zu werden. Das
jedenfalls glaube ich, als ich in der frühen Vormittagssonne
nach Hause gehe. Aber ich irre mich. Gewaltig.

Das Erste, was ich höre, als ich die Wohnungstür aufmache,
ist der laufende Fernseher. Mama guckt morgens nie Fernsehen. Dann sehe ich die Handtasche und ihre schicken Schuhe,
die sie mitten im Flur hat fallen lassen.

»Mama?«

Der Fernseher brabbelt weiter, ansonsten ist es still. In meinem Bauch macht sich ein ungutes Gefühl breit. Irgendetwas
stimmt hier nicht.

Im Wohnzimmer finde ich sie.

Sie liegt zwischen dem Sofa und der Tür, das Gesicht auf dem
Boden, in ihrem Erbrochenen. Ihre Hochsteckfrisur hat sich
aufgelöst und ein paar Haarsträhnen baden in dem Kotzflecken
unter ihrem Kopf.

Mein erster Gedanke – sie ist tot.

Mir wird eiskalt und ich starre sie an, in meiner Brust sitzt
ein spitzer Schmerz, ein Schreckensspeer. Es dauert mehrere
Sekunden, ehe ich mich überwinden kann, zu ihr zu gehen und
sie anzufassen, auf die Seite zu drehen. Sie ist so schwer und
der Gestank dreht mir den Magen um. Das kommt nicht nur
von dem Erbrochenen, sondern wohl auch vom Urin. Der
moosgrüne Rock hat vorne einen großen, dunklen Flecken.
Kotze, Urin und eine saure Schnapsfahne.

113

»Mama …? Mama!«

Ich schüttele sie, aber sie reagiert nicht. Tot ist sie jedenfalls nicht, weil sie plötzlich einen gurgelnden Atemzug macht. Hilflos sehe ich mich im Zimmer um. Auf dem Tisch steht die Wodkaflasche. Leer.

In meinem Kopf hämmert es. Ein schwerer Presslufthammer, der durch Berggestein getrieben wird. Was tun? Ich. Jetzt. Mein erster Impuls ist, Johan anzurufen. Dann wird mir klar, dass ich besser einen Krankenwagen holen sollte. Ich stolpere in den Flur und tippe mit zittrigem Finger die Nummer, die ich schon als kleines Kind gelernt, aber noch nie gewählt habe, von der ich niemals gedacht hätte, dass ich sie mal wählen müsste. 1-1-2. Ich treffe kaum die Tasten, so sehr zittere ich.

Das Freizeichen ertönt. Eins nach dem anderen, eine Ewigkeit. Ich höre sie schwach durch meinen eigenen, dröhnenden Herzschlag. Jetzt nehmt doch ab, verdammt noch mal!

»Notrufzentrale.«

Die Stimme der Frau kommt von weit her, durch einen langen Tunnel. Aber wenigstens ist am anderen Ende ein Mensch, jemand, der mir helfen kann.

»Mama liegt auf dem Boden«, presse ich abgehackt heraus. »Sie antwortet nicht. Sie muss ins Krankenhaus, sofort!«

»Wo sind Sie?«

Wo ich bin? Ich weiß nicht, wo ich bin. Passiert das hier überhaupt? Ist das wirklich?

»Wie lautet die Adresse?«, fragt die Frau noch einmal geduldig.

»Vegagatan 9, zweite Etage, an der Tür steht Wallin«, sage ich mechanisch.

»Und wie heißt die Kranke?«

In meinem Kopf blitzt es, ich schreie sie an.

»Was spielt das für eine verdammte Rolle? Schicken Sie einen Krankenwagen hierher!«

»Der Krankenwagen ist schon unterwegs«, sagt die Frau mit unveränderter Tonlage, »aber während sie unterwegs sind, könnten Sie mir schon mal ein paar Informationen geben, damit Ihre Mutter auf die beste Weise versorgt werden kann.«

Mein Gott, wie blöd von mir. Das hab ich doch alles irgendwann in der Schule gelernt. Sie schicken den Krankenwagen los und sammeln so viele Informationen wie möglich. Das weiß doch jedes Kind. Aber bei einer akuten Krise ist der Kopf wie leer geblasen.

»Vanja Wallin«, sage ich.

»Atmet sie?«

»Ich … glaube schon.«

»Wie liegt sie?«

»Auf der Seite.«

»Kontrollieren Sie, ob sie wirklich atmet. Wenn ja, bringen Sie sie in die stabile Seitenlage. Wissen Sie, wie das geht?«

Die Frau gibt mir Anweisungen, und in einem seltsam unwirklichen Zustand gehe ich ins Wohnzimmer und halte mein Ohr ganz dicht vor Mamas Gesicht. Doch, sie atmet. Ich lege ihre Hand in das Erbrochene und schiebe sie unter ihre Wange, ziehe das obere Bein so vor, dass das gebeugte Knie auf dem Boden liegt, und versuche, den unteren Arm ein wenig nach hinten zu ziehen. Meine Hände werden schmierig, und der Hörer glitscht mir fast aus der Hand, als ich ihn wieder ans Ohr drücke.

»Hat Ihre Mutter irgendeine Krankheit? Wissen Sie, was ihr fehlen könnte?«

115

In mir verkrampft sich alles, als wäre das Weinen zu groß, um herauszukommen, ich bin kaum in der Lage, zu sprechen.

»Alkohol ...«, presse ich hervor. »Sie ... sie hat wohl zu viel getrunken. Sie ... hier ist überall Erbrochenes.«

»Haben Sie eine Ahnung, wie viel sie getrunken haben könnte?«

Ich laufe in die Küche und hebe den Weinkarton hoch. Er ist leer. Wie viel mag da noch drin gewesen sein, als sie nach Hause gekommen ist? Und wie viel hat sie in dem Lokal, Flores oder wie es heißt, getrunken?

»Sehr viel, es ist nichts mehr übrig«, sage ich verzweifelt.

Ich bin nicht mehr erwachsen, ich bin eine Sechsjährige, die ihre Mutter bewusstlos auf dem Boden gefunden hat, ein Kind, das glaubt, dass die Mutter sterben muss.

»Der Krankenwagen ist gleich da«, sagt die Frau. »Sie machen das sehr gut, es wird schon alles werden. Dass sie sich übergeben hat, ist gut, dann ist ein Teil des Alkohols bereits aus dem Körper. Gleich ist Hilfe da.«

»Legen Sie nicht auf!«, wimmere ich.

»Ich lege nicht auf. Versuchen Sie, ruhig zu bleiben, es wird alles gut gehen.«

Sie redet die ganze Zeit mit mir, und es gelingt mir, mich ein wenig zu sammeln. Ich werde doch jetzt gebraucht. Ich muss erwachsen und stark sein. Kurz darauf klingelt es an der Tür. Ich habe keine Ahnung, wie viel Zeit vergangen ist. Aber ich öffne den Männern in den weiß-orangefarbenen Uniformen, sehe ihnen stumm zu, wie sie mit raschen Bewegungen eine Bahre ins Wohnzimmer stellen, eine Nadel in Mamas Handrücken schieben, ihre glasigen Augen öffnen und hineinleuchten. Und plötzlich merke ich, dass ich dringend aufs Klo muss, ich rase auf die Toilette und pinkele und schreie durch die geschlossene Tür, dass ich mitfahren will, dass sie nicht ohne mich fahren dürfen, rase zurück und sehe ihnen durch einen dicken Schleier der Unwirklichkeit bei ihrem Tun zu. Sie sind bereits auf dem Weg zur Tür hinaus und ich sehe an ihren ernsten Gesichtern, dass es eilt.

Blaulicht und Sirenen.

Meine Schnürsenkel sind offen und schlingern um meine Füße, als ich durch die langen Korridore von der Notaufnahme zur Intensivstation laufe, um nicht abgehängt zu werden.

Ein Arzt stellt mir einen Haufen Fragen.

Ja, ich habe gemerkt, dass sie ziemlich viel trinkt.

Nein, ich weiß nicht, wie viel sie gestern getrunken hat.

Nein, ich weiß nicht, wie lange sie dort gelegen hat.

Nein, ich war heute Nacht nicht zu Hause.

Nein, sie wirkte nicht deprimierter als sonst.

Nein, sie ist nicht in Behandlung.

Nein, sie nimmt keine Medikamente, auch keine Drogen, und nein, sie hat keine Krankheiten, soweit ich weiß.

Aber was weiß ich eigentlich über sie?

Viel später, Stunden, Tage, Jahre, auch wenn im Kalender immer noch der gleiche Tag ist, sitze ich neben einem Bett. In dem Bett liegt Mama unter einer gelben Decke, auf der »Klinikeigentum« steht. Ein dünner Schlauch mit einem Tropf führt zu ihrer Hand, ein breiterer Schlauch steckt in ihrem Mund, im Hals. Neben dem Kopfende steht ein Apparat, auf dem eine Kurve ihren Herzschlag anzeigt. Der Respirator zischt energisch und taktfest. Sie ist blass, aber das Erbrochene ist abgewaschen und ihre neuen Kleider sind gegen ein Krankenhaushemd eingetauscht. Sie sieht so klein aus und aufgeschwemmt.

117

Das Gesicht ist glatt und ist ihres und doch auch wieder nicht. Die Abendsonne leuchtet golden zum Fenster herein, malt Lichtreflexe auf die Wand. Es ist plötzlich so still nach den stundenlangen Aktivitäten mit Blutproben, EKG, Hirnröntgen und ständiger Kontrolle der Pupillen, den emsigen Fingern, die Mamas Augen öffnen, Augen, die nichts sehen.

Ich will einen Bescheid, den ich nicht bekommen kann. Die Frage, die ich nicht zu stellen wage, können sie mir ohnehin nicht beantworten. Noch nicht. Ich möchte weinen, aber ich kann nicht. Ich bin kurz vorm Zerspringen, es schmerzt und brennt wie eine Eiterbeule, die sich nicht öffnen will.

Eine rothaarige Krankenschwester legt eine Hand auf meine Schulter. »Wollen Sie heute Nacht hierbleiben? Ich kann eine Pritsche in den Raum nebenan schieben, falls Sie sich ein bisschen ausruhen möchten. Im Moment ist es ziemlich voll, darum kann ich Ihnen kein Bett anbieten. Aber Sie stehen unter Schock und sollten sich ein wenig ausruhen. Ich bringe Ihnen gern was zur Beruhigung, damit Sie sich entspannen können. Ich wecke Sie, sobald eine Veränderung eintritt.«

»Veränderung …?«

»Ja, bei Ihrer Mutter. Gibt es Verwandte oder Freunde, die Sie anrufen möchten?«

»Freunde?«

»Ja, jemanden, mit dem Sie reden möchten. Oder wollen Sie hier im Krankenhaus mit jemandem sprechen?«

»Hier?«

Ich fühle mich wie ein Papagei. Oder ein Echo. Ich plappere alles nach, was sie sagt.

Sie zieht sich einen Stuhl heran und setzt sich zu mir.

»Ich kann gut verstehen, dass Sie sich um Ihre Mutter Sorgen machen«, sagt sie. »Und wie anstrengend es ist, danebenzusitzen und abwarten zu müssen. Aber im Moment kann man nicht viel mehr tun. Sie ist gut versorgt, wir tun, was wir können. Und sie hatte keine Blutungen im Gehirn, das ist positiv. Es ist nicht ausgeschlossen, dass Komplikationen eintreten, aber im Augenblick ist ihr Zustand stabil und die Aussichten den Umständen entsprechend gut. Ich denke, dass sie das Ganze gut überstehen wird. Und das sollten Sie auch glauben.«

Wenig später kommt sie mit einer kleinen, weißen Kapsel und einem Plastikbecher mit Wasser zurück.

»Nehmen Sie die und versuchen Sie, eine Weile zu schlafen.«

Die nächsten Stunden liege ich auf dem Rücken auf einer Pritsche in einem kleinen Raum mit medizinischer Ausrüstung. Ich habe ein Kissen und eine gelbe Krankenhausdecke bekommen und ab und zu falle ich in einen leichten Schlummer oder eher eine Art Dämmerzustand zwischen Wachheit und Schlaf. Gegen halb zwei stehe ich auf und gehe zu Mama. Mein Nacken ist steif und mein Kopf dröhnt. In Mamas Zimmer brennt die Nachtbeleuchtung. Das Schnaufen des Respirators klingt in der Stille der Nacht wie tosender Sturm, wie der Atem eines schlafenden Drachen. Ich setze mich wieder in den Sessel und berühre ihre Hand, die reglos auf der gelben Decke liegt.

»Du musst aufwachen, Mama«, flüstere ich. »Du musst, verstehst du?«

Meine Sorge, Erschöpfung und Angst schlagen plötzlich in Wut um.

Warum hat sie das getan! Das ist so verdammt egoistisch von ihr, den ganzen verfluchten Alkohol in sich reinzuschütten, den sie finden konnte! Hat sie denn überhaupt keinen Funken Verantwortungsgefühl? Die Verantwortung zu leben? Da zu sein?

Verfluchte, verdammte Verräterin!

Mein Atem geht so schwer, dass es wehtut, trotzdem kriege ich nicht genügend Luft. In meinen Ohren rauscht es, als wäre mein Kopf unter Wasser.

»Ich liebe dich, Mama«, flüstere ich.

Die rothaarige Krankenschwester kommt ins Zimmer.

Sie beugt sich vor und umarmt mich leicht. Ich würde die Umarmung gern erwidern, aber meine Arme bewegen sich nicht.

»Hab ich mir schon gedacht, dass ich Sie hier finde ... Konnten Sie nicht schlafen?«

Ohne die Antwort abzuwarten, richtet sie sich wieder auf und kontrolliert den Beutel an Mamas Tropf, dreht das Rädchen so, dass die Tropfen in schnellerer Folge kommen. Dann sieht sie in Mamas Augen, ehe sie sich wieder zu mir umdreht.

»Sie wird sicher noch eine Weile ohne Besinnung sein. Aber Sie können gern hier sitzen bleiben. Wenn es so leichter für Sie ist.«

Auf dem Gang ist ein aufforderndes Signal zu hören. Biiiep, biiiep. Die Schwester streicht sich hastig mit den Händen über den weißen Kittel.

»Ich muss gehen ... Klingeln Sie einfach, wenn was ist. Mögen Sie vielleicht ein Butterbrot? Kaffee oder Tee?«

Ich schüttele den Kopf und lehne mich in dem Sessel zurück und beobachte schweigend Mamas Gesicht.

Als ich das nächste Mal wach werde, fällt Sonnenlicht ins Zimmer.

VORMITTAGS BESCHLIESSE ICH, kurz nach Hause zu fahren, um zu duschen und die Kleider zu wechseln. Ich fühle mich verklebt und schmuddelig und habe noch nicht einmal Geld dabei, um mir unten am Kiosk eine Zahnbürste zu kaufen.

Es ist absurd, in das scharfe Sonnenlicht vor dem Krankenhaus zu treten und Autos, Bussen und flanierenden Menschen zu begegnen. Eine Elster fliegt mit einem langen Zweig im Schnabel Richtung Krankenhauspark an mir vorbei. Das Leben geht einfach weiter, als ob nichts geschehen wäre. Unberührt.

Ich merke, dass der Krankenhausgeruch in meinen Kleidern sitzt, als ich im Bus auf einen der Plätze sinke. Er erinnert mich daran, dass ich nur zu Besuch in dieser normalen, ahnungslosen Welt bin und dass ich so schnell wie möglich in die Korridore zurückkehren muss, zu den gelben Wänden und dem Schnaufen des Respirators. In der Welt draußen sind die Menschen und Dinge, an die ich seit über einem Tag nicht gedacht habe. Johan, Alexandra, die Schule. Vera. Was ist eigentlich passiert am Samstagabend? Wie konnte es dazu kommen? Vielleicht kann Vera mir eine Auskunft geben, die das Leben begreifbarer macht. Ich versuche mich zu erinnern, wie sie mit Nachnamen heißt. Mein Kopf schmerzt vor Müdigkeit. Vera Sund…qvist? Sundberg? Sundström?

Für Detektivarbeit ist jetzt keine Zeit. Ich habe auch keine Kraft dafür. Noch nicht einmal Johan rufe ich an, obwohl er sich allmählich wundern dürfte, wo ich abbleibe. Ich dusche, ziehe was Frisches an, stopfe eine Unterhose und meine Zahnbürste in eine Tasche und fahre so schnell wie möglich zurück zum Krankenhaus. Auf dem Korridor zwischen dem Eingang und der Intensivstation bin ich mir plötzlich sicher, dass sie während meiner Abwesenheit gestorben ist. Ich renne los und verschwitze mein frisches T-Shirt, bevor ich dort bin.

Während das Leben draußen unberührt weitergeht, steht es hier drinnen völlig still. Der schnaufende Respirator, Mamas Gesicht, alles ist unverändert. Mein Herz pocht, und mir wird flau, als ich mich in den Sessel neben ihr Bett setze. Sie lebt. Aber mehr auch nicht.

Als der Essenswagen vorbeikommt, kriege ich Mamas Tablett mit einem blassen Stück Fleisch, brauner Soße und gedünstetem Gemüse.

»Vanja kann ja noch nichts essen«, sagt die Schwester freundlich.

Ich stochere im Essen herum, um nicht unhöflich zu wirken, aber mehr als ein paar Erbsen bekomme ich nicht runter. Mir wird fast schlecht von dem Essensgeruch. Anders mit dem Glas Zitronensaft. Der süßsaure Geschmack breitet sich angenehm in meinem Mund aus.

Ich sitze in dem Sessel und starre auf die schwarz-weiße Uhr an der Wand. Folge dem Sekundenzeiger mit dem Blick, wie er eine Runde nach der anderen dreht. Erinnerungsfetzen an Mama kommen hoch. Dinge, über die wir gesprochen und nicht gesprochen haben. Als ich noch kleiner war, habe ich so gern ihr Haar gekämmt, ihr komische Frisuren verpasst. »Sehe ich jetzt hübsch aus?«, fragte sie und ich antwortete: »Und wie!« Dann hielt ich ihr einen Spiegel hin und wir lachten uns kaputt.

Kleinigkeiten.

Kleine Erinnerungen, die dem Sekundenzeiger Runde um Runde folgen.

Gefrorene Tränen im Bauch. Hart und spitz wie Straßensplitt.

Gegen Abend klettern die Sonnenrechtecke die Wände hoch, nähern sich der Uhr, als würden sie sachte von einer Art Flaschenzug gezogen. Es war lange niemand mehr hier. Mein Nacken tut weh, ich strecke die Arme zur Seite und neige das Kinn zur Brust, um meine steifen Knochen ein wenig zu lockern.

In dem Augenblick verändert sich etwas im Raum. Ich stehe auf und vergesse fast zu atmen, als ich Mama ansehe. Ich bin nicht sicher, was es war, ob ich es mir vielleicht nur eingebildet habe. Aber in dem Moment bewegt sich ihre Hand hilflos über die gelbe Decke und ihre Augäpfel zucken unter den geschlossenen Augenlidern hin und her.

Ohne nachzudenken drücke ich den roten Alarmknopf neben dem Bett und greife nach ihrer Hand.

»Mama?«, flüstere ich. Das Herz schlägt mir bis hoch in den Hals. »Mama?«

Eine Krankenschwester mittleren Alters mit dunklen Haaren betritt den Raum und schaut fragend von Mama zu mir.

»Sie … Ich glaube, sie wird wach …«, sage ich.

Die Schwester beugt sich über Mama. »Vanja!«, sagt sie auffordernd. »Vanja! Hören Sie mich?«

Sie spricht mit einem leichten Akzent, bei dem das V wie ein B klingt. »Rosa« steht auf ihrem Namensschild. Mama bewegt die Lippen, und ich habe das Gefühl, den Beatmungsschlauch in meinem eigenen Hals zu spüren.

Rosa hebt die schlaffe Hand hoch, in die der Schlauch des

123

Tropfes mündet, und kneift Mama in den Mittelfinger. Als sie darauf nicht reagiert, legt sie den Daumen aufs Nagelbett und drückt kräftig zu. Mama kneift die Augen zusammen und stöhnt leise.

»Ja, das war gemein von mir«, sagt Rosa. »Aber ich muss prüfen, ob Sie merken, was ich tue. Hören Sie mich, Vanja?«

Da öffnet Mama die Augenlider einen winzigen Spalt breit. Höchstens eine halbe Sekunde. Aber das ist wieder ihr Blick, die Hülle ist wieder bewohnt, auch wenn sie noch keinen Kontakt zur Außenwelt herstellen kann. Ein chaotisches Mischmasch aus Erleichterung, Angst, Freude und Besorgnis wallt in mir hoch. Gleichzeitig bin ich wütend auf die Krankenschwester. Kann sie Mama nicht auf etwas freundlichere Weise wecken?

Rosa legt Mamas Hand auf die Decke.

»Ja, sie wird wach«, sagt sie, wobei sie alle Vokale gleich kurz ausspricht. »Ich sage dem Arzt Bescheid.«

Eine Stunde später ist der Respirator abgeschaltet und Mamas Kopfende leicht hochgestellt. Ab und zu öffnet sie die Augen ein wenig und ein paar Mal ruht ihr Blick auf mir. Beim ersten Mal bin ich noch nicht so sicher, ob sie mich erkennt, aber das zweite Mal ist der Blick schon fester, und sie versucht, etwas zu sagen. Ich lächele sie an, aber sie lächelt nicht zurück. Zwischendurch stöhnt sie leise, als hätte sie Schmerzen. Zwischendurch hat ein junger Arzt mit schmalem Gesicht nach ihr gesehen, und auch wenn ich nicht hören konnte, was sie gesagt hat, sah es jedenfalls so aus, als ob sie versuchte, auf seine Fragen zu antworten.

Rosa nimmt mich mit auf den Flur.

»Es sieht gut aus«, sagt sie. »Vanja hat großes Glück gehabt. Aber jetzt braucht sie Ruhe und muss sich erholen. Sie können beruhigt nach Hause fahren und morgen wiederkommen. Arbeiten Sie oder gehen Sie noch in die Schule?«

»In die Schule …«, antworte ich verständnislos.

Das Wort kommt mir vollkommen fremd und ohne Belang vor. Was spielt die Schule jetzt für eine Rolle?

»Gut, dann kommen Sie doch morgen nach der Schule wieder«, sagt Rosa entschieden und klopft mir freundlich auf die Schulter. »Wissen Sie, es ist jetzt das Beste für sie, wenn man sie ganz in Ruhe lässt. Und Sie sollten auch schlafen.«

Ich weiß nicht, ob ich sie mag. Aber ich fühle, dass sie recht hat. Zumindest, was die Tatsache angeht, dass ich Schlaf brauche. Meine Sinneswahrnehmung funktioniert wie in Zeitlupe, ich bewege mich wie in nassem Zement. Wahrscheinlich hat Rosa auch recht damit, dass Mama und ich beide ausgeruht sein sollten, um bei unserer Begegnung besser mit dem Geschehenen umgehen zu können. Sie lebt, weiter kann ich im Moment nicht denken. Auch nicht daran, warum sie der anderen Seite so nah gekommen ist.

Ich nehme Mamas Hand in meine und sage ihr, dass ich jetzt nach Hause fahre, aber morgen wiederkomme. Ich weiß nicht, ob sie mich hören kann. Aber ihr Schweigen ist anders als vorher. Jetzt ist sie wenigstens wieder irgendwo da drinnen.

Als ich gegen halb elf zu Hause ankomme, rufe ich als Allererstes bei Johan an. Es ist ungefähr vierzig Stunden her, dass ich neben ihm aufgewacht und im Sonnenschein nach Hause spaziert bin, aber mir kommt es wie eine Ewigkeit vor. Ich benutze die Worte des Arztes, habe sie tausendmal im Stillen wiederholt, ihnen bisher aber noch keine Stimme verliehen, sie nicht laut ausgesprochen.

»Akute Alkoholvergiftung.«

Johan verstummt.

»Oh, Scheiße…«, sagt er schließlich.

»Sie liegt auf der Intensivstation.«

»Aber … ich meine … Sie schafft es doch, oder?«

»Scheint so.«

Dann sagt er genau das, was ich gehofft habe, aber als er es ausspricht, will ich es plötzlich nicht mehr: »Soll ich kommen? Zu dir?«

Meine Müdigkeit ist plötzlich völlig lähmend, ich habe das Gefühl, jeden Moment vom Telefonhocker zu kippen. Das Wohnzimmer stinkt noch immer nach allem, was Mama von sich gegeben hat. Die ganze Wohnung stinkt nach Erniedrigung. Ich muss saubermachen. Und schlafen.

»Nein«, sage ich. »Ist schon in Ordnung. Ich will versuchen zu schlafen.«

»Ruf an, wenn es nicht klappt.«

»Mh.«

Verwundert über mich selbst, verabschiede ich mich und lege den Hörer auf. Auf dem Heimweg habe ich an nichts anderes denken können, als in Johans Arme zu kriechen, und jetzt will ich plötzlich nicht mehr, dass er kommt. Ich will überhaupt niemanden sehen. Ich will einfach nur die Spuren beseitigen und mich ins Bett legen und vor allem in den Schlaf fliehen.

Ich kann mich aber unmöglich ins Bett legen, ohne vorher die Katastrophe und den Schock wegzuwaschen. Ich nehme Scheuerlappen, Schrubber und einen Eimer aus dem Putzschrank, fülle ihn mit Wasser, in das ich einen großen Schuss Ajax gieße. Eine Rolle Haushaltspapier nehme ich auch mit. Das Erbrochene ist getrocknet und am Rand braun. Ich brauche eine Plastiktüte, in der ich das Haushaltspapier sammeln und gleich entsorgen kann. Mit tranceartiger Zielstrebigkeit unterdrücke ich eine Würgeattacke nach der anderen und scheuere und schrubbe, bis alles sauber ist. Eine Stunde später stehe ich lange unter der heißen Dusche und seife mich gründlich ein, bis die Haut auf den Schultern ganz rot ist. Die Augen, die mir aus dem Badezimmerspiegel entgegenblicken, versinken im Schädel und verstecken sich am Grund von zwei dunklen Höhlen.

Als ich endlich in meinem Bett liege, höre ich unten auf der Straße jemanden laut und schrill lachen. Ein Auto ohne Schalldämpfer fährt vorbei. Der Radiowecker zeigt 00:43. Danach erinnere ich mich an nichts mehr.

ICH WACHE ERST UM VIERTEL VOR NEUN AUF. Der Radiowecker muss angesprungen und wieder ausgegangen sein, während ich tief und traumlos geschlafen habe. Ich fahre mit einem Ruck hoch, es dreht sich alles und ich muss mich wieder hinlegen. Meine Augen fühlen sich verquollen und rau an wie Sandpapier und nach und nach holt die Wirklichkeit das Bewusstsein ein.

Wie Pulsschläge.

Mama.

Schule. (O nein, muss ich da wirklich hin?)

Im Krankenhaus anrufen. (Sofort! Ich hätte schon längst anrufen müssen. Das sieht ja aus, als wäre mir alles egal!)

Mühsam komme ich auf die Füße und schwanke in den Flur. Ich unterdrücke ein Gähnen, während ich darauf warte, dass jemand abnimmt. Eine Krankenschwester mit heiserer Stimme stellt sich als Lisbeth vor. Ich glaube, es ist die blonde, die bei unserer Ankunft Dienst hatte, aber ganz sicher bin ich mir nicht.

»Es geht Vanja heute besser«, sagt sie. »Wir konnten uns ein wenig mit ihr unterhalten und sie hat nach Ihnen gefragt. Ich habe gesagt, dass Sie heute Nachmittag kommen.«

Nachdem ich den Hörer aufgelegt habe, werfe ich einen Blick auf die Uhr. Die erste Schulstunde ist gleich zu Ende. Und obwohl alles in mir protestiert, ziehe ich mich an, nehme meine Tasche und fahre mit dem Rad durch die Stadt zur Schule. Die Flure sind ausgestorben und still. Ohne mich zu hetzen, schließe ich meinen Schrank auf, nehme meine Bücher heraus und gehe die zwei Treppen zum Unterrichtsraum hoch. Ich komme mir unwirklich vor wie in einem Film. Die Blicke der anderen, als ich die Tür öffne, Yvonne meine Entschuldigung vortrage, die eingepaukte Erklärung von wegen einer Magenverstimmung, Alexandras Blick, als ich mich neben sie setze.

»Ich hab versucht, dich zu Hause oder bei Johan zu erreichen«, flüstert sie. »Wo zum Teufel warst du?«

»Im Krankenhaus.«

»Im Krankenhaus? War es so schlimm?«

»Nicht bei mir, es war wegen Mama.«

»Geht es ihr wieder besser?«

Ich nicke.

Die Wahrheit fühlt sich an wie eine Lüge. Dabei ist sie das nicht. Aber sie ist nur ein kleiner Fetzen vom Ganzen. Trotzdem komme ich nicht mal auf die Idee, Alexandra zu erzählen, was tatsächlich geschehen ist. Es ist ganz was anderes als das mit Johan und Sanna, da habe ich eine bewusste Wahl getroffen. Aber hier habe ich so damit zu kämpfen, die Fassade aufrechtzuerhalten, dass ich noch nicht einmal darüber nachdenke. Jetzt gilt es, meine Rolle zu spielen, das Bühnenbild zusammenzuhalten, die Risse nicht größer werden zu lassen, damit die Wirklichkeit nicht eindringen kann. Mein Freund hat mich betrogen und meine Mutter hat unser Zuhause vollgekotzt und liegt mit akuter Alkoholvergiftung im Krankenhaus. Und ich lache und unterhalte mich mit meinen Mitschülern und spiele meine Rolle als normaler Mensch (mit einer normalen Mutter) und Mister Perfects Herzensdame.

Der Tag vergeht wie ein ganz gewöhnlicher Schultag, als mein Leben noch ganz gewöhnlich war. Ich lache und unterhalte mich und ulke rum, spreche sogar mit Sanna. Ich spiele Theater, dies ist meine Rolle und nie habe ich sie so brillant gespielt wie heute. Es hat beinahe etwas Befriedigendes, dieses Gastspiel in der Realität, dass ich eine Rolle spielen darf, die vor kurzem noch authentisch war, inzwischen aber Fiktion geworden ist. Hahaha, ich lache an den passenden Stellen, hahaha, ein bisschen zu laut, an der Grenze zum Schrillen. Oder klingt es nur in meinen Ohren falsch?

In der Mittagspause wird mir plötzlich schlecht. Ich werde den Gestank von Erbrochenem und Urin in meiner Nase nicht los. Es ist so stark, dass ich vor den anderen zurückweiche, damit sie es nicht riechen.

Eleonor fährt sich seufzend mit den Händen durchs Haar.

»Also, ich brauch jetzt dringend eine Fluppe«, sagt sie. »Im Sommer hör ich auf. Kommt ihr mit zum Kiosk?«

Sanna und Alexandra nicken. Draußen scheint die Sonne. Wen zieht es da nicht von den muffigen Schulfluren ins Freie und sei es nur für eine Viertelstunde?

»Ich nicht«, murmele ich. »Ich muss mal ... wohin ...«

»Wir können doch auf dich warten«, sagt Alexandra.

Aber ich schüttele den Kopf. »Nein, geht ruhig. Wir sehen uns später. Ist schon okay.«

Alexandra wirft mir einen nachdenklichen Blick zu, doch ich sage nichts, kann nicht mehr, muss weg hier, die Risse weiten sich, die Fassade bröckelt, bitte, jetzt geht doch endlich!

Bei den Schränken wimmelt es von Leuten, die Stimmen hallen in meinem Kopf wider, das Geschrei, das Gelächter, die Blicke, sie bedrängen mich von allen Seiten. Ich gehe schnell an ihnen vorbei, die Treppe zu den C-Fluren nehme ich im Laufschritt. Hier ist es ruhiger, ich versuche, so vorher wieder zu

Atem zu kommen, aber die Luft ist zähflüssig, dringt kaum bis in die Lungen und genauso schwer wieder hinaus. Gedankenlos streiche ich mit den Händen über die Türklinken und plötzlich gleitet eine von ihnen auf. Wer hat denn da geschlampt und die Tür zum Abstellraum nicht abgeschlossen und mir damit eine Rückzugsmöglichkeit eröffnet? Ich schlüpfe in den Geruch von staubigen Büchern und Papier und schließe die Tür hinter mir. Und zum ersten Mal, seit ich Mama auf dem Boden im Wohnzimmer gefunden habe, weine ich. Abgehackt und unbeherrscht, fast krampfartig, die Mauer stürzt ein, die Wirklichkeit fließt davon, und ich klammere mich krampfhaft an die kalte Metallschiene eines Regals, um nicht fortgerissen zu werden.

Ich höre ihn nicht eintreten. Bekomme nicht mit, ob er etwas zu mir sagt, bemerke ihn erst, als er seine Arme um mich legt. In der Wärme seiner Umarmung schluchze ich weiter und kann gar nichts daran tun. »Fanny ... bitte ... was ist denn los mit Ihnen, was ist passiert?«

Es ist Finn.

Fünf-Fehler-Bäckström platzt mitten in meine Verzweiflung hinein, nimmt mich in den Arm und verscheucht die Erinnerung an das Erbrochene und den Urin mit einem freundlichen und bodenständigen Geruch nach Seife und Minze.

Plötzlich quillt alles auf einmal aus mir heraus, die Worte verhaken sich ineinander, sind völlig ungeordnet, aber es ist alles dabei, alles über Mama und den Alkohol und Johan und Sanna. Für Finn muss es das reinste Puzzle sein, ein Puzzle mit tausend Teilen, die wild durcheinander aus dem Karton fallen. Seine Schulter ist schon ganz nass von meinen Tränen und ich hinterlasse Mascaraflecken an seinem Hals. Als der schlimmste

Schub vorbei ist, fasst er mich sanft an den Schultern. Ich traue mich nicht, den Blick zu heben und ihm in die Augen zu sehen.

»Hier können wir nicht bleiben«, sagt er leise. »Ich habe keinen Unterricht, wir gehen woandershin, kommen Sie!«

Ich weiß nicht, ob wir jemandem begegnen, ob jemand mich oder uns sieht, ich lasse mich einfach von seinem Arm um meine Schultern führen.

Finn schließt die Tür zu einem kleineren Raum zwischen dem Sekretariat und dem Lehrerzimmer auf, wo die Lehrer immer ihre vertraulichen Gespräche haben. Dort stehen ein Zweiersofa, ein Sessel und ein Stuhl an einem runden Tisch. Finn drückt mich sanft auf das Sofa und setzt sich neben mich.

»Meine Tante hatte auch ein Alkoholproblem«, sagt er. »Ich weiß, wie das ist. Aber es gibt Hilfe. Isabella trinkt seit dreizehn Jahren nicht mehr.«

»Isabella?«, frage ich begriffsstutzig.

»Die Schwester meiner Mutter, Isabella Theresia. Die Geschwister haben alle so romantische Namen bekommen. Meine Mutter heißt Rosalind Adelaide und ihre älteste Schwester Evelyn Belinda.«

Er lächelt und ich lächele vorsichtig zurück.

»Das Schlimmste ist, dass ich nichts unternommen habe«, sage ich schließlich. »Dass ich zugesehen habe, wie sie eine Flasche nach der anderen in dem Regal versteckt hat, ohne richtig … Ich wollte es wohl nicht wahrhaben …«

Finn schüttelt den Kopf. »Das ist doch nicht weiter verwunderlich. Wahrscheinlich hat sie es selber nicht richtig begriffen. Ich kann mir vorstellen, dass es für Frauen noch beschämender ist. Dass ein Mann was trinkt, wird von der Öffentlichkeit akzeptiert, du weißt schon. Aber eine Frau, die die Finger nicht vom Alkohol lassen kann … Vielleicht ist die Scham noch größer. Darum versucht man, es so gut wie möglich zu verbergen. Sie hätten gar nicht viel tun können, Fanny. Sie sagen doch selbst, Sie hätten versucht, mit ihr zu reden, aber sie hat alles abgeleugnet. Was hätten Sie mehr tun können?«

»Ich hätte ihr mehr Druck machen können. Mehr nachbohren.«

»Dann hätte sie es nur noch vehementer geleugnet. Sich verteidigt. Vielleicht hat es auch sein Gutes, dass es so gekommen ist. Langfristig gesehen, meine ich.«

Ich sehe ihn fragend an. Seine Iris ist blaugrün mit dünnen, hellen Streifen.

»Was soll daran gut sein?«

»Jetzt geschieht etwas, jetzt wird ihr Hilfe angeboten. Ihr Problem ist ja nicht, dass sie sich einmal besinnungslos betrunken hat, sondern das tägliche Trinken, oder?«

So weit habe ich noch gar nicht gedacht, habe nicht, was geschehen ist, in eine längerfristige Perspektive gesetzt. Es ging immer nur um den nächsten Augenblick. Ums Überleben. Die Zukunft liegt komplett im Dunkeln. Nicht einmal die nächsten Stunden kann ich mir vorstellen – dass ich ins Krankenhaus fahre, in das Zimmer mit den gelben Wänden gehe und sie wach antreffe.

»Ich weiß überhaupt nicht, was ich ihr sagen soll«, flüstere ich verzweifelt. »Als wäre sie eine ganz andere als die, für die ich sie immer gehalten habe.«

Die Tränen melden sich wieder, dieses Mal aber ein wenig ruhiger. Finn legt wieder die Arme um mich und zieht mich an sich und ich lasse mich von seiner Umarmung wärmen.

»Sie ist die Gleiche wie vorher«, sagt er. »Sie ist Ihre Mutter.

Hoffentlich ein bisschen schlauer, aber genau der gleiche Mensch. Ich denke, Sie werden nicht viel sagen müssen. Und vergessen Sie nicht, dass sie mindestens genauso viel Angst davor hat, Ihnen zu begegnen, wie umgekehrt, das kann ich Ihnen garantieren. Können Sie sich vorstellen, wie ihr Gewissen aussieht? Wie sie sich schämt? Das Beste, was Sie machen können, ist, ganz Sie selbst zu sein, damit sie auch sie selbst sein kann.«

Ich sage nichts, aber ich weiß, dass er recht hat.

Wir sitzen eine ganze Weile schweigend da. Ich bin unendlich dankbar, dass ausgerechnet er in die Abstellkammer gekommen ist, als ich zusammengeklappt bin. Es hätte genauso gut Yvonne sein können. Oder noch schlimmer, unser Englischlehrer! Eskil Granberg wäre so ungefähr der Letzte auf der Welt, vor dem ich zusammenklappen möchte. Und ich würde definitiv nicht meinen Kopf an seine Schulter lehnen und seine Arme um mich ertragen, wie es jetzt bei Finn der Fall ist.

Keine Ahnung, ob meine Gedanken an die anderen Lehrer Finn streifen, jedenfalls lässt er mich plötzlich los und schiebt mich vorsichtig von sich.

»Ist wohl besser, wir lassen ein wenig Luftraum zwischen uns, bevor ein Kollege reinkommt und die Situation missversteht …«

Er lächelt verlegen und ich kriege heiße Wangen.

»Ist doch nichts Schlimmes dabei, eine traurige Schülerin zu trösten«, nuschele ich.

»Natürlich nicht … Aber Sie wissen ja, dass eine Lüge schon dreimal um den Globus gerannt ist, wenn die Wahrheit noch nach ihren Sandalen sucht. Als männlicher Lehrer muss man sich gehörig in Acht nehmen und nicht zu nett zu hübschen Schülerinnen sein.«

Ich grinse. »Klar, mit meiner verrotzten Nase und den verheulten Augen bin ich besonders hübsch.«

Er sieht mich mit einem Lächeln in den blaugrünen Augen an. »Das gedenke ich nicht zu kommentieren.«

Dann wirft er einen Blick auf die Uhr. »Haben Sie nur noch meine Stunde? Ich gebe Ihnen gerne frei, wenn Sie zu Ihrer Mutter fahren wollen. Sie werden sich vermutlich sowieso nicht allzu intensiv mit der Rolle der USA in der UNO beschäftigt haben, oder?«

Ich schüttele den Kopf. »Nicht direkt.«

»Kann ich mir denken. Wie geht's Ihnen jetzt?«

»Besser.«

»Fein. Ich muss noch ein paar Bücher und Unterlagen aus meinem Büro holen, bevor ich Ihre Klassenkameraden quälen kann.« Er steht auf und ich folge ihm auf den Flur.

»Ich hab Yvonne gesagt, ich hätte eine Magenverstimmung gehabt«, sage ich. »Dass ich deswegen gestern gefehlt habe und heute zu spät gekommen bin.«

Finn nickt. »Dann schreibe ich, dass Sie sich nach der Mittagspause wieder schlechter gefühlt und meine Erlaubnis bekommen haben, nach Hause zu gehen. Mehr braucht keiner zu wissen.«

»Danke.«

»Ist schon gut. Ich wünschte, ich könnte mehr für Sie tun. Bis morgen.«

Ich verabschiede mich und gehe zu meinem Schrank. Die drückende, panische Angst, die mich innerlich wie eine Fuhre Schotter aufgerieben hat, ist weg und ich fühle mich innerlich entspannt und angenehm erschöpft.

MAMAS KOPF LIEGT SCHWER IN DEN KISSEN, das Bettoberteil ist leicht hochgestellt. Ihre Augen sind geschlossen, und ich denke, dass sie schläft, und bleibe unentschlossen in der Tür stehen. Ich halte einen goldbraunen Stoffhund in der Hand, den ich im Kiosk im Eingangsbereich gekauft habe. Die Ohren stehen in verschiedene Richtungen ab und ich fand ihn so niedlich. Ich überlege, ob ich mich noch eine Weile draußen hinsetzen und später wiederkommen soll, aber da öffnet Mama die Augen und sieht mich an.

»Hallo«, sagt sie mit heiserer, angestrengter Stimme, als hätte sie zu lange und zu laut geschrien. »Ist die Schule zu Ende?«

Ich nicke und gehe zu dem Sessel, auf dem ich so viele angstvolle Stunden gesessen habe. Stelle den Hund vorsichtig auf ihren Bauch.

»Ich habe dir einen kleinen Freund mitgebracht«, sage ich.

Sie lächelt leicht. Ihre Lippen sind trocken und bleich. »Wie süß. Danke.«

Danach weiß ich nicht mehr, was ich sagen soll. Sie auch nicht, offensichtlich, weil ein paar lange Sekunden Schweigen herrscht. Dann streckt sie mir zögerlich die Hand entgegen und ich greife danach. Unsere Hände sind gleich groß, aber vor noch gar nicht allzu langer Zeit konnte ich meine Hand in ihrer verstecken. Da war sie meine Sicherheit, mein Fels, der immer da war und da sein würde.

»Es tut mir leid, Fanny«, sagt sie leise. »So schrecklich leid.

Ich habe das Gefühl, dich nicht um Verzeihung bitten zu können, weil man von manchen Dingen nicht verlangen kann, dass eine Tochter sie verzeiht.«

Ich unterdrücke die Tränen, die schon wieder kommen wollen. Ich will auf keinen Fall anfangen zu heulen und ihr Gewissen noch mehr belasten.

»Hauptsache, du kommst wieder auf die Beine«, sage ich stattdessen.

Sie nickt schwach. »Ja«, sagt sie. »Von nun an wird alles anders. Das verspreche ich dir. Ich dachte, ich würde es alleine schaffen. Ich wollte es wirklich. Damit keiner meinetwegen leiden muss, am wenigsten du … Aber … es hat nicht geklappt.«

»Nein«, sage ich. »Das hat nicht geklappt.«

Wieder ist es still. Ich sitze da und halte ihre Hand und verstehe nicht, wieso ich solche Angst davor hatte, herzukommen. Das ist doch nur Mama. Meine Mutter.

»Als du neulich sagtest, ich solle aufhören, so viel zu trinken«, sagt sie plötzlich, »vor ein paar Tagen … Ich war völlig geschockt, war mir so sicher, dass du nichts gemerkt hast … Als mir also klar war, dass du Bescheid wusstest oder zumindest den Verdacht hattest, da habe ich mir selbst geschworen, dass jetzt endgültig Schluss ist, und habe alles weggegossen, was ich noch hatte… Ich war sicher, dass ich es schaffen würde, und ein paar Tage war es ja auch tatsächlich besser.«

»Was ist am Samstag passiert?«, frage ich.

Mamas Blick verlässt mich und bleibt an einem Punkt auf der gegenüberliegenden Wand hängen.

»Nichts. Nichts, das irgendetwas entschuldigen könnte.«

Ich sehe sie weiter schweigend an, als hätte sie mir nicht geantwortet.

Sie seufzt. »Mittelalterliche Weibsbilder sollen nicht ausgehen und sich jünger machen, als sie sind ... Es stimmt schon, was Vera sagt: Unser Haltbarkeitsdatum ist längst überschritten. Obwohl sie den ganzen Abend getanzt hat. Während jemand anders dasaß wie ein Mauerblümchen.«

»Wieso hast du nicht selber jemanden aufgefordert?«

Sie lacht bitter. »Hab ich ja. Aber darüber möchte ich nicht sprechen.«

»Okay ... Wie geht es dir inzwischen?«

»Wie ich es verdient habe ... müde und zerschlagen. Mir tut alles weh. Zwischendurch habe ich Angst. Vor mir selbst ...«

»Du hättest sterben können«, sage ich und klinge anklagender als beabsichtigt.

Sie nickt langsam. »Das war vielleicht die Absicht.«

Ihre Worte sind wie eine Eisdusche.

»Sag so was nicht!«

Sie drückt meine Hand und sieht mich mit matten Augen an. »Nein ... Wahrscheinlich war es auch nicht so. Aber vielleicht sollte es so kommen, damit ich die Sache endlich angehe. Wenn ich nur ein bisschen ... ausruhen kann ... Bleibst du noch ein wenig hier sitzen, Fanny? Nur heute. Danach will ich auch stark und tapfer sein, versprochen.«

Ich nicke und Mama schließt die Augen.

Mitten in all dem Elend ist es irgendwie überwältigend und merkwürdig, dass ich diejenige bin, die auf ihrer Bettkante sitzt, um ihre Hand zu halten, während sie einschläft. Dass ich ihr Sicherheit geben kann und nicht nur umgekehrt. Und dass sie mich um diese Sicherheit bittet. Ich habe das Gefühl, ein wenig erwachsener zu werden, während ich dort sitze und mir zum ersten Mal bewusst mache, dass Mamas und meine Beziehung eine zweispurige Beziehung ist, dass nicht nur sie verpflichtet ist, für mich da zu sein, sondern dass ich inzwischen erwachsen genug bin, um für sie da zu sein.

Eine gute Stunde sitze ich still neben ihr und lasse meinen Gedanken freien Lauf. Dann schleiche ich aus dem Zimmer und radele langsam durch die Stadt nach Hause.

Während ich mit dem Schlüssel fummele, höre ich das Telefon in der Wohnung klingeln, aber ich schaffe es nicht rechtzeitig dorthin. Auf dem Display steht Alexandras Nummer, und ich sehe, dass sie es jetzt schon das dritte Mal versucht hat.

Ich ziehe meine Schuhe aus, stelle meine Tasche weg und setze mich auf den Hocker. Ich müsste sie dringend anrufen, aber ich mag nicht. Ich will nicht lügen, aber die Wahrheit will ich auch nicht sagen. Aber gar nichts von mir hören zu lassen ist genauso falsch. Was tut man, wenn alle Alternativen schlecht sind?

Während ich so dasitze und nachdenke, klingelt es wieder. Die Signale klingen wie Peitschenschläge in der Stille und ich zucke zusammen. Diesmal ist es Johan.

»Hallo«, sagt er schleppend. »Wie geht's?«

»Na ja, Mama geht es etwas besser. Sie ist wieder ansprechbar.«

»Alex hat angerufen. Sie macht sich Sorgen um dich.«

»Ich bin gerade aus dem Krankenhaus zurück.«

»Wollen wir heute Abend was machen?«

Ich zögere.

»Ich habe allen gesagt, dass ich krank bin«, sage ich schließlich.

»Das kannst du doch auch bei mir zu Hause sein.«

»Okay. Ich rufe nur kurz im Krankenhaus an und gebe ihnen deine Nummer.«

Wir legen auf, und als ich nach dem Zettel mit der Nummer von Mamas Abteilung suche, klingelt das Telefon zum dritten Mal. »Ich bin's«, sagt Alexandra am anderen Ende der Leitung. »Finn sagt, du hättest einen Rückfall.«

»Ja …«, nuschele ich schuldbewusst. »Bin wohl zu früh wieder aufgestanden.«

»Warum gehst du nicht ans Telefon?«, will sie wissen. »Ich hab es schon mehrmals probiert.«

»Ich hab den Stecker gezogen und eine Weile geschlafen«, lüge ich.

»Geht's dir jetzt besser?«

»Ja, etwas. Ich fahre zu Johan.«

»Alles klar, dann bist du bestimmt bald gesund. Kommst du morgen?«

»Denke schon.«

»Okay. Bis dann.«

Ich seufze erleichtert, als das kurze Gespräch beendet ist. Das sind nur Notlügen, rede ich mir ein. Lügen, um Mama zu schützen. Und vielleicht mich selbst. Was wäre, wenn alle davon wüssten? Wenn sie uns in der Stadt zusammen sehen und denken: »Da geht Fanny mit ihrer alkoholkranken Mutter!« Oder wenn Mamas Kollegen uns sehen und denken: »Sieh an, Vanja ist also wieder auf den Beinen … Arme Tochter, wie die wohl damit zurechtkommt?« Menschen, die überhaupt nicht wissen, wie die Wirklichkeit aussieht. Wer außen steht, kann nicht wissen, wie es innen aussieht.

Johans Vorstellungsvermögen ist auch begrenzt, wie ich eine Stunde später feststellen muss, als ich neben ihm auf dem Sofa sitze. Wir haben den Fernseher eingeschaltet und teilen wieder einmal eine Pizza. In einem Anfall von Großzügigkeit hat Johan mich wählen lassen und nun steht vor uns eine Pizza Indiana ohne alle möglichen Extras.

»Zackes Kumpel zieht aus seiner Einzimmerwohnung in der Sparregatan aus«, sagt er plötzlich. »Die solltest du dir vielleicht mal angucken.«

Ich schlucke das Stück Pizza runter, an dem ich gerade gekaut habe, und sehe ihn fragend an.

»Na ja, jetzt ist mir auch klar, warum du unbedingt ausziehen willst«, erklärt er und legt einen Arm um meine Schulter. »Wer will schließlich mit jemandem zusammenwohnen, der sich jeden Abend um den Verstand säuft.«

»Aus deinem Mund klingt das, als wäre sie ständig besoffen«, sage ich. »Das ist einmal passiert. Sie war scheißfrustriert und ist zusammengeklappt. Im Moment denke ich überhaupt nicht daran, auszuziehen.«

»Aber du kannst doch nicht der Babysitter für deine Mutter sein! Die weisen sie doch jetzt wahrscheinlich sowieso erst mal in ein Heim ein.«

Ich setze mich kerzengrade hin und drehe mich so, dass sein Arm von meiner Schulter rutscht.

»Wie bitte?«, frage ich. »Das können sie doch nicht machen, oder? Bisher hat niemand was davon gesagt.«

Johan zuckt mit den Schultern. »Das kann man sich doch an fünf Fingern abzählen. Das machen sie immer mit solchen Leuten.«

»*Solchen Leuten?* Hallo, du redest von meiner Mutter!«, sage ich empört. »Du hast in unserer Küche gesessen und ihr Essen gegessen, erinnerst du dich?«

141

»Was hat das damit zu tun? Was sollen die deiner Meinung nach denn sonst mit ihr machen?«

»Das … das weiß ich nicht. Sie wird wohl … Hilfe bekommen.«

»Und was, glaubst du, wird in Pflegeheimen gemacht?«
Ich sage nichts.

Ist das die Perspektive für die Zukunft? Die Zukunft, an die ich nie denken wollte, mit einer Mutter, die in einer Alkoholklinik behandelt wird, planlos durch Korridore schlurft, blass, zerbrochen, zittrig?

Ohne den Gedanken genau zu formulieren, hatte ich wohl die Hoffnung, dass das Schlimmste überstanden wäre. Sie hat überlebt, nun musste sie nur noch gesund werden und nach Hause kommen. Vielleicht ist es aber gar nicht so. Vielleicht geht es jetzt ja erst richtig los.

»Ich weiß gar nicht, worüber du dich aufregst«, sagt Johan. »Es wäre doch gut, wenn sie eine Entziehungskur machen müsste und du sie eine Zeit lang los bist. Du kannst doch keinen Abend richtig entspannen, deine Mutter ist sozusagen immer dabei. Wie oft bist du mitten in der Nacht abgehauen, weil du nach Hause wolltest, um nachzusehen, ob deine Mutter wieder gesoffen hat.«

Ich sehe ihn stumm an und begreife nicht recht, dass er über mich und meine Mutter spricht. Natürlich habe ich mir ab und zu Gedanken gemacht, dass sie alleine zu Hause sitzt und trinken könnte, aber ich musste sie nie ins Bett bringen oder so, sie ist nie getorkelt oder hat gelallt. Es kam vor, dass sie auf dem Sofa eingeschlafen ist, und ab und zu wurde ihre Stimme gefühlsduselig und ein bisschen schleppend, aber mehr auch nicht. Es erschreckt mich, dass Johans Bild so weit davon abweicht, denn ich muss ihm ja die Vorlage dafür gegeben haben. Hätte ich ihm nie was davon erzählt, wüsste er bis heute nicht, dass Mama trinkt.

Johan schneidet einen langen Streifen Pizza ab, rollt ihn auf und beißt hinein.

»Wow, die schmeckt besser als die, die wir sonst immer haben«, sagt er mit vollem Mund.

»Es ist kein Geiz, dass sie nur wenige Zutaten auf einer Pizza kombinieren«, sage ich provozierend. »Manche Sachen passen zusammen, andere nicht. Du hast einfach nur ein Problem, dich zu entscheiden.«

Johan grinst. »Ich habe überhaupt kein Problem, mich zu entscheiden. Ich mag mich nur nicht gegen etwas entscheiden.«

Als die Pizza aufgegessen ist, streichelt er mir über den Bauch, legt die Hand über meine linke Brust und knetet sie sanft, küsst mich auf den Hals.

»Feine Fanny«, murmelt er in mein Ohr und knabbert an meinem Ohrläppchen.

»Mister Perfect«, sage ich und fahre mit den Fingern durch seine schwarzen Locken.

Wie soll ich ihm begreiflich machen, wie es um Mama steht, wenn ich es selber nicht verstehe. Das Wichtigste ist doch, dass ich ihn habe und dass zwischen uns alles wieder gut wird, oder?

Seine Hände schieben sich unter meinen Pulli und haken den BH hinter meinem Rücken auf, während ich die Innenseiten seiner Oberschenkel streichele, weit oben, weil ich weiß, dass er das besonders mag. Sein Griff wird fester und die Stimme dunkler.

»Wollen wir nicht das Bett ausziehen«, sagt er, meinen Kör-

143

per fest an seinen gepresst. »Ich will dich, ganz langsam und lange …«

Wir stehen auf, schieben den Tisch beiseite, klappen das Bettsofa aus, und Johan presst mich sanft auf den Rücken und streichelt und küsst mich, bis mein widerspenstiger Körper endlich den Schrecken und die Verwirrung der letzten Tage vergisst. Gerade als er keuchend in mich eindringen will, durchschneidet ein Telefonklingeln die Luft. Fast reflexartig umschließt Johan meine Hüfte.

»Nicht jetzt«, atmet er. »Lass es klingeln.«

Ich merke, wie ich mich unter seinem Griff verkrampfe.

»Das könnte das Krankenhaus sein«, sage ich. »Vielleicht ist was passiert.«

»Du kannst doch später zurückrufen«, sagt Johan.

Aber ich muss rangehen, habe keine andere Wahl, ich muss. Ich winde mich los, befreie mich aus seinem Griff, reiße den Hörer nach dem vierten Klingeln hoch und stammele meinen Namen. Aber es ist nicht das Krankenhaus. Ein paar Sekunden ist es ganz still in der Leitung, dann ein Klicken. Aufgelegt. An der Wand über Johans Telefonstation hängt ein Nummernspeicher. Mein Blick wandert automatisch dorthin. Da steht eine Telefonnummer, die ich nur zu gut kenne.

Das ist Sannas Nummer.

»Komm her«, sagt Johan vom Bett. »Ich sterbe, wenn du nicht gleich kommst.«

Aber ich komme nicht. Ich strecke den Zeigefinger aus und drücke auf die Blättertaste. Die Nummer taucht mehrmals auf. Gestern hat sie zweimal angerufen und vorgestern einmal. Am Samstag zweimal. Ich starre auf die Zahlen und versuche, zu verstehen, was ich sehe.

Dann hebe ich meine Klamotten vom Boden auf und fange an, mich anzuziehen.

»Was ist denn jetzt schon wieder los?«, fragt Johan. »Was machst du da?«

Ich kann noch nicht einmal behaupten, dass ich besonders wütend wäre. Oder schockiert. Noch nicht einmal traurig. Ich merke nur, dass ich das im Moment einfach nicht ertrage. Nicht das auch noch.

Johan setzt sich auf. »Was ist los mit dir, verdammt noch mal? Du kannst doch jetzt nicht einfach abhauen!«

Ich ziehe den Pullover über den Kopf, fahre mir mit einer Hand durchs Haar und sehe ihn an. Er kommt mir mit einem Mal so fremd vor, wie er da sitzt. Unglaublich vertraut und absolut fremd zugleich. Wie soll ich ihm jemals wieder vertrauen können?

»Ruf Sanna an«, sage ich. »Die kommt sicher gern vorbei.«

Damit drehe ich ihm den Rücken zu, gehe in den Flur und ziehe meine Schuhe an. Johan sitzt wohl vor lauter Verwunderung wie angewurzelt da, weil ich bereits die Tür aufgeschlossen und die Türklinke runtergedrückt habe, ehe er hinter mir herkommt.

»Warte doch, Fanny!« Er legt seine Hände auf meine Schultern und dreht mich zu sich um.

»Was soll das? War das Sanna am Telefon? Ich kann doch auch nichts dafür, wenn sie bei mir anruft?!«

Ich sehe ihn an. »Mehrmals am Tag?«

»Sie ist traurig und macht eine schwere Zeit durch. Sei doch nicht so egoistisch! Du weißt doch, dass ich mich für dich entschieden habe, das haben wir doch alles schon geklärt. Was zum Teufel ist in dich gefahren?«

145

»Mit dem Entscheiden hast du kein Problem«, sage ich. »Aber damit, dich *gegen* etwas zu entscheiden.«

»Ihr seid doch kein verdammter Pizzabelag! Wie lange willst du mir noch wegen Sanna Vorhaltungen machen? Es kann doch nicht verboten sein, dass ich mit ihr telefoniere! Reiß dich zusammen!«

Ich seufze.

»Ich hab einfach keinen Bock mehr darauf«, sage ich. »Nicht jetzt.«

Johan zieht mich in seinen Arm. Er ist splitternackt, aber die Lust, die er eben noch in mir entfacht hat, ist wie weggeblasen.

»Du hattest eine anstrengende Zeit«, sagt er. »Zuerst das mit Sanna und mir und dann das mit deiner Mutter … Natürlich ist das hart … Komm … Ich werde dich schon ablenken.«

Ich schüttele den Kopf.

»Ich gehe nach Hause«, sage ich. »Wenn du willst, sehen wir uns morgen. Ich bin so schrecklich müde …«

Ich halte seinem Blick eine halbe Sekunde lang stand, dann schlüpfe ich aus der Tür und laufe die Treppe hinunter.

ZU HAUSE SUCHE ICH FINN BÄCKSTRÖMS Privatnummer heraus und rufe ihn an. Eine Frau mit heller Stimme antwortet. Seine Frau wahrscheinlich. Ich bin etwas überrumpelt. Habe nicht daran gedacht, dass er Familie haben könnte. Aber warum nicht?

Wenig später habe ich Finns angenehme Stimme im Ohr: »Hallo, Fanny, das ist ja eine Überraschung. Wie geht es Ihnen?«

»Doch ja, geht so … Ich wollte nur mal fragen … Aber vielleicht störe ich ja?«

»Gar nicht. Was möchten Sie wissen?«

»Diese Isabella, von der Sie mir erzählt haben, was haben die mit ihr gemacht? Ich meine, ist sie in ein … Sie wissen schon … in so ein Heim gekommen oder so?«

»Nein, sie ist nirgends eingewiesen worden. Sie ist zu den AA gegangen und hat dort viel Unterstützung bekommen.«

»AA?«

»Anonyme Alkoholiker. Ich glaube, sie geht zwischendurch immer mal hin, weil sie dort viele Freunde gefunden hat. Es ist wichtig, mit Menschen zu reden, die das Gleiche durchgemacht haben.«

»Johan hat gesagt … mein Freund … er hat gesagt, Mama würde jetzt erst mal in ein Heim kommen.«

»Man wird nicht einfach so in ein Heim eingewiesen. Das ist viel zu teuer. Treibt Sie das um?«

»Ja … ziemlich.«

»Wissen Sie, was ich machen kann? Ich könnte Isabella anrufen und sie fragen, ob sie Lust hat, sich mit uns zu treffen. Hier zu Hause zum Beispiel. Es würde Ihnen sicher guttun, mit ihr zu reden. Sie ist eine tolle Frau.«

Ich zögere einen Moment, sehe aber ein, dass es helfen könnte, mit jemandem zu reden, der weiß, worum es geht, und mir das Ganze vielleicht etwas verständlicher machen kann.

»Ja, gerne … Wenn das nicht zu viel Umstände macht.«

»Ach was, das macht überhaupt keine Umstände. Ich horche mal nach, ob sie morgen Abend Zeit hat.«

Im Hintergrund sind Kinderstimmen zu hören. Lachen und Gekreische.

»Sind das Ihre Kinder?«, frage ich.

»Ja, das behauptet meine Freundin zumindest. Tova und Nils. Immer auf Hochtouren. Wir waren grade beim Zähneputzen, als Sie angerufen haben … Sind Sie noch eine Weile wach?«

»Ja.«

»Kann ich Sie noch mal anrufen, wenn ich Isabella erreicht habe?«

»Ja, klar.«

Ich gehe ins Wohnzimmer und schalte den Fernseher ein und gleich wieder aus. Hier kann ich mich nicht entspannen, weil ich ständig das Bild von Mama auf dem Boden vor mir sehe. Mein Herz zieht sich zusammen und ich rieche ganz deutlich das Erbrochene. Vielleicht sitzen noch Reste im Teppich. Nein, das kann nicht sein.

Ich gehe in mein Zimmer und lege Musik auf, dann gehe ich in die Küche und schenke mir ein großes Glas Milch ein. Mama war abends immer zu Hause. Es ist ein ganz sonderbares und verkehrtes Gefühl, dass sie nicht da ist. Sie hätte sterben können. Es hat nicht viel gefehlt, dass sie gestorben wäre!

Plötzlich weine ich. Es kommt völlig unerwartet, überrumpelt mich.

Ich sitze eine ganze Weile mit meinem Milchglas am Küchentisch und schniefe vor mich hin, aber dann versuche ich, mich wieder zu beruhigen. Selbstmitleid bringt mich auch nicht weiter.

Ich sollte Johan anrufen. Mich bei ihm entschuldigen, dass ich einfach so abgehauen bin. Er kann schließlich nichts dafür, dass Sanna ihn anruft. Vielleicht will er ja gar nichts mehr mit ihr zu tun haben. Aber vielleicht telefoniert er auch grade in diesem Moment mit ihr. Oder ist sogar auf dem Weg zu ihr. »Geile Jungs denken nur mit dem Schwanz«, sagt Alexandra immer. Und wenn die Freundin sich mitten im Liebesakt vom Acker macht, kann er der Versuchung möglicherweise nicht widerstehen.

Im Normalfall führt so ein Gedanke dazu, dass ich panisch zum Telefon greife, aber das hier ist kein Normalfall. Im Gegenteil, es lässt mich erstaunlich kalt. Was spielt es für eine Rolle, ob er sich einmal mehr oder weniger mit Sanna in den Laken wälzt?

Um Viertel nach neun ruft Finn zurück. Ich freue mich, seine Stimme zu hören. Isabella will morgen Abend gegen neunzehn Uhr zu ihm kommen. Finn hat ihr ein wenig über mich und Mama erzählt, und sie freut sich, mich kennen zu lernen.

Wir unterhalten uns ziemlich lange. Über Eltern und Pflichten und Verantwortung. Und alles mögliche andere. Das tut gut. Er bringt mich sogar zum Lachen. Mehrmals. Bevor wir auflegen, will ich wissen, wie alt er ist.

149

»Zweiunddreißig. Verglichen mit Ihnen, eine Antiquität.«

»Zweiunddreißig ist doch kein Alter. Die meisten gut aussehenden Schauspieler in Kinofilmen sind über dreißig.«

Ich frage auch nach dem Alter seiner Kinder. Tova ist drei und Nils fünf. Und ihre Mutter heißt Jenny.

»Sie ist neunundzwanzig«, sagt Finn mit einem Lachen in der Stimme. »Wollen Sie sonst noch was wissen?«

»Waren Sie schon mal untreu?«

Erstauntes Schweigen in der Leitung.

»Also«, sagt er schließlich, »das ist nun wirklich nichts, worüber man mit seinen Schülern spricht. Aber nein, war ich nicht.«

Ich erzähle ihm von Sannas Telefonnummer, die so oft auf Johans Nummernspeicher aufgetaucht ist.

»Ich weiß nicht, wie ich ihm jemals wieder vertrauen soll«, sage ich. »Und momentan habe ich noch nicht einmal Lust, mir darüber den Kopf zu zerbrechen. Es ist mir egal. Neulich dachte ich noch, ich würde sterben, wenn er noch mal mit Sanna zusammen ist, aber jetzt … Ich weiß nicht …«

»Sie haben wahrlich andere Dinge, über die Sie nachdenken müssen. Und das Letzte, was Sie jetzt brauchen können, ist ein Freund, der Sie hintergeht. Ehrlich gesagt hätte ich nicht übel Lust, diesem verwöhnten Grünschnabel, mit dem Sie zusammen sind, die Leviten zu lesen.«

Ich lache. »Tun Sie das nicht!«

»Können Sie heute Nacht schlafen, was meinen Sie?«

»Glaube schon. Mir geht's schon wieder viel besser.«

»Das freut mich. Bis morgen dann.«

»Mm.«

Ich lege auf, bleibe aber noch ein Weilchen auf dem Hocker

sitzen. Ich fühle mich warm und glücklich und verwirrt. Denke an Finns blaugrüne Augen und muss lächeln. Er wäre wirklich das perfekte Objekt für eine Schülerschwärmerei. Aber über das Alter bin ich natürlich längst hinaus. So was erwischt einen in der Mittelstufe. Ich bin hauptsächlich erstaunt, dass man so gut mit ihm reden kann. Wie mit einem Freund.

Alexandra taucht in meinem Gehirn auf und versetzt mir einen Stich schlechten Gewissens. Sie ist mir in den letzten Tagen immer weiter entglitten. Dabei konnten wir immer über alles reden. Sie wusste immer alles über mich. Den kleinsten Gedanken habe ich mit ihr geteilt. Nur nicht die Sorge wegen Mamas Flaschen im Buchregal. Aber mit einem Mal weiß sie nicht mehr, was mein momentanes Leben bewegt. Ich entferne mich immer mehr und kann gar nichts dagegen tun.

Bevor ich mich schlafen lege, rufe ich noch mal im Krankenhaus an. Es ist alles in Ordnung. Die Schwester verspricht, Mama Bescheid zu sagen, dass ich morgen nach der Schule komme.

Johan rufe ich nicht an. Es ergibt sich einfach nicht.

DAS GELBE ZIMMER IST LEER.

Es ist wie im Film. Eine klassische Szene. Die Hauptperson kommt ins Krankenhaus, um jemanden zu besuchen, und findet nur ein leeres, unbezogenes Bett vor und ein grün gekleidetes Mädchen, das den Boden wischt.

»Wo ist Frau Wallin?«, fragt die Hauptperson verwirrt.

»Heute Morgen gestorben«, sagt die grün Gekleidete. »Wussten Sie das noch nicht?«

Ich sehe das alles so deutlich vor mir, dass ich nicht sicher bin, ob es wirklich passiert oder sich nur in meinem Kopf abspielt. Ich stehe wie angewurzelt und reglos auf der Türschwelle.

»Hallo!«, sagt das Mädchen in dem grünen Kittel. »Sind Sie Fanny? Vanja ist auf die Station verlegt worden. Ebene 5, Zimmer 8, glaube ich.«

Ich versuche, mich zu beruhigen und meine Gesichtsmuskeln unter Kontrolle zu kriegen.

»Ah ja … danke …«

Mama blickt ruhig von der Abendzeitung hoch, als ich sie ein paar Minuten später in einem Raum mit zwei weiteren Betten finde.

»Fanny, Schatz, hallo!«

Sie sieht viel frischer aus. Viel mehr wie die Mama, die ich kenne. Meine Mama, die in der Küche steht und Gewürze auswählt. Das Haar mit den blonden Strähnchen ist ordentlich gekämmt und sie hat sogar ein bisschen Farbe im Gesicht.

152

»Hallo«, sage ich erleichtert. »Wie geht es dir?«

»Besser. Viel besser. Aber sie wollen mich noch eine Weile zur Beobachtung hierbehalten. Und um Untersuchungen zu machen. Ich habe mindestens eine Million Fragen beantwortet. Ich kriege Antabus und ein Mittel, das Campral heißt. Das ist alles so unwirklich, Fanny … sie haben mich nach meiner sozialen Situation gefragt, ob ich auch andere Drogen nehme … Ich habe immer noch nicht richtig begriffen, dass es hier um mich geht. Ziemlich anstrengend. Aber auch gut. Der Start in eine neue Zukunft.«

Antabus.

Das Wort lässt die Wirklichkeit wieder schärfer erscheinen. Es macht mir Angst. Kein Wunder, dass Mama Schwierigkeiten hat, es zu verstehen. Aber sie lebt, das ist die Hauptsache. Eben war sie noch tot. Ich komme kaum noch mit bei diesem emotionalen Karussell. Die letzten beiden Wochen waren wie ein Dauerbesuch im Gruselkabinett, hinter jeder Ecke lauerten böse Überraschungen. Wo ist der graue Alltag geblieben?

»Werden … werden sie … na ja, wie wird es jetzt weitergehen?«, stottere ich.

Mama lächelt angestrengt.

»Schatz, mach dir keine Sorgen. Es wird alles anders … Ich soll dreimal in der Woche herkommen, um meine Medikamente abzuholen. Ich werde nicht mehr trinken können. Du brauchst keine Angst zu haben. Ach Fanny, es tut mir so leid, was du durchmachen musstest! So leid! Dass du dich meinetwegen schämen musstest.«

Ihr Blick flackert, wahrscheinlich fängt sie gleich an zu heulen.

»Ich schäme mich nicht«, sage ich.

153

Ich weiß nicht, ob das die Wahrheit ist. Aber ich möchte, dass es so ist.

Mama faltet die Zeitung zusammen und streckt die Arme nach mir aus. Ich gehe zu ihr und umarme sie. Blinzele ein paar vorwitzige Tränen der Erleichterung, Angst, Sorge und Freude weg.

Die Tür geht auf und eine Frau mittleren Alters mit kurzen, dunklen Haaren in einem weißen Kittel tritt ein. Sie bleibt stehen und sagt, dass sie auch morgen wiederkommen kann, aber Mama beeilt sich zu sagen, dass es gut passt und dass ich Fanny bin. Die Frau streckt mir eine Hand entgegen und stellt sich als Anna Vidberg vor.

»Sie sind also Vanjas Tochter? Freut mich, Sie kennen zu lernen.«

Aus der Brusttasche ihres Kittels ragt eine grüne Plastikkarte, auf der *Psychologin* steht. Szenen aus »Einer flog übers Kuckucksnest« flimmern an meinem inneren Auge vorbei. Ich versuche zu lächeln.

»Anna ist aus der Suchtzentrale«, sagt Mama. »Sie wird zukünftig meine Ansprechpartnerin sein.«

»Ich habe gleich Feierabend«, sagte Anna. »Aber ich wollte vorher nur noch schnell mal vorbeischauen.« Dann geht sie wieder.

Mama legt eine Hand auf meinen Arm.

»Die ganze Zeit reden wir nur noch über mich«, sagt sie. »Jetzt erzähl du mir was. Wie läuft es in der Schule?«

Ich versuche, mich zu erinnern. Mein Körper war heute Vormittag dort, aber in Gedanken war ich ganz woanders. Außer in den wenigen Sekunden, als Finn und ich uns auf dem Flur begegnet sind. Er hat gelächelt und mir kurz zugezwinkert, als würden wir ein Geheimnis teilen, und ich bin prompt rot geworden. Alexandras Adleraugen haben das natürlich sofort registriert, und sie stieß mich vielsagend in die Seite und fragte frotzelnd, was ich denn mit Fünf-Fehler-Finn am Laufen hätte, worauf ich antwortete, ich hätte beschlossen, den Weg zu einer Eins übers Bett zu nehmen. Sie hat schallend gelacht. Aber davon erzähle ich Mama natürlich nichts. Ich begnüge mich mit einem »Ach ja, gut« und dass ich gesagt habe, wir hätten eine Magen-Darm-Grippe gehabt.

»Wenn es so einfach wäre.« Sie seufzt.

Für den Heimweg habe ich die PIN-Nummer ihrer Bankkarte auswendig gelernt, damit ich Geld am Bankautomaten an der Ecke abheben kann. Der Kühlschrank ist inzwischen ziemlich leer.

Gegen sechs ruft Johan an, als ich mich gerade für den Besuch bei Finn und Isabella umziehe. Ich antworte, nur mit einem Baumwollslip bekleidet.

»Kommst du vorbei?«, fragt er.

»Was? Nein … Ich bin heute Abend verabredet.«

»Was heißt verabredet? Mit wem?«

»Finn Bäckström, einem meiner Lehrer. Er hat eine Verwandte, mit der ich reden kann. Über Mama.«

Ich höre selbst, wie an den Haaren herbeigezogen die Erklärung klingt. So weit ist es also gekommen. Die Wahrheit ist unglaubwürdig. Man muss lügen, damit das, was man sagt, glaubwürdig klingt.

»Ach Scheiße, was willst du denn noch?«, sagt Johan. »Ich habe doch mit Sanna gesprochen. Sie ruft ab und zu an, daran kann ich nichts ändern! Ich habe mich entschuldigt … Was zum Teufel verlangst du noch von mir?«

155

Ich weiß nicht recht, was ich darauf antworten soll. Es fällt mir schwer, es konkret zu benennen. Jedenfalls hat es nicht mehr nur mit Sanna zu tun, so viel weiß ich. Eher mit der Zukunft. Mit uns.

»Ich mag dich wirklich sehr, Johan«, sage ich, »aber du wirst dir ein wenig Gedanken machen müssen. Darüber, ob es sich lohnt, in unsere Beziehung zu investieren. Ob wir zusammenziehen, Kinder zusammen haben wollen ... Du weißt schon.«

»Kinder ...!«, platzt er erschrocken heraus. »Bist du ...? Du bist doch nicht etwa ...?«

Ich muss zugeben, dass mich das fast ein bisschen amüsiert. Ich hatte überhaupt nicht die Absicht, ihn zu erschrecken, nicht eine Sekunde habe ich daran gedacht, ihm etwas in der Art anzudeuten, ich könnte schwanger sein. Das ist mir nur so rausgerutscht, weil ich will, dass er Stellung bezieht, wie ernst ihm unsere Beziehung ist. Aber als er so panisch reagiert, kann ich der Versuchung nicht widerstehen.

»Ich weiß es nicht«, sage ich.

»Aber ... hast du einen Test gemacht?«

»Nein ... noch nicht.«

»Aber ... o Scheiße ... du musst unbedingt einen Test machen!«

Mister Perfect ist von seinem Sockel gefallen und liegt wimmernd im Staub. ›Hilfe, meine Freundin ist schwanger, mein Leben ist vorbei und dabei wollte ich doch noch die ganze Welt durchvögeln!‹

»Das werde ich«, sage ich ruhig. »Ich melde mich, wenn ich mehr weiß.«

»Fanny ...?«

»Ja?«

156

»Ich liebe dich. Das weißt du, oder?«

»Ich dich auch.«

»Okay. Wir hören.«

»Mm. Wir hören.«

Mein Gewissen bricht wie ein Kartenhaus über mir zusammen.

So was tut man einfach nicht. Darüber macht man keine Witze, das eignet sich wirklich nicht für einen practical joke … Jetzt liegt er bestimmt die ganze Nacht lang wach und zermartert sich das Hirn, ob er reif genug dafür ist, Papa zu werden. Er wird panisch an die weiße Decke starren und an Windeln, Verantwortung und Erwachsensein denken. Was wollte er damit sagen, dass er mich liebt? Ist das seine Art, mir mitzuteilen, dass er da sein und meine Hand halten wird, wenn ich abtreiben lasse?

Ich schüttele den Kopf. Meine Güte, ich bin doch gar nicht schwanger.

Kurz darauf gehe ich in westlicher Richtung die Storgatan entlang. Die Abendsonne sticht mir in die Augen. Als ich in den Solrosvägen abbiege, wird es schlagartig kühl, fast kalt. Ich entdecke den Namen sofort auf der schwarzen Anschlagtafel. Bäckström. Zweiter Stock. Ich richte meine Haare, fahre mit den Fingerspitzen unter den Augen entlang und klingele.

Er öffnet die Tür mit einem Lächeln auf den Lippen. Er strahlt Wärme und Ruhe aus.

»Hallo, kommen Sie rein!«

Isabella ist eine kleine, rundliche und sehr gepflegte Frau in den mittleren Jahren. Ich weiß nicht, was ich mir vorgestellt habe. Vielleicht eher eine der Frauen, die Abfalleimer durchwühlen und gestohlene Einkaufswagen durch die Gegend schieben, mit grauen Haarsträhnen, die unter einer gestrickten Wollmütze hervorgucken. Jemand mit scheuem Blick und Leergut in der Plastiktüte. Ich weiß es nicht. Jedenfalls nicht die Frau, die jetzt vor mir steht und wie die Bezirksvorsitzende vom Roten Kreuz aussieht. Nein, nicht so. Aber genauso sieht Isabella Theresia aus. Sie streckt mir ihre Hand entgegen.

»Hallo, Fanny! Machen Sie nicht so ein ängstliches Gesicht. Ich beiße nicht. Jedenfalls nicht ohne Grund.«

ES WIRD EIN GUTER ABEND.
Jenny ist groß und schlank und hat das haselnussbraune Haar in einen dicken Zopf geflochten, der ihr bis zur Taille reicht. Tova ist blond und Nils etwas dunkler und lockig. Tova kommt zu mir, ehe ich überhaupt die Schuhe ausgezogen habe, und fragt mich ganz ernst, ob ich ein Schlaflied für ihre Barbiepuppe singen kann, weil die Albträume hatte und nicht wieder einschlafen will. Während ich dasitze und krampfhaft versuche, mich an ein Schlaflied zu erinnern, schenkt Finn schon mal Kaffee ein und stellt eine Schale mit duftenden Zimtschnecken auf den Tisch. Isabella zaubert vor Nils' Augen eine Einkronenmünze weg, um sie gleich darauf aus seiner Nase zu ziehen.

Als Jenny dann mit den beiden Kindern ins Kinderzimmer verschwindet, um ihnen eine Gutenachtgeschichte vorzulesen, ist die Stimmung locker und entspannt. Isabella erzählt offenherzig aus ihrem Leben, wie wichtig die Menschen waren, die sie unterstützt haben, Geschwister und deren Kinder, aber auch, wie sie deren Vertrauen durch Rückfälle und erneutes Trinken missbraucht hat, welche Ängste sie ausgestanden hat, es nicht zu schaffen und irgendwann ganz alleine dazustehen.

»Nicht das Nüchtern*werden* ist das Problem«, sagt sie. »Sondern das, was danach kommt, das Nüchtern*bleiben* ist es, was so schwer ist. Das ist die Phase, in der man besonders auf Familie und Freunde angewiesen ist. Ich kann dir gar nicht beschreiben, wie ausgeliefert man sich in der ersten Zeit fühlt, wie ein kleines, schutzloses Katzenjunges in der Kälte. Eine

Umarmung oder ein Lächeln können Wunder bewirken. Jemand, der einen anruft und fragt, wie es einem geht. Über Jahre hinweg habe ich mich hinterm Alkohol versteckt, mich in den Nebel verkrochen und plötzlich steht man ganz nackt da und die Welt um einen herum ist so gnadenlos messerscharf. Natürlich ist das gut. Man bekommt die Chance auf ein neues Leben. Oder vielleicht sollte man besser sagen, dass man sein Leben zurückbekommt. Aber es ist nicht leicht, Fanny. Das solltest du wissen.«

Ihr zuzuhören ist beruhigend und erschreckend zugleich. Mama hat keine Freunde. Bekannte schon, aber das ist nicht das Gleiche. Sie hat keine Geschwister. Sie hat nur mich, und ich bin kein großer Trost, wenn ein Gewitter tobt.

Isabella beugt sich über den Tisch und sieht mich durchdringend an, als ich das sage.

»Allein dass Sie da sind, ist schon eine große Hilfe! Dass Sie da sind und ihr zeigen, dass sie Ihnen wichtig ist. Glauben Sie, sie möchte, dass Sie eine Säuferin zur Mutter haben?«

Ich schüttele den Kopf.

»Nein, Fanny«, fährt Isabella fort. »Sie sind wahrscheinlich ihre allergrößte Motivation.«

Isabella erzählt weiter, und allmählich traue ich mich, Fragen zu stellen. Keine der Fragen scheint ihr unangenehm zu sein. Zwischendurch schießt mir durch den Kopf, dass Mama Isabella auch kennen lernen sollte. Nicht unbedingt jetzt, aber später vielleicht, wenn sie wieder zu Hause und mit sich und ihren Gedanken alleine ist. Isabella schreibt ihre Telefonnummer auf einen Zettel.

»Sie können mich jederzeit anrufen«, sagt sie. »Ihretwegen oder auch wegen Ihrer Mutter.«

160

Als sie aufsteht und sagt, dass es Zeit für sie ist, in die Federn zu kommen, sehe ich, dass es schon nach halb elf ist.

»Oje«, sage ich verlegen. »Ich habe gar nicht gemerkt, dass es schon so spät ist.«

Jenny bietet sich an, Isabella nach Hause zu fahren, und Finn sagt, dass er mich nach Hause bringt, wenn ich mich noch so lange gedulden kann, bis Jenny wieder bei den Kindern ist.

»Das wird guttun, noch ein bisschen an die frische Luft zu kommen«, sagt er. »Und es ist beruhigend, wenn ich weiß, dass Sie wohlbehalten nach Hause kommen.«

Ich habe definitiv nichts dagegen, noch eine Weile mit Finn alleine zu sein, also willige ich ein. Doch viel Zeit haben wir nicht, Jenny ist schon nach einer Viertelstunde wieder zurück. Aber auch das macht nichts. Ich habe genügend Stoff zum Nachdenken und freue mich schon darauf, nach Hause zu kommen.

Es nieselt, als wir nach draußen kommen. Finn läuft noch mal hoch in die Wohnung und bringt eine von Jennys Regenjacken mit, die er mir über die Schultern legt. Und dann gehen wir nebeneinander die Storgatan entlang.

»Sie hatten recht«, sage ich. »Man kann gut mit Isabella reden.«

Finn lächelt still in sich hinein. »Aber zwischendurch hat sie Sie ein bisschen eingeschüchtert, stimmt's? Sie nimmt nicht gerade ein Blatt vor den Mund. Sie ist eine Verfechterin der klaren Worte, im Guten wie im Bösen.«

Er lächelt noch breiter als vorher. Sehr sympathisch.

Bevor wir uns vor unserem Hauseingang verabschieden, erzähle ich ihm noch, was ich abends zu Johan gesagt habe.

»Das war echt gemein«, sage ich, »aber es hat sich einfach

so … ergeben. Vielleicht wollte ich mich rächen … oder … ach nein, ich weiß nicht …«

»Wird ihm nicht schaden, ein wenig nachzudenken«, sagt Finn. »Es könnte ja stimmen!«

Ich ziehe die Jacke aus und gebe sie ihm. »Danke fürs Leihen.«

»Ich bedanke mich.«

Er zögert kurz. »Fanny, Sie sind ein ganz besonderer Mensch. Lassen Sie sich von niemandem von oben herab behandeln. Weder von Johan noch von anderen.«

Mein Herz macht einen Looping, als er das sagt. Einen vergnügten Purzelbaum. Ich möchte erwidern, dass er auch ganz besonders ist, aber das kann man ja wohl schlecht zu seinem Lehrer sagen. Nicht einmal, wenn es wahr ist.

»Okay«, sage ich stattdessen. »Ich werde es versuchen.«

»Bis bald.«

Ich nicke.

Dann gehe ich die Treppe hoch und schließe die Tür der stillen Wohnung auf.

Der Kühlschrank ist immer noch leer. Morgen muss ich wirklich einkaufen. Brot ist auch keins mehr da. Im Gefrierfach finde ich eine halbe Tüte Wokgemüse, das ich mit ein bisschen Olivenöl und Gewürzsalz in der Pfanne brate. Nicht unbedingt ein kulinarisches Highlight, aber was anderes ist nicht da.

Ich schlafe bis kurz nach drei. Dann weckt mich mein schlechtes Gewissen. Armer Johan! Vielleicht verurteile ich ihn ja völlig zu Unrecht. Er hat gesagt, dass er mich liebt. Womöglich freut er sich noch, wenn sich der erste Schock gelegt hat. Dann ist mein Streich noch gemeiner.

Eine Erinnerung kommt hoch. Johan und ich waren erst we-

162

nige Wochen zusammen und das erste Mal gemeinsam bei einer Fete. Ich kannte viele von denen, die da waren, obwohl die Fete bei einem von Johans früheren Mitschülern stattfand, und ich habe mir wer weiß was eingebildet, weil ich die Frau an Mister Perfects Seite war. Ich erinnere mich noch genau an die neidischen Blicke einiger Mädels. Spät in der Nacht tanzten wir eng umschlungen im Wohnzimmer seines Kumpels. Johan roch nach Bier und Selbstgebranntem, aber er war nicht so besoffen wie mancher von den anderen. Ich hatte meine Arme um seinen Hals geschlungen und meine Wange an seinem Hals, als er plötzlich beide Hände um meinen Kopf legte.

»Weißt du, wie schön du bist?«, hauchte er mir ins Ohr. »Kannst du verstehen, wie stolz ich bin, dich zur Freundin zu haben und es allen zu zeigen?«

Seine Worte durchrieselten mich bis in den letzten Winkel und ich umarmte ihn fester. Er, Johan »Mr. Perfect« Södergren, war stolz auf mich. *Mich!*

Und kaum ein Jahr später führe ich mich so auf, dass ich ihn womöglich für immer verliere. Vor kurzem war es das Allerwichtigste für mich, Johans Freundin zu sein. Meine Güte, ich war im Prinzip schon dabei, Gardinen für unsere gemeinsame Wohnung auszusuchen!

Einen Augenblick lang bin ich versucht aufzustehen und Johan anzurufen, obwohl es mitten in der Nacht ist. Aber ich beherrsche mich. Ich kann ihm ja wohl schlecht erzählen, dass ich mir einen Scherz mit ihm erlaubt habe, höchstens, dass es falscher Alarm war. Aber wo sollte ich um diese Zeit einen Schwangerschaftstest herkriegen? Ich werde wohl bis morgen mit dem negativen Test warten müssen. Finn hat trotz allem recht. Es könnte so sein. Das Risiko (oder die Chance?) geht man jedes Mal ein, wenn man Sex hat, da kann man sich ruhig mal mit dem Gedanken auseinandersetzen. Oder zumindest damit rechnen, dass es passieren könnte.

Ich drehe mich um und versuche wieder einzuschlafen, aber die Gedanken rumpeln in meinem Kopf durcheinander und lassen mich nicht zur Ruhe kommen. Ich drehe und wende Isabellas Worte hin und her, denke daran, was sie über die Nacktheit und Schutzlosigkeit gesagt hat, und frage mich, wie es wohl werden wird, wenn Mama nach Hause kommt. Natürlich vermisse ich sie, aber es ist mir trotzdem ganz recht, dass ich noch ein wenig Zeit für mich habe, bis sie aus dem Krankenhaus entlassen wird.

»ALLE SIND EINGELADEN«, VERKÜNDET ELEONOR feierlich, als wir an unserem Stammtisch in der Kantine sitzen.

Sie hat endlich rausgefunden, was es mit Andreas Bjarges Abi-Fest draußen auf Helmersnäs auf sich hat.

»Alle?«, hakt Alexandra nach.

»Ja, alle dritten Jahrgänge. Geil, oder?«

»Wow. Wer hat, der hat.«

Ali sitzt auch an unserem Tisch. Donnerstags hat er zur gleichen Zeit Mittagspause wie wir, und er lässt selten eine Gelegenheit aus, Alexandra zu sehen.

»Ich hab das coolste Kleid überhaupt gefunden«, erzählt Eleonor weiter. »Fünftausend Kronen. Mein Alter dachte, ihn trifft der Schlag.«

»Man kann sich auch eins ausleihen«, sagt Alexandra.

»Ich finde es nicht besonders prickelnd, ein Kleid anzuziehen, das schon jemand anders getragen hat«, sagt Sanna. »Und noch weniger, es hinterher wieder zurückzugeben.«

Ich werfe ihr einen kurzen Blick zu und bin knapp davor, sie darauf hinzuweisen, dass manche Leute genau das mit den Freunden anderer machen, aber glücklicherweise kann ich mir das in letzter Sekunde verkneifen. Das würde bloß eine Erklärung fordern, und alle würden wissen wollen, wovon ich rede, und momentan kann ich nicht überblicken, was das für Konsequenzen hätte. Aber irgendwann werde ich genau so etwas sagen. Irgendwann werde ich sie für das, was sie getan hat, zur Rede stellen.

»Und wofür willst du es hinterher benutzen?«, fragt Alexandra. »Wie oft trägt man so ein Kleid?«

Eleonor zuckt mit den Schultern. »Das weiß man nie. Aber vielleicht gibt es ja noch ein paar andere schöne Feste, Hochzeiten oder so.« Sie dreht sich zu mir um. »Und du, Fanny? Was ziehst du an?«

Überrumpelt stelle ich fest, dass ich die Ballkleid-Diskussion keine Sekunde auf mich bezogen habe, während alle anderen davon ausgegangen sind, dass ich voll dabei bin und mir nichts Schöneres vorstellen kann, als zu dem Hausball nach Helmersnäs zu gehen. Kennen sie mich so schlecht oder habe ich mich so sehr verändert? Habe ich auch gehofft, zu dem Fest eingeladen zu werden, als ich das erste Mal davon gehört habe? Das war der Tag, an dem Alexandra und ich im Miranda gesessen und die Anzeige von der Zweizimmerwohnung in Rosbäck gesehen haben. Das ist maximal ein paar Wochen her. Ein paar Wochen und eine Ewigkeit. Da war mein Leben noch wie ein Legomodell, fein nach Anweisung aufgebaut. Eine stabile Konstruktion aus ordentlich zusammengesetzten Teilen. Zumindest habe ich das geglaubt. Da wusste ich noch nicht, dass ein paar kleine Nippel fehlten, mit denen die Teile ineinandergesteckt werden. Und plötzlich fiel das ganze Gerüst widerstandslos in sich zusammen.

»Wakey-wakey!«, sagt Alexandra und wedelt amüsiert mit der Hand vor meinem Gesicht herum.

Ich sehe verwirrt von ihr zu Eleonora. Ich selbst bin die Einzige, die mein Leben wieder auf die Reihe bringen kann. Zumindest kann ich es versuchen.

»Kannst du mir mal kurz dein Handy leihen?«, frage ich. »Ich muss Johan anrufen.«

Alexandra zieht ihr zusammenklappbares Samsung aus der Tasche und reicht es mir.

»Klar. Sind aber nur noch zwanzig Kronen auf der Karte oder so.«

»Geht ganz schnell.«

Der Geräuschpegel in der Kantine ist so hoch, dass keiner es merkwürdig findet, dass ich zum Telefonieren in den Garderobenraum rausgehe.

Johan antwortet sofort.

»Hallo, ich bin's.«

»Fanny! Wie geht es dir …? Hast du einen Test gemacht? Ist alles okay?«

Ich zögere einen Augenblick lang, weil ich nicht ganz sicher bin, was er unter »okay« versteht. Aber dann nehme ich Anlauf, um der Lüge ein Ende zu bereiten und alles wieder in Ordnung zu bringen.

»Es war falscher Alarm«, sage ich.

Er stößt einen lauten Seufzer der Erleichterung aus. »O Mann, da bin ich aber froh!«

Ich habe keinen Moment wirklich daran geglaubt, dass die Vorstellung, Papa zu werden, ihn glücklich machen würde. Ich bin von Anfang an davon ausgegangen, dass der Gedanke ihn eher mit Unruhe und Unwohlsein erfüllt. Aber sein erleichterter Ausruf kränkt mich dann doch.

»Wäre das denn so furchtbar gewesen?«, frage ich.

Er lacht. »Hör mal, was meinst du denn! Glaubst du, so eine Abtreibung ist ein Vergnügen? Meine Cousine Anna, du weißt schon, hat vor ein paar Jahren abgetrieben und fand es schrecklich!«

Ich spüre ein Ziehen im Unterleib, als er das sagt, als ob

gleich ein spitzer Gegenstand dort Leben herausschälen wollte. Weiter hat er also nicht gedacht. Andere Alternativen gibt es für ihn offenbar nicht.

»Ich telefoniere mit Alexandras Handy, kann nicht länger reden«, sage ich. »Wollte nur, dass du Bescheid weißt.«

»Echt lieb von dir. Danke. Kommst du heute Abend vorbei?«

Wieso?, denke ich. Warum soll ich zu dir kommen, wenn du solchen Bammel hast, ein Kind zu zeugen? Wäre es nicht besser, ich würde mich von dir fernhalten? Ganz davon abgesehen, hab ich überhaupt keine Lust, dich zu sehen. Im Augenblick jedenfalls nicht.

»Ich ruf dich an, wenn ich aus dem Krankenhaus zurück bin«, sage ich.

Ich gehe zurück in die Kantine und gebe Alexandra das Handy. Die anderen am Tisch sind fertig mit dem Essen. Voller Widerwillen gucke ich auf das Stück Speckpfannkuchen auf meinem Teller. Ich stehe mit den anderen auf und bringe den Teller weg.

Draußen regnet es immer noch. Alexandra und ich laufen über den Schulhof und setzen uns in die großen Fenster im Aufenthaltsraum.

»Jetzt hast du die Chance, an deiner Eins zu arbeiten«, sagt Alexandra mit einem Seufzer. »Ich habe nicht die Bohne für meine Hausaufgaben getan. Du?«

Nach der Pause haben wir Gemeinschaftskunde. Finn weiß, wieso ich mit den Untersuchungen zur Rolle der USA in der UNO zurückliege, darum mache ich mir keine Gedanken. Im Gegenteil, ich freue mich schon auf die Stunde. Fünf-Fehler-Finns Unterricht war immer schon okay, aber inzwischen ist es mehr als das. Ich schaue auf die Uhr. Noch fünfzehn Minuten.

»Ich überlege, ob ich im Herbst eine Auszeit nehme«, sagt Alexandra plötzlich. »Wäre das nicht klasse, mal hier rauszukommen? Wir könnten uns als Au-Pair bewerben ... in Madrid meinetwegen. Auf ein paar Gören aufpassen und Spanisch lernen. Das wäre doch cool, oder?«

Ich sehe sie überrascht an. Wir hatten fürs Frühjahr die gleichen Kurse gewählt und alles zusammen geplant. Sie streicht das tulpenfarbene Haar aus dem Gesicht und sieht mich an.

»Aber nur, wenn du mitkommst«, sagt sie entschieden.

»Ich weiß nicht«, sage ich unsicher. »Wäre es nicht besser, vorher eine Ausbildung zu machen?«

»Was heißt hier ›vorher‹? Hinterher fährt man nicht mehr einfach so weg. Da muss man seine Studienschulden abstottern und sich bewerben, wo man kann, und schon hockt man im Laufrad. Aber jetzt, zwischen Gymnasium und Uni, hat man die Chance zu machen, was man will.«

Madrid im Herbst?

Kann ich Mama dann schon alleine lassen? Was wird dann aus ihr? Und aus Johan? Wie geht es dann mit uns weiter?

»Ich weiß nicht«, wiederhole ich. »Das muss ich mir erst mal durch den Kopf gehen lassen.«

Alexandra verdreht die Augen. »Schnarchtasse.«

Ja. Vielleicht bin ich das. Aber momentan ist mein Leben schon unsicher und abenteuerlich genug, wie es ist. Da brauch ich nicht noch zusätzliches Pulver. Außer eventuell, dass gleich Gemeinschaftskunde ist.

Kaum sitzen wir auf unseren Plätzen, habe ich Alexandras Zukunftspläne und Johans Reaktionen auf alles Mögliche so gut wie vergessen. Ich denke an Finn. Wie gerne ich ihm dabei zugucke, wenn er spricht. Die winzigen Veränderungen in sei-

169

ner Mimik, das Lächeln, das sozusagen über sein Gesicht huscht wie eine kühle Brise an einem heißen Sommertag. Und es gefällt mir, wie er meinen Blick erwidert. Doch, er *sieht* mich an. Öfter als die anderen. Und mir wird klar, dass das schon immer so war. Jetzt ist es nur deutlicher. Einmal bringe ich ihn sogar ein bisschen aus der Fassung. Er hat etwas Komisches gesagt und ich lächele ihn an, und in dem Augenblick sieht er mich auch an mit einem leicht verwirrten Ausdruck in den Augen, als wären die Gedanken dahinter leicht ins Schlingern geraten. Mich durchrieselt es warm.

Pfui, man flirtet nicht mit seinem Lehrer, denke ich. Aber das Gleiche gilt auch für ihn, weil es wohl kaum üblich ist, seine Schüler so anzusehen.

Wir sollen uns zu zweit zusammentun und mindestens fünf Dinge aufschreiben, die wir persönlich von der UNO erwarten. Alexandra hat noch eine Frage. Finn kommt zu uns und beugt sich über den Tisch, wie er es immer tut, und ich bin so aufgewühlt wegen seines Blickes und kapiere weder Alexandras Frage noch Finns Antwort. Ich starre stumpf in mein Buch, nachdem er gegangen ist, und als ich den Blick wieder hebe, sehe ich Alexandras neugieriges Lächeln.

»Du bist rot geworden.«

»Quatsch!«

»Doch, bist du wohl! Es ist ernst, oder? Du bist in ihn verknallt, stimmt's?!«

»Quatsch!«, flüstere ich.

Meine gereizte Reaktion ist natürlich Wasser auf ihre Mühlen. Sie grinst mich breit an. Dann lehnt sie sich zu mir rüber und flüstert:

»Er peilt dich auch an, damit du's weißt.«

»Weil er fünf Fehler sucht«, sage ich und Alexandra lacht.

Nach der Stunde wird es noch peinlicher. Auf dem Weg aus der Klasse sieht Finn von dem Stapel Zettel hoch, die er eingesammelt hat.

»Fanny, hätten Sie wohl eine Minute Zeit?«

Dieses Mal merke ich selber, wie mir die Röte ins Gesicht steigt. Alexandra schickt mir einen unverhohlen vielsagenden Blick, ehe sie mit den anderen die Klasse verlässt.

Ich bleibe mitten im Raum stehen, als Finn sich auf die Kante eines Tisches setzt.

»Wie geht es Ihnen?«, fragt er.

»Gut«, antworte ich einfallsreich.

»Ich habe gestern Nacht lange über Sie beide nachgedacht«, sagt er. »Über Sie und Ihre Mutter. Sie kann wirklich froh sein, so jemanden wie Sie zu haben. Die Fragen, die Sie Isabella gestellt haben … und wie Sie ihr zugehört haben. Sie war mindestens genauso beeindruckt wie ich.«

Aha. Was soll ich dazu sagen? Mir klebt die Zunge buchstäblich am Gaumen. Gestern, als wir zusammen durch die Stadt spaziert sind, sind die Worte so leicht zwischen uns geflossen, da haben wir uns unterhalten wie Freunde. Ich hatte sonst auch nie Probleme, mich mit ihm im Unterricht zu unterhalten, aber mit einem Mal ist es, als wären wir beide aus unseren Rollen gefallen. Ungefähr wie zwei desperate housewives beim Musikantenstadl.

Finn räuspert sich. Wahrscheinlich macht ihn mein Schweigen verlegen.

»Lassen Sie von sich hören, wenn was ist. Und Isabellas Telefonnummer haben Sie ja auch.«

Ich nicke.

171

»Gut«, sagt er. »Bis dann.«

»Mm.«

Ich beeile mich, auf den Flur zu kommen, wo Alexandra mich mit einem breiten Lächeln auf den Lippen erwartet.

»Ihr seid doch nicht ganz dicht«, sagt sie. »Und wie geht es jetzt mit Johan weiter?«

»Hör schon auf! Du bist nicht ganz dicht! Als ob ich mit Finn zusammen wäre! Er ist unser *Lehrer*!«

Alexandra nickt begeistert. »Unser bestaussehender Lehrer. Und der jüngste! Nenn mir eine, die nicht heimlich für ihn schwärmt. Aber ich habe ihn noch nie so Blicke erwidern sehen wie heute bei dir. Was hast du mit ihm gemacht?«

»Das bildest du dir nur ein.«

»Ha, jetzt tu aber nicht so, als hättest du nichts gemerkt! Hältst du mich für blöd?«

Ich schüttele den Kopf. »Ganz sicher nicht. Aber da ist … nichts. Absolut nichts. Ich mag ihn. Genau wie du.«

»Ja, aber mich hat er noch nie zu einer privaten Plauderstunde nach dem Unterricht eingeladen.«

»Das war überhaupt nicht privat.«

»Natürlich nicht.«

»Außerdem habe ich nur doof geglotzt und keinen Ton gesagt.«

»Oje. Das ist nicht gut.«

Ich kann mir ein Lächeln nicht verkneifen. Zum ersten Mal seit langem habe ich das Gefühl, ihr nah zu sein und fast so mit ihr reden zu können wie früher.

»Nein«, sage ich. »Das war nicht gut.«

ICH KAUFE EIN AFTONBLADET und ein paar rotbackige Äpfel für Mama. Sie strahlt, als sie das Obst sieht.

»Wie schön. Ich habe solche Schwierigkeiten mit dem Essen. Mir ist ständig schlecht. Aber die Äpfel sehen appetitlich aus«, sagt sie.

Ich setze mich auf den Stuhl neben ihr Bett. Heute trägt sie einen Bademantel über dem Nachthemd und sitzt mit halb aufgerichtetem Oberkörper im Bett, die Beine unter der gelben Decke.

»Was machen sie mit dir?«, frage ich.

»Nicht viel. Die meiste Zeit beobachten sie mich. Sie reden mit mir. Und dann testen sie noch, wie viel mein Herz abgekriegt hat.«

Sie versucht, locker zu klingen, aber zwischen den Worten schimmert die Angst durch. Vielleicht kommt die Wahrheit langsam bei ihr an. Die Wahrheit darüber, was passiert ist und was hätte passieren können.

»Wie läuft es zu Hause?«, fragt sie.

Ich lache. »Es ist leer. Besonders der Kühlschrank.«

Sie lacht ebenfalls. »Na, wenn das alles ist, dann scheinst du mich ja nicht zu vermissen.«

»Nein, aber deine Lasagne vermisse ich tierisch!«

»Immerhin.«

Ich sehe mich im Raum um. Mamas Bett steht am Fenster. Neben ihr liegt eine ältere Frau. Sie schläft mit offenem Mund. Das Bett neben der Tür ist frisch bezogen und leer.

»Natürlich vermisse ich dich«, sage ich. »Das ist dir doch wohl klar?«

Mama tätschelt meine Hand. »Du bist das Beste, was ich habe, Fanny«, sagt sie.

»Wann darfst du nach Hause? Haben sie was gesagt?«

»In ein paar Tagen hoffentlich. Wie läuft es mit Johan?«

»Gut … so weit.«

Ich überlege, ob ich ihr von Isabella erzählen soll, entschließe mich aber, es sein zu lassen. Vielleicht findet Mama den Gedanken unerträglich, dass ich mit jemandem über sie geredet habe. Dass einer meiner Lehrer über sie Bescheid weiß. Womöglich glaubt sie, dass es sich wie ein Lauffeuer an der Schule verbreitet, dass sie sich nicht mehr vor die Haustür wagen kann und ich mich für sie schäme. Sie kennt Finn schließlich nicht.

»Du darfst nicht das Gefühl haben … na ja, dass du hierherkommen *musst*«, sagt Mama. »Nicht, wenn es deine Zeit für die Hausaufgaben und für Johan beschneidet. Ich werde hier ja gut versorgt.«

Ich sehe sie unsicher an. Findet sie es anstrengend, wenn ich komme, oder will sie zuvorkommend sein? Vielleicht bin ich für sie das personifizierte schlechte Gewissen, wenn ich an ihrem Bett sitze. Eine pochende Eiterbeule.

»Versteh das bitte nicht falsch«, fügt sie schnell hinzu, als hätte sie in meinen Augen gelesen, was ich denke. »Ich finde es nur so ungerecht … dass du jeden Tag hier rausfahren musst und mich besuchst für etwas, dass ich verbockt habe. Das alles muss ganz schrecklich für dich sein, Fanny. Glaub nicht, dass mir das nicht klar ist. Ich werde mir niemals verzeihen können, dass ich dir das angetan habe.«

»Das hoffe ich aber doch inständig«, sage ich, »dass du dir verzeihst und nach vorne guckst. Sonst schaffen wir das nie.«

Sie sieht mich schweigend an. Ein leichtes Lächeln spielt um ihre Lippen. »Wir«, sagt sie.

Ich nicke. »Ja, wir.«

»Mein Schatz … Wann bist du … so erwachsen geworden?«

»Jetzt fang bloß nicht an zu heulen. Jedenfalls nicht deswegen. Iss lieber einen Apfel.«

»Danke, Fanny«, sagt sie. »Für die Äpfel. Und dass es dich gibt.«

Ich lächle. »Das hast du dir auch selbst eingebrockt.«

»Nicht alles, was ich gemacht habe, war schlecht.«

Ich bleibe über eine Stunde bei Mama und unterhalte mich über alles Mögliche mit ihr. Es geht ganz leicht, zwischendurch bringe ich sie sogar zum Lachen. Aber als eine blonde Schwester mit einem Essenstablett kommt, stehe ich auf.

»Ich kaufe auf dem Weg nach Hause noch ein bisschen was ein«, sage ich. »Hast du einen Wunsch? Mehr Obst oder so? Weintrauben vielleicht?«

Mama rümpft die Nase. »Am liebsten nichts, was an Wein erinnert«, sagt sie.

Es ist das erste Mal, dass sie darüber Witze machen kann. Ich nehme sie in den Arm und helfe ihr, sich aufzurichten. Sie schaut nachdenklich auf den Teller mit Milchreis.

»Jetzt ist mir wieder schlecht.«

»Iss langsam. Jedenfalls wirst du abnehmen.«

»Alles Schlechte hat seine guten Seiten.«

»Genau. Wir sehen uns morgen.«

Ich fahre durch die Lasarettgatan, über die Gleise, am Friedhof vorbei und parke das Rad vor dem großen Konsum.

Ich habe schon unendlich viele Male hier eingekauft, aber entweder nach einer Liste von Mama oder weil ich auf etwas Bestimmtes Lust hatte. Oder weil Johan und ich verabredet hatten, was zusammen zu kochen. Ich glaube, es ist das erste Mal in meinem Leben, dass ich sozusagen für meinen eigenen Haushalt einkaufe. Milch, Brot, Aufschnitt, was Warmes für den Abend, das möglichst auch noch für morgen reicht. Das hier ist ganz neu. Aufregend. Erwachsen. Ich grinse vor mich hin, als ich mit der Konsumtüte am Lenker nach Hause fahre. Alexandra träumt davon, in Madrid zu leben. Mir gibt es einen Kick, bei Konsum einzukaufen.

Zuhause spiele ich das Spiel weiter. Koche Chili con Carne und backe ein Minibaguette im Ofen auf. Ich decke sogar hübsch für eine Person in der Küche, schenke mir ein großes Glas Orangensaft ein und lasse mir alle Zeit der Welt beim Essen. Ich habe zwar versprochen, Johan anzurufen, aber mir ist grad gar nicht danach. Er wird sich noch ein wenig gedulden müssen.

Das Chili reicht noch für mindestens zwei Tage. Ich nehme zwei Plastikbehälter aus dem Schrank, teile den Rest auf und lege ihn ins Gefrierfach. Danach koche ich mir eine Tasse Tee, hole die Zeitung, die auf dem Flurboden liegt, setze mich an den Küchentisch und blättere eine Weile darin herum. Gucke, was es abends im Fernsehen gibt. Im Zweiten läuft »Notting Hill«. Den habe ich schon gesehen, ein richtiger Gute-Laune-Film. Ich nehme mir vor, ihn noch mal anzusehen. Zuhause. Bei Johan würden wir garantiert »Lost« gucken, der zeitgleich im Vierten läuft.

Als der Tee alle ist, falte ich die Zeitung ordentlich zusammen, gehe auf den Flur und wähle Johans Nummer.

Er sagt ein paar Sekunden lang nichts, als ich sage, dass ich heute Abend auch nicht komme.

»Bist du wegen irgendwas sauer?«, fragt er schließlich.

»Nein«, sage ich ruhig. »Mir ist nur danach, alleine zu sein. Ist es nicht das, was du versucht hast mir zu sagen? Dass man auch mal Zeit für sich selber braucht?«

»Habe ich das gesagt?«

»Ja. Dass man wenigstens einen Abend in der Woche für sich alleine braucht. Obwohl das auf dich ja nicht ganz zutrifft. Die Abende hast du ja mit Sanna verbracht.«

»Du bist doch sauer. Ich kann zu Kreuze kriechen, machen, was ich will, du bist trotzdem noch sauer auf mich.«

»Ich bin nicht sauer, aber ich brauche einfach etwas Ruhe. Ich will mich aufs Sofa legen und ›Notting Hill‹ gucken. Wir können uns ja morgen treffen?«

»Das hast du vorgestern auch gesagt.«

»Aber jetzt verspreche ich es. Morgen. Okay?«

»Okay.«

Ich lege auf und starre das Telefon an. Unglaublich. Johan bettelt regelrecht darum, dass ich komme, und ich versetze ihn ein ums andere Mal! Verdrehte Welt.

Ich liebe ihn doch, er ist mein Traumprinz, mein Jackpot, mit dem ich niemals gerechnet hätte, den ich aber wider Erwarten bekommen habe. Warum mache ich das?

Mit dem Hörer am Ohr wähle ich noch einmal seine Nummer. Vor der letzten Zahl überlege ich es mir anders und lege auf. Ich weiß überhaupt nicht, was ich sagen soll über das hinaus, was ich bereits gesagt habe.

Ich erhebe mich langsam, gehe in mein Zimmer und lege mich aufs Bett. Überlege, ob ich Musik anmachen soll, aber mir fällt nichts ein, was ich hören will. Ich lausche den Geräuschen von der Straße und den Schritten des Nachbarn über uns. Irgendwo im Haus geht eine Spülung. Ich stelle mir vor, wie die Bewohner in kleinen Boxen übereinander, nebeneinander und umeinander herum ihr Leben leben. In einer Box wird vielleicht gerade eine aufreibende Scheidung ausgefochten, in einer anderen Geburtstag gefeiert. Und in einer Box liegt eine junge Frau, deren Mutter sich fast zu Tode getrunken hat, auf ihrem Bett.

Ich muss kurz weggenickt sein, als es an der Tür klingelt. Kurz nach acht. Ich springe aus dem Bett und werfe auf dem Weg in den Flur einen Blick in den Spiegel. Das Haar steht auf der einen Seite ab und ich sehe ziemlich verknittert aus. Trotzdem mache ich auf. Johan steht vor der Tür.

Zum ersten Mal in der Weltgeschichte klingelt er an meiner Tür, ohne dass ich ihn gebeten habe, zu kommen. Ich hingegen bin häufig unangemeldet bei ihm aufgetaucht.

»Wir müssen reden«, sagt er.

Das ist noch seltener. Das hat er noch nie gesagt. Außer an dem Abend, als er mir das mit Sanna gebeichtet hat. Was kommt jetzt? Kommt er direkt von ihr, oder was?

Ich trete zur Seite und lasse ihn rein.

Danach sagt eine Weile keiner von uns beiden etwas, während er eine Runde durch die Wohnung macht. Das tut er immer, wenn er irgendwo reinkommt, eine merkwürdige Angewohnheit. Wie ein Hund, der sein Revier markiert und es in Besitz nimmt. Schließlich stellt er sich vor mich und ich sehe ihn an, seine schwarzen Locken, das Gesicht, in dem ich jeden Millimeter geküsst habe, die Lederjacke über dem dunkelroten T-Shirt und die schwarze Jeans. Mister Perfect.

»Worüber?«, frage ich.

»Was?«

»Worüber willst du reden?«

»Wollen wir im Flur stehen bleiben?«

Ich muss grinsen. Die Situation ist so absurd, dass ich jede Form von Höflichkeit vergesse. Ich zeige zur Küche und er geht brav dorthin und setzt sich an den Küchentisch.

»Kann ich dir was anbieten?«

»Ein Brot wäre nicht schlecht.«

»Es gibt Chili con Carne. Habe ich vorhin gemacht.«

»Okay.«

Ich nehme eine Portion aus dem Gefrierfach, entferne den Deckel und schiebe sie in die Mikrowelle. Dann setze ich mich Johan gegenüber an den Tisch. Zwei Minuten bis zum Klingeln. Wenn er mir jetzt erzählt, dass er wieder bei Sanna war, mache ich den Deckel wieder zu.

»Also«, beginnt er zögernd, »geht es immer noch um die Sache mit Sanna oder dass ich nicht auf die Zweizimmerwohnung angesprungen bin, wo du anrufen wolltest, oder worum geht es eigentlich? Ich verstehe das einfach nicht.«

Oh. Sollte die Tatsache, dass ich seit zwei Tagen nicht bei ihm war, ihn wirklich dazu veranlasst haben, sich in seinen Jetta zu setzen und hierherzufahren, nur um rauszufinden, was schiefläuft? Ist er wirklich gekommen, um mit mir zu *reden*? Obwohl ich ihm versprochen habe, morgen zu kommen? Ich bin so baff, dass ich vergesse zu antworten.

»Dann ziehen wir eben zusammen, wenn du unbedingt willst«, sagt er. »Wenn dir das so wichtig ist.«

Ich schüttele den Kopf.

»Ich will nicht mit dir zusammenziehen, solange du dir nicht ganz sicher bist, dass du es auch willst«, sage ich. »Und das bist du nicht. Ganz abgesehen davon, geht es nicht darum. Die Sache mit Mama hat mir einen ziemlichen Schock versetzt, ich muss mich erst mal wieder berappeln. Ich brauche Zeit zum Nachdenken. Und um mit Leuten zu reden, die wissen, worum es geht. So wie gestern zum Beispiel …«

»Du meinst diesen Lehrer?«

Es ist ein komisches Gefühl, Johan so über Finn sprechen zu hören. Kribbeln und Nervosität vermischen sich. Lachhaft. Ich war schließlich nicht untreu.

»Nein, nicht er«, sage ich eilig. »Seine Tante. Sie hatte auch Alkoholprobleme, aber sie hat sie in den Griff bekommen. Sie kann mir sagen, was auf mich zukommt. Wie ich Mama helfen kann. Verstehst du? Das hat nichts mit dir zu tun.«

Johan sieht mich ein paar Sekunden lang an. Ich bin diese geballte Aufmerksamkeit von seiner Seite nicht gewohnt. Das macht mich nervös. Und ein bisschen glücklich.

»Wenn zwischen uns alles in Ordnung wäre«, sagt er schließlich, »hättest du mit mir geredet. Und wärst aus dem Krankenhaus zu mir gekommen, nachdem Vanja aufgewacht ist. Du hättest Trost gesucht und ich hätte dich getröstet.«

Offenbar habe ich mich an diesem Abend noch nicht genug gewundert. Hat er sich das alles selber ausgedacht oder hat er vorher mit jemandem gesprochen? Das klingt absolut nicht nach Johan. Über solche Sachen macht er sich normalerweise keine Gedanken. Nicht weil er dumm wäre, eher weil das nicht in sein Denkschema passt. Aber seine Denkmuster sind vielleicht verschnörkelter, als ich geahnt habe. Und er hat recht. Normalerweise hätte ich mich genau so benommen, wie er es beschrieben hat.

180

»Ziemlich schlechtes Timing«, sage ich.

»Was?«

»Dass das mit Mama ausgerechnet in dem Moment passieren muss, nachdem du mir von Sanna erzählt hast. Ich bin nicht sauer, ich habe dir gesagt, dass es besser geht, aber … Wir hatten irgendwie keine Zeit, uns davon zu erholen. Ich fühle mich nicht … sicher. Verstehst du?«

Johan lehnt sich zurück und seufzt.

»Mädchen!«, sagt er, wieder ganz der Alte.

Irgendwann während unserer Unterhaltung hat die Mikrowelle geklingelt. Ich stehe auf, um das Chili rauszunehmen, und hole einen Teller und Besteck für Johan. Ein Glas und eine Flasche Cola light stelle ich ebenfalls auf den Tisch.

»Wann fühlst du dich wieder ›sicher‹?«, fragt er.

Ich lächle. »Dass du heute Abend hierhergekommen bist, hilft schon mal.«

Er steht auf, kommt zu mir und zieht mich an sich.

»Heißt das, ich darf noch ein bisschen bleiben?«, fragt er mit dem Mund an meinem Ohr.

»Sicher«, sage ich. »Wenn ich ›Notting Hill‹ gucken darf.«

EINES NACHMITTAGS AUF DEM WEG ZU MAMA treffe ich Anna Vidberg auf dem Flur der Abteilung. Sie lächelt mich freundlich an.

»Hallo, Fanny, schön, dass ich Sie treffe! Ich hatte vor, Sie anzurufen. Hätten Sie vielleicht einen Moment Zeit? Ich würde mich gern mit Ihnen unterhalten.«

Ich werfe einen hastigen Blick zu Mamas Zimmertür, aber Anna legt beruhigend die Hand auf meinen Arm.

»Vanja weiß Bescheid, dass ich mit Ihnen reden möchte. Sie ist einverstanden.«

Ich folge ihr in einen kleinen Raum mit ein paar Stühlen und einem Tisch. Ich sehe aus dem Augenwinkel, wie sie das Schild »Frei« gegen »Besetzt« austauscht, ehe sie die Tür hinter uns schließt und mich einlädt, mich zu setzen. Sie legt ihren Notizblock und ein gelbes Brillenetui beiseite und lässt sich mir gegenüber nieder.

»Ja, Fanny, es ist sicher nicht ganz einfach für Sie.«

Ich bin nicht sicher, ob das eine Frage oder eine Feststellung ist, darum sage ich nichts.

»Für Vanja ist es auch ziemlich schwer«, fährt sie fort. »Sie hat schreckliche Angst, Ihnen wehzutun, Sie sind das Liebste, was sie hat, wissen Sie. Wie fühlen Sie sich im Augenblick, Fanny? Was geht Ihnen durch den Kopf?«

Ich starre auf das ovale Namensschild an ihrem weißen Kittel.

»Anna Vidberg Dipl.-Psych.« steht dort.

»Es ist ein wenig … wie soll ich es sagen … schwer zu fassen irgendwie, dass die eigene Mutter Alkoholikerin ist.«

»Wir unterscheiden zwischen Abhängigkeit und Missbrauch«, sagt Anna. »Im Falle deiner Mutter würde man eher von Missbrauch sprechen, als Alkoholikerin würde ich sie nicht direkt bezeichnen. Ich persönlich mag diese Bezeichnung überhaupt nicht, wenn ich ehrlich sein soll.«

Ich hebe den Blick und sehe in ihre klaren, grauen Augen. Wie bei unserer letzten Begegnung strahlen sie Aufmerksamkeit und Ruhe aus. Wie ist es möglich, dass ein Mensch, den man so gut wie gar nicht kennt, so viel Vertrauen verströmt? Mama kann von Glück sagen, dass sie an sie geraten ist.

»Wirklich?«

»Ja. Ich finde nicht, dass man Menschen auf diese Weise in Schubladen stecken sollte. Aber dass Vanja Hilfe braucht, um ihre Alkoholgewohnheiten zu ändern, daran besteht ja wohl kein Zweifel, oder?«

Ich schüttele den Kopf.

»Vielleicht hat sie ja schon mit dir darüber gesprochen«, redet Anna weiter. »Wir haben uns darauf geeinigt, dass sie zur Unterstützung einige Medikamente nimmt. Hast du schon mal was von Antabus gehört?«

»Soweit ich weiß, nimmt man das, um nicht mehr trinken zu können, oder?«

»Genau. Wenn man Antabus nimmt und Alkohol trinkt, wird man richtig krank. Das ist ziemlich dramatisch, man hat das Gefühl, sterben zu müssen. Was man nicht tut, aber es fühlt sich tatsächlich so an. In Abstimmung mit Vanja haben wir beschlossen, ihr das Mittel vorerst drei Monate lang zu verschreiben, damit sie entwöhnt wird. Das bekommt sie dreimal

183

in der Woche von uns in der Suchtzentrale verabreicht. Mindestens einmal pro Woche werden sie und ich uns zusammensetzen und besprechen, wie die Therapie anschlägt und wie sie sich fühlt. Ich habe bereits ausführlich mit ihr gesprochen, da wir grundsätzlich eine Voruntersuchung machen, bevor wir mit einer Therapie beginnen. Wir versuchen, uns ein Bild von ihrem Leben zu machen, ihrer Befindlichkeit, um Ursachen für ihre Trinkgewohnheiten zu eruieren, und so weiter. Das machen wir, um ihr dabei behilflich zu sein, alte Muster zu durchbrechen.«

Sie lehnt sich zurück und sieht mich an. »Hast du irgendwelche Fragen?«

»Nein …«, antworte ich verwirrt. »Oder doch. Ach … ich weiß nicht. Bestimmt habe ich Fragen. Aber mir fällt gerade keine ein. Es klingt so verdammt … *natürlich*, wenn Sie darüber reden. Als hätte sie eine ganz gewöhnliche Krankheit.«

»Das hat sie auch«, sagt Anna ruhig. »Eine ganz gewöhnliche Krankheit. Wir haben viele Patienten, die sich regelmäßig ihr Antabus bei uns abholen, hoch dotierte Persönlichkeiten, die eine Heidenangst haben, dass man sie hier sieht, wie sie in den Fahrstuhl steigen. Dabei ist das nichts, wofür man sich schämen muss. Im Gegenteil, man kann stolz darauf sein, dass man etwas unternimmt und den Mut hat, sich mit dem Problem auseinanderzusetzen. Das ist mutig. Im Moment ist Vanja vielleicht noch etwas mitgenommen und geschwächt, aber sie ist auch sehr mutig.«

Ich lasse Annas Worte in mir sacken und sich zurechtlegen.

»Aber kommen wir zu dir«, sagt sie schließlich. »Alkoholmissbrauch in der Familie ist eine große Belastung für alle Angehörigen. Aber auch wenn Vanja überzeugt ist, ihren Missbrauch gut geheim gehalten zu haben, bin ich überzeugt, dass du davon wusstest. Ist es nicht so?«

Ich nicke und erzähle ihr von den Flaschen im Buchregal. Dass ich immer wieder kontrolliert habe, wie viel sie getrunken hat. Aber dass ich nie gedacht hätte, dass es schlimm ist. Selbst das ordnet Anna in die Kategorie »normal« ein.

»Wir bieten den Angehörigen ebenfalls Hilfe an«, erklärt sie. »Du kannst gerne vorbeikommen, um mit mir zu reden, wenn du willst.«

»Vielleicht«, sage ich. »Noch weiß ich ja nicht, wie es wird. Wenn sie nach Hause kommt, meine ich.«

»Bist du deswegen unruhig?«

»Ein bisschen. Obwohl ich mich natürlich auch freue.«

Anna schreibt eine Telefonnummer auf ihren Notizblock und reißt das Blatt ab. »Du kannst mich jederzeit anrufen. Wenn ich gerade nicht erreichbar bin, rufe ich dich zurück.«

Sie erhebt sich und streckt mir die Hand entgegen. Sie hat kurze, knochige Finger und einen warmen, festen Händedruck.

»Es wird schon alles gut gehen«, sagt sie. »Und jetzt lauf zu Vanja und sag ihr, dass wir uns auf dem Flur getroffen haben. Sie findet es bestimmt gut, dass du mit mir gesprochen hast.«

Im Flur stoße ich beinahe mit einer Schwester zusammen, die ein Tablett mit Saftgläsern balanciert, so aufgewühlt bin ich.

Auf Mamas Nachtschrank liegen Informationsbroschüren zu den Medikamenten, die sie nehmen soll. »Wer Antabus nimmt, ist nicht schwach, sondern stark«, steht mit blauen Lettern auf dem oberen.

Mama ist nachdenklich und still, taucht aus einem tiefen Gedankensee auf, als ich eintrete.

185

»Ich habe Anna Vidberg getroffen«, sage ich. »Die ist ja echt nett.«

Mama nickt. »Sehr nett. Sie ist so … Ich weiß nicht. Aber sie schafft es, dass ich mich wie ein Mensch fühle. Trotz allem.«

Ich setze mich auf ihre Bettkante. »Wie geht es dir?«

»Gut, denke ich, denn ich werde bald entlassen. Vielleicht schon morgen.«

»Oh, wie schön.«

Sie sieht mich schweigend an.

»Findest du?«, sagt sie schließlich.

»Natürlich finde ich das! Freust du dich nicht auf zuhause?«

»Doch … sicher.«

Ich sehe ihr die Unruhe an. Sie springt auf mich über und ich fingere an dem Zettel in meiner Tasche. Das beruhigt mich. Wir sind nicht allein. Und Anna hat gesagt, dass schon alles gut gehen wird.

Auf dem Weg nach Hause kaufe ich Hackfleisch und Tacos, fahre zu Johan und bereite eine würzige Fleischfüllung zu.

Johan schnüffelt gierig über der Pfanne. »Hmmm … ich glaube, ich will doch mit dir zusammenziehen.«

»Ha, falls du denkst, ich stehe dann immer in der Küche und koche dir was zu essen, das kannst du vergessen«, sage ich.

Er lacht. »Nein, ab und zu darfst du auch ins Bett kommen.«

Er umarmt mich von hinten und küsst mich in den Nacken.

»Feine Fanny«, sagt er.

Seit Donnerstag hat er das mit dem Zusammenziehen mehrmals erwähnt. Man könnte fast meinen, er ist dabei, seine Meinung zu ändern. Als könnte er sich eine dauerhaftere Beziehung mit mir vorstellen. Seltsamerweise bin ich inzwischen nicht mehr so überzeugt. Nicht dass ich es mir nicht mehr vorstellen könnte, aber es ist nicht mehr mein größter Traum. Es steht nicht mehr an oberster Stelle meiner Wunschliste. Und heute kann ich sowieso kaum einen anderen Gedanken denken, als dass Mama vielleicht morgen nach Hause kommt.

Johan und ich essen unsere Tacos, danach fahre ich nach Hause. Ich putze das Bad und beziehe Mamas Bett. Vergewissere mich mehrmals, dass das Wohnzimmer sauber ist und keine Spuren mehr zu sehen sind. Nur wenn man hinten in der Ecke steht, kann man noch die Andeutung eines Flecks auf dem Teppich sehen. Obwohl ich es deutlich vor Augen habe. Das Bild erscheint unvermittelt auf meiner Netzhaut, messerscharf bis ins kleinste Detail. Wenn mich in ein paar Jahren jemand fragen sollte, was für eine Decke auf dem Tisch gelegen hat oder in welche Richtung das Etikett der Flasche gezeigt hat, werde ich, wie aus der Pistole geschossen, antworten können, als hätte ich ein Foto vor mir. Den Fleck auf dem Boden könnte ich wahrscheinlich auch mit geschlossenen Augen nachzeichnen.

Die Tischdecke habe ich gegen eine grün gemusterte ausgewechselt, die ich so gerne mag. Und ich habe auch gleich die Gardinen gewechselt, weil die hellen Spitzengardinen, die im Schrank lagen, viel besser zu dem sommerlichen Muster auf der Tischdecke passen. Das ist hübsch geworden.

Zwischen acht und halb neun treibt eine innere Unruhe mich zwischen unseren drei Zimmern hin und her. Ich trinke ein großes Glas Milch, aber das macht mich auch nicht ruhiger. Fünf nach halb neun setze ich mich auf den Telefonhocker und wähle Finn Bäckströms Nummer.

Ich weiß eigentlich gar nicht, was ich von ihm will. Einen Moment wundere ich mich, dass ich seine Nummer auswendig kann, obwohl ich doch erst einmal bei ihm angerufen habe.

Er antwortet nach zwei Freizeichen. Und er scheint sich zu freuen, als er hört, wer dran ist.

»Fanny! Hallo!«

»Hallo, ich dachte … Oder wahrscheinlich habe ich gar nichts gedacht, ich wollte einfach nur ein bisschen reden. Und Sie meinten doch, ich könnte ruhig anrufen.«

»Klar. Natürlich. Ich habe gerade an Sie gedacht. Wie geht es Ihnen? Ich wollte Sie neulich nicht darauf ansprechen, Sie wirkten so … na ja, wie soll ich sagen … neben der Spur.«

Ich lache. »Neben der Spur trifft es gut.«

»So meinte ich das nicht.«

»Ich weiß, war nur ein Scherz. So weit ganz gut, glaube ich. Mama kommt morgen nach Hause und das macht mich doch etwas nervös. Aber auch froh. Und selber?«

»Gut, danke. Hier ist es himmlisch ruhig. Die Kinder sind eine Woche mit Jenny bei ihrer Großmutter. Ich wollte eigentlich mitfahren, aber sie haben keine Vertretung für mich gefunden.«

»Soll ich vorbeikommen und Ihnen ein bisschen Gesellschaft leisten?«

Die Frage rutscht mir einfach so raus. Ich beiße mir erschrocken auf die Lippe und lausche auf das erstaunte Schweigen am anderen Ende.

»Ja …«, sagt Finn schließlich. »Gerne. Wenn Sie mögen.«

»Okay«, sage ich nervös. »Dann bis in einer Viertelstunde oder so.«

»Alles klar. Bis gleich.«

Als ich den Hörer aufgelegt habe, sehe ich mich mit großen Augen im Flurspiegel an. Was hab ich jetzt bloß angestellt?

ZUERST ZIEHE ICH DAS ENGE SCHWARZE, weit ausgeschnittene Trägertop von Lindex an. Alexandra hat mich regelrecht gezwungen, es zu kaufen, weil sie fand, dass ich einfach klasse darin aussehe. Aber als ich mich jetzt vorm Spiegel hin und her drehe, denke ich, dass ich mich völlig lächerlich mache, wenn ich so ausstaffiert bei ihm aufkreuze. Also ziehe ich einen weißen BH an und das weiße, kurzärmelige Top von JC. Das sitzt etwas lockerer, hat einen V-Ausschnitt und Ärmel, die so eben gerade die Schultern bedecken. Unschuldiger, aber trotzdem erotisch, weil der Stoff so dünn und weich ist. Außerdem passt es perfekt zu der ausgewaschenen Jeans, die ich gleichzeitig gekauft habe. Die Schminke, die ich den ganzen Tag hatte, wasche ich ab und schminke mich neu, nur ein bisschen, damit es nicht wie frisch aufgetragen aussieht.

Als ich aus dem Haus gehe und mein Rad aufschließe, ist die Viertelstunde längst vorbei. Aber ich fahre trotzdem gemächlich, um nicht völlig verschwitzt bei ihm anzukommen. Was nicht verhindert, dass ich unter den Achseln schwitze, als ich die Treppe im Solrosvägen hochgehe. Mein Herz schlägt spürbar. Ist doch komplett verrückt, was ich hier mache, was denke ich mir eigentlich dabei? Für einen kurzen Augenblick, als ich so vor seiner Tür stehe, bin ich knapp davor, umzukehren und wieder nach Hause zu fahren. Aber das wäre irgendwie noch alberner. Ich will doch nur mit ihm reden. Über Mama. Und er hat es mir schließlich von sich aus angeboten. Bestimmt sieht er nichts anderes in der Situation als genau das. Alles andere

189

(was immer das sein sollte) existiert nur in meiner Fantasie. Ich bin nicht sicher, ob ich mir, was den Punkt betrifft, wünsche, dass ich richtig oder falsch liege. Am Ende klingele ich dann doch und er macht die Tür auf und bittet mich herein.

»Darf ich Ihnen was anbieten?«, fragt er. »Ich wollte mir gerade eine Tasse Tee und ein Brot machen, als Sie angerufen haben. Mögen Sie auch was?«

»Ja, gerne«, sage ich und stelle meine Schuhe neben die Tür.

Bei meinem letzten Besuch herrschte hier ein ganz anderes Leben, die Kinder rannten durch die Wohnung, Jenny werkelte in der Küche und Isabella saß auf dem Sofa im Wohnzimmer. Jetzt ist alles ruhig und still.

Ich folge Finn in die Küche, die größer und heller ist als unsere. Auf dem runden Tisch liegt ein rotweiß kariertes Wachstuch und auf dem Fensterbrett stehen eine Reihe Tontöpfe mit niedrigen grünen Pflanzen. Die Stühle sind rustikal und passen zu einer Familie mit kleinen Kindern.

»Ist es traurig oder schön, alleine zu Hause zu sein?«, frage ich.

Finn wirft mir einen kurzen Blick zu, als er zwei Keramikbecher aus dem Küchenschrank nimmt.

»Sowohl als auch«, sagt er. »Ich finde es schade, weil es unfreiwillig ist. Aber andererseits kann ich mich abends auf dem Sofa ausstrecken und ein Buch lesen oder mir im Fernsehen angucken, was ich will. Und das ist nicht so schlecht.«

»Außer wenn einen plötzlich eine Schülerin überfällt«, sage ich.

Er grinst. »Ja, dann nicht, natürlich. Und selbst? Wie finden Sie es, alleine zu Hause zu sein?«

»Ungefähr genauso. Ganz nett. Aber auch ziemlich leer.«

Ich setze mich an den Tisch und gucke zu, wie Finn Brot, Margarine, Käse und Schinken aufdeckt. Er trägt einen moosgrünen Baumwollpullover und eine Hose in einem blasseren Graugrün. Als er eine Gurke und ein paar Tomaten aus dem Kühlschrank nimmt, biete ich an, sie zu schneiden. Und so stehen wir zusammen in seiner Küche und bereiten einen Abendsnack vor, als wäre es das Natürlichste auf der Welt. Das Gespräch fließt leicht und meine Nervosität fällt von mir ab.

»Earl Grey, Vanilletee oder … vielleicht …« Er dreht die Dosen im Schrank hin und her. »Oder lieber Herbstglut?«

Ich wähle Vanille. Das duftet so gut.

Kurz darauf sitzen wir am Tisch, schmieren Brote und unterhalten uns über alles Mögliche. Nur nicht über Mama. Ich denke eine Zeit lang kaum an sie. Finn erzählt, dass er nach dem Abi mit ganz dünner Reisekasse nach Asien gereist ist.

»Ich hatte mir in den Kopf gesetzt, was von der Welt zu sehen, bevor der Ernst des Lebens losgeht. Ich wollte auf die einfachste Weise reisen und etwas *erleben*. Mindestens ein halbes Jahr wollte ich unterwegs sein, hatte ich mir vorgenommen. Zwischendurch wollte ich jobben und mir das Geld für die Tickets zusammenverdienen, um woandershin zu fahren. Trampen. Meine Güte. Inzwischen kann ich nachvollziehen, warum meine Eltern bei meinem Aufbruch so unruhig waren!«

»Und wie ist es gelaufen?«

»Die ersten Wochen in Thailand waren ziemlich gut. Dort lernte ich einen Engländer kennen, der ein kleines Restaurant und ein paar Bungalows auf einer Insel hatte, etwas abseits vom Touristengewimmel. Dann bin ich von Bangkok nach New Delhi geflogen und sofort um alles, was ich hatte, erleichtert worden. Und eine heftige Magen-Darm-Grippe hab ich mir obendrein noch eingefangen. Nach ein paar Albtraumtagen bin ich zur Schwedischen Botschaft getorkelt und habe um Hilfe gebeten. Sie haben bei meinen Eltern angerufen. Mein Vater musste die Heimreise bezahlen. Ziemlich schmählich, wenn du mich fragst. Außerdem hab ich fast den kompletten Rückflug auf der Bordtoilette verbracht, und du kannst dir ja sicher vorstellen, wie gemütlich das ist. Zwischendurch musste ich die Pobacken zusammenkneifen und rauskommen, wenn die Schlange vor dem anderen Klo zu lang wurde.«

Ich lache. Und dann erzähle ich von meinem Einkaufserlebnis bei Konsum. Während die meisten Menschen davon träumen, in der Welt herumzureisen, finde ich es ungeheuer spannend, mir was fürs Abendessen auszusuchen.

»Bin ich vielleicht unnormal?«

Finn schüttelt den Kopf.

»Im Gegenteil. Ist doch schön, wenn man das Abenteuer im Alltag erkennt. Das Leben an sich ist ein Abenteuer. Kinder zu haben ist ein Abenteuer. Aufsätze zu korrigieren kann auch ziemlich abenteuerlich sein ...«

»Ich würde niemals Lehrer werden wollen«, sage ich. »Da strampelt man sich da vorne einen ab und versucht, das Interesse der Schüler zu wecken, und die gucken nur auf die Uhr und können es gar nicht abwarten, bis die Stunde vorbei ist.«

Finn grinst. »Ist das so bei euch?«

Ich kriege ein heißes Gesicht.

»In Ihren Stunden natürlich nicht!«, sage ich eilig und er lacht.

»Nein, natürlich nicht.«

Er steht auf und räumt den Tisch ab. Ich helfe ihm. Als er die

Sachen in den Kühlschrank stellt und ich das Geschirr in die Spülmaschine räume, stehen wir so dicht nebeneinander, dass ich ihn bei fast jeder Bewegung berühre. Ich atme seinen Duft nach Seife und Minze ein und spüre die Wärme seines Körpers.

»Warum riechen Sie eigentlich immer nach Minze?«

Er dreht den Kopf zur Seite und sieht mich an. »Tue ich das?«

»Immer. In der Schule auch. Man weiß sofort, welcher Lehrer sich in der Klasse über einen beugt.«

Finn steckt die Hand in die Hosentasche und zieht eine kleine Dose mit Minzpastillen heraus.

»Ich nehme an, das sind die Schuldigen. Als Nils geboren wurde, habe ich aufgehört zu rauchen, und da habe ich die hier gekauft, um den Gieper zu dämpfen. Inzwischen bin ich mindestens so abhängig von den Dingern wie vorher von den Zigaretten. Aber jetzt, nachdem ich einen Tee getrunken habe, dürfte ich nicht mehr nach Minze riechen, oder?«

Ich stelle mich auf die Zehenspitzen und schnüffele demonstrativ an ihm.

»Doch, immer noch«, sage ich.

Er seufzt. »Na ja, wenn man jahrelang Minzpastillen in sich hineinstopft, ist man wahrscheinlich irgendwann imprägniert.«

»Macht ja nichts«, sage ich. »Das ist ein angenehmer Duft.«

Es folgt eine verlegene Stille. Wir stehen viel zu nah beieinander, der Rest der Wohnung wirkt plötzlich so groß. Ich schaue auf seinen Mund, die weichen Lippen mit dem markanten Amorbogen.

»Darf ich Sie was fragen, Fanny?«, sagt er. »Sie brauchen nicht zu antworten, wenn Sie die Frage seltsam finden.«

193

Ich nicke. Konzentriere mich aufs Atmen. Ein und aus und ein und aus. Das mache ich ständig, habe es mein ganzes Leben lang trainiert, warum ist es da plötzlich so kompliziert?

»Was wollen Sie eigentlich hier?«

»Ich weiß es nicht so genau«, antworte ich ehrlich.

»Also, ich freue mich, Sie hier zu haben, aber gleichzeitig habe ich das Gefühl, dass ich das nicht tun sollte, jedenfalls nicht auf diese Weise … Bin ich zu direkt?«

Ich schüttele den Kopf. Mein Herz schlägt so stark, dass mir der Kopf rauscht, und ich muss Finns blaugrünem Blick ausweichen. Er macht einen Schritt nach hinten und zieht sich auf normalen Gesprächsabstand zurück.

»Doch, bin ich«, antwortet er sich selbst. »Wir dürften gar nicht darüber reden. Ich hätte nichts sagen sollen. Jetzt setzen wir uns ins Wohnzimmer, und Sie erzählen mir, wie es Ihrer Mutter geht und was Sie davon halten, dass sie nach Hause kommt und … Ich freue mich, Ihr Vertrauen zu haben. Dass Sie das Gefühl haben, mit mir reden zu können. Und so wollen wir es auch weiter halten.«

Meine Beine sind weich und ein wenig unsicher, als ich hinter ihm her ins Wohnzimmer gehe, wo wir letzte Woche mit Isabella gesessen haben. Gleichzeitig bricht in mir ein Jubelsturm los. Das kann doch nur eins bedeuten? Dass er mich mehr mag, als er sollte. Dass er etwas für mich empfindet, das er nicht empfinden dürfte? Der Gedanke gießt Kohlensäure in mein Blut und lässt es kitzeln und bis in die Fingerspitzen pulsieren. Ich muss mich richtig anstrengen, um meine Gedanken beieinanderzuhalten und einigermaßen vernünftig auf seine Fragen zu antworten.

Viertel nach elf guckt Finn auf die Uhr und weist mich vernünftig darauf hin, dass morgen Schule und Arbeit anstehen. Ich springe aus meinem Sessel hoch.

»Ich begleite Sie durch die Stadt«, sagt er. »Damit ich sicher sein kann, dass Sie heil zu Hause ankommen.«

»Nicht nötig«, sage ich. »Ich habe ja mein Rad dabei. Und wenn man uns schon wieder gemeinsam durch die Stadt spazieren sieht, könnte das Ihrem Ruf schaden.«

Er lacht. »Das ist wohl wahr. Dann müssen Sie mir aber versprechen, kurz anzurufen, sobald Sie zu Hause angekommen sind.«

»Das mache ich.«

Ich ziehe meine Schuhe und meine Sommerjacke an, und als ich mich umdrehe, steht Finn hinter mir und sieht aus, als hätte er einen Fischschwarm verschluckt.

»Sie verstehen das, was ich vorhin gesagt habe, hoffentlich nicht falsch, oder?«, sagt er besorgt. »Nicht dass Sie denken, ich hätte dunkle Absichten.«

Ich gehe zu ihm, stelle mich auf die Zehenspitzen und küsse ihn leicht auf den Mund. Die Wärme seiner Lippen schießt wie ein Stromschlag in meinen Unterleib. Er erwidert den Kuss nicht, aber ich sehe etwas in seinen Augen. Eine Sehnsucht.

»Ich glaube eigentlich nicht, dass ich etwas missverstanden habe«, sage ich.

»Nein«, antwortet er leise, »das haben Sie wohl nicht.«

»Bis dann.«

Er nickt und ich trete ins Treppenhaus und springe die Treppen hinunter mit dem Bauch voller Schmetterlinge. Meine Hände zittern, ich kriege kaum den Schlüssel ins Fahrradschloss und dann sause ich schnell wie der Wind, ich fliege fast durch die Sommernacht. Und ich lächele breit in den Fahrtwind, öffne den Mund und lasse ihn durch mich hindurchblasen.

Das Gefühl seiner Lippen an meinen ist noch da, als ich die Stufen hochstolpere und die Wohnungstür aufschließe. Ich nehme mir nicht die Zeit, die Schuhe auszuziehen, schnappe mir den Hörer und wähle seine Nummer.

»Ich bin jetzt zu Hause«, sage ich atemlos.

»Schon? Das ging aber schnell. Hoffentlich kannst du heute Nacht gut schlafen.«

»Bestimmt.«

Das ist eine reine Lüge. Ich bilde mir nicht eine Sekunde lang ein, dass ich schlafen werde. In mir ist nicht der Hauch von Müdigkeit zu spüren, als ich wenig später unter meiner Decke liege. Nichts, was andeutet, dass es Nacht ist und Zeit zum Abschalten. Tatsache ist, dass ich mich noch nie in meinem Leben wacher gefühlt habe.

Natürlich ist das völlig wahnsinnig. Ich weiß.

Finn ist mein Lehrer und hat eine Frau und zwei Kinder. Ich weiß es.

Es ist völlig aussichtslos. Ich weiß es.

Ich weiß, ich weiß, ich weiß.

Und trotzdem.

DER TAG DANACH IST EIN MITTWOCH und ich kann mich auf nichts konzentrieren. Die Buchstaben tanzen unverständlich in langen Reihen über die Seiten der Schulbücher und das Geleiere der Lehrer ist mir so unverständlich wie die lateinische Messe für das mittelalterliche Bauernvolk. Die einzigen absolut wachen Momente sind die, in denen wir uns auf dem Schulgelände bewegen, durch Flure oder zwischen den Gebäuden. Wir haben heute keine Gemeinschaftskunde, aber die Medienklasse, also muss er hier irgendwo sein. Und tatsächlich. In der Vormittagspause sehe ich ihn ein paar Sekunden von hinten, kurz bevor er im Lehrerzimmer verschwindet, und später, in der Mittagspause, läuft er mit einem Kollegen über den Schulhof. Finn grüßt uns und unsere Blicke begegnen sich in einer eigenen Zeitdimension im Übergang zwischen vorher und nachher; und was hilft es, mir einzureden, dass es völlig hirnrissig ist, wenn in mir bereits das reinste Feuerwerk ausgebrochen ist?

Alexandra stößt mich in die Seite. »Wenn du weiter so blöde in der Gegend rumgrinst, wirst du eingeliefert!«

»Ich war gestern bei ihm zu Hause«, sage ich.

Ich kann es beim besten Willen nicht für mich behalten.

Alexandra reißt die Augen auf. »Bei ihm zu Hause? Bei Fünf-Fehler-Finn?«

Ich nicke.

»Du tickst ja nicht ganz sauber! Was heißt das, habt ihr … Du weißt schon, ist was passiert?«

»Nein, nein … Wir haben nur geredet. Seine Freundin und seine Kinder sind verreist, wir waren also allein. Ich glaube übrigens, du hast recht, dass er sich ein bisschen für mich interessiert. Aber da könnte ja eh nichts draus werden, vollkommen klar. Trotzdem ein irres Gefühl. Ich könnte mich ohne weiteres in ihn verlieben.«

»Könntest?«, foppt Alexandra mich. »Deine Augen strahlen wie Scheinwerfer, wenn du über ihn redest. Und glaubst du etwa, ich hätte nicht mitbekommen, wie du dir heute in den Pausen fast den Hals ausgerenkt hast? Ich hatte gerade angefangen, mich zu fragen, ob dich das Bäckströmfieber erwischt hat.«

Ich lache. »Das Bäckströmfieber?«

Alexandras Augen verengen sich und zwischen ihren Augen bildet sich eine kleine Falte. »Pass auf, Fanny. Dass du keine Schrammen davonträgst.«

»Ach was, ich weiß doch, dass daraus nichts werden kann.«

Sie schüttelt den Kopf. »Das scheint nichts zu nützen. Halt dich lieber an Johan.«

»Was soll das heißen: ›Halt dich an Johan‹? Ich bin mit ihm zusammen. Und ich hatte nichts mit einem anderen, was hast du also?«

Ich versuche, Alexandras Worte wegzuscheuchen wie eine lästige Fliege, aber sie stören mein Glücksfeuerwerk und lassen dunkle Schatten um mich herum erstehen. Wahrscheinlich hat sie recht. Dabei kann nichts Gutes rauskommen. Trotzdem wird mir wohlig warm, wenn ich an ihn denke, an seinen Blick auf der anderen Tischseite, seine Schultern unter dem moosgrünen Pullover, sein Mund an meinem, nur eine Sekunde und ohne Erwiderung, aber immerhin.

»Finn fliegt, wenn das rauskommt«, doziert Alexandra weiter. »Und das wäre verdammt traurig für einen der besten Lehrer der Schule.«

»Jetzt hör schon auf!«, zische ich. »Es ist doch nichts passiert! Musst du alles zerreden?«

Alexandra lächelt. »Was gar nicht ist?«

»Ja«, sage ich. »Genau. Das, was nicht ist. Und was nicht ist, kann auch nicht so gefährlich sein, also braucht man auch nicht darauf herumzutrampeln.«

»Fanny fand Finn«, sagt Alexandra. »Fanny fand Finn und Finn fand Fanny.«

»Verrückte Nuss.«

»Ich frag mich, wer die Verrückte von uns beiden ist. Oder! Machen wir Samstag was zusammen? Du, ich, Ali und Johan?«

Ich nicke. »Klar. An was hast du gedacht?«

»Wir könnten das neue irische Pub ausprobieren, Shannons. Scheint nett zu sein. Ein paar Biere trinken und Riverdance lernen.«

»Okay. Falls Johan nicht schon andere Pläne hat.«

»Dann fragst du eben Fünf-Fehler. Vielleicht hat er ja Lust auf Steppen.«

»In dem Fall wird er wohl eher mit seiner Jenny steppen.«

»Ich habe das Gefühl, als ob er lieber einen Stepptanz mit dir wagen würde.«

»War das Thema nicht abgehakt?«

»Ist ja schon gut. Aber du musst mir hoch und heilig versprechen, dass du mich über absolut alles auf dem Laufenden hältst, was sich in diesem Fall tut!«

»Versprochen. Weil nämlich nichts weiter passieren wird.«

Alexandra grunzt misstrauisch, gibt aber für den Augenblick

Ruhe. Wir gehen in die Kantine, tun uns Frikadellen, Kartoffeln und Rohkost auf und setzen uns an unseren üblichen Platz. Eleonor schwärmt wieder von dem Hausball auf Helmersnäs. Hat sie wirklich nichts anderes mehr im Kopf? Selbst Sanna wirkt genervt und antwortet unkonzentriert auf Eleonors Geplapper. Ich höre sowieso nicht zu. Bin mit den Gedanken bei Mama.

Nachmittags fahre ich nach Hause, lege die Hausaufgabenbücher auf den Schreibtisch (wann habe ich eigentlich das letzte Mal ordentlich eine Hausaufgabe gemacht?) und fahre mit dem Bus zum Krankenhaus.

Mama sitzt angezogen auf der Bettkante. »Ja, nun bin ich also wieder auf freiem Fuß.«

»Wie schön. Was wollen wir machen? Sollen wir ein Taxi nehmen?«

Sie nickt. »Gute Idee.«

Ich gehe auf den Flur, suche eine Schwester und bitte sie, ein Taxi zu bestellen. Danach fahren Mama und ich mit dem Fahrstuhl nach unten und wandern durch die langen Flure zum Haupteingang. Mama sieht verkniffen aus und mustert misstrauisch jeden, der uns begegnet, als hätte sie ein deutlich lesbares Schild vor der Stirn, auf dem steht, warum sie hier war.

Als wir uns auf eine Bank in der Nähe der großen Schwingtür setzen, fällt mir auf, wie blass sie ist. Wir hatten einen sonnigen Frühling und die meisten Leute sehen sommerlich braun aus, nur Mama ist fast gelblich-weiß im Gesicht.

»Am Wochenende«, sage ich, »wenn du dich einigermaßen fühlst, könnten wir doch einen Picknickkorb packen und aus der Stadt rausfahren, im Gras sitzen und uns sonnen.«

Sie nickt. »Mal sehen.«

200

»Wir könnten auch noch jemanden anders fragen. Vera zum Beispiel? Oder Alexandra?«

Mama sieht mich an. »Weiß … hast du Vera erzählt, was passiert ist?«

Ich schüttle den Kopf. »Natürlich nicht.«

Ich warte nervös auf die Frage, ob ich sonst mit jemandem darüber gesprochen habe, aber sie kommt nicht. Zwischen uns macht sich eine unangenehme Stille breit, die anhält, bis ich die Wohnungstür aufschließe und Mama langsam durch die Zimmer geht.

»Wie schön du alles gemacht hast, Fanny«, sagt sie.

Ich weiß nicht, was sie erwartet hat. Dass ich die Spuren der Katastrophe unangetastet gelassen habe? Dass die Wodkaflasche noch immer auf dem Couchtisch steht und der leere Weinkarton noch immer auf der Spüle thront? Weiß sie überhaupt, welcher Anblick sich mir geboten hat, als ich an jenem Sonntag nach Hause kam? Weiß sie, dass sie kopfüber in ihrem eigenen Erbrochenen lag, oder glaubt sie, ich hätte sie ordentlich auf dem Sofa liegend gefunden? Ich habe ihre verdreckten Kleider mit nach Hause genommen und in die Waschmaschine gesteckt und sie hat nicht danach gefragt. Nun hängen sie ordentlich gebügelt auf einem Bügel in ihrem Kleiderschrank.

Irgendwie wünsche ich ihr, dass sie nichts davon weiß. Ich würde nicht wollen, dass meine Tochter oder sonst irgendwer auf allen vieren meinen Dreck hinter mir aufwischen muss. Ich möchte nicht an ihrer Stelle sein und das wissen und mir jeden Tag in die Augen schauen müssen.

»Magst du was essen?«, frage ich ablenkend. »Es gibt von allem was im Kühlschrank. Wie wär's mit Garnelen? Ich könnte Nudeln mit Meeresfrüchten machen. Hast du Lust?«

Mama lächelt entschuldigend. »Ich bin nicht hungrig, Fanny. Wenn es in Ordnung ist, lege ich mich kurz hin.« Ihr Blick ist unruhig, streift mich, ohne länger zu verweilen.

»Und dann möchte ich dich um einen Gefallen bitten«, sagt sie. »Aber nur, wenn es dir nicht zu viel wird …«

»Wie soll ich das wissen, wenn du nicht sagst, worum es geht?«

Sie zieht ein paar Rezepte aus der Tasche.

»Ich brauche noch die Medikamente … Wir hätten sie natürlich in der Krankenhausapotheke holen können, aber da habe ich nicht daran gedacht. Und die Apotheke in der Stadt … Du weißt schon, wo ich immer hingehe und wo ich alle kenne … Du warst doch auch schon häufiger da.«

Ich nehme die gelben Zettel aus ihrer Hand und blättere sie durch. Keine Rezepte, die man in der Apotheke gerne abgibt. Nicht so unverfänglich wie bei einer entzündeten Schulter oder einer Blasenentzündung.

»Ich fahre zum Krankenhaus«, sage ich. »Das geht schneller. Ruh du dich so lange aus.«

Sie sieht mich dankbar an.

»Meine Kleine«, sagt sie. »Meine geliebte Fanny.«

»Ja, ja«, sage ich. »Bis später.«

Am Himmel ballen sich dunkle Regenwolken zusammen. Ich radele schnell durch die Stadt, am Marktplatz vorbei, biege rechts in Richtung Wasser ab und noch einmal rechts auf das Krankenhausgelände. Als ich das Fahrrad abschließe, fallen die ersten Regentropfen und gleich darauf kübelt es wie aus Eimern. Ich bleibe noch eine Weile stehen und sehe zu, wie das Wasser auf den Asphalt klatscht und wie die Leute sich durch die langsam rotierende Drehtür drängen, um sich vor dem

Wolkenbruch in Sicherheit zu bringen. Dann gehe ich in die Krankenhausapotheke und ziehe einen Nummernzettel.

Nach gut zehn Minuten wird meine Nummer aufgerufen. Schnell schiebe ich der Frau im weißen Kittel mit den rot gefärbten Haaren die Rezepte und Mamas grüne Versicherungskarte über den Tresen. Ich mustere ausführlich ihr Gesicht, während sie die Rezepte liest, ohne eine Miene zu verziehen. Dann verschwindet sie mit den Rezepten zwischen den Regalen. Ich sehe mich um. Hier sind hauptsächlich ältere Menschen, wahrscheinlich um cholesterinsenkende, blutverdünnende Mittel oder Schlafmittel zu holen. An der Kasse für rezeptfreie Arzneimittel stehen sie für Aspirin, Salben und Stützstrümpfe an. Eine Mutter mit Säugling auf dem Arm kauft ein Ohrthermometer für achthundert Kronen.

»Vanja Wallin«, sagt die Rothaarige so unvermittelt, dass ich zusammenzucke. Ich habe gar nicht gemerkt, dass ich schon an der Reihe bin. »Das bist nicht du, oder?«, fragt sie.

»Nein«, antworte ich.

»Hast du ihren Ausweis dabei?«

»Nein«, antworte ich. »Muss ich das?«

»Ja«, sagt sie.

Ich seufze. Muss ich etwa den ganzen Weg noch mal nach Hause fahren, um ihn zu holen? Das schaffe ich doch nie, bevor sie schließen. Nach einigem Hin und Her ist die Rothaarige bereit, auf der Station anzurufen, in der Mama gelegen hat, um sich bestätigen zu lassen, dass Vanja eine Tochter namens Fanny hat, und danach gibt sie sich mit meinem Ausweis zufrieden. Natürlich sind inzwischen etliche auf mich aufmerksam geworden, und als die Rothaarige dann auch noch ausführlich und mit lauter Stimme erklärt, wie sie das Antisuchtmittel und die Antidepressiva einnehmen soll, sind alle Blicke auf uns gerichtet.

Ich fühle ein Kribbeln auf der Haut von mindestens fünfzehn Augenpaaren.

Flink wie ein Wiesel verschwinde ich mit der Tüte aus der Apotheke, den Blick so hartnäckig auf den Boden geheftet, dass er eigentlich eine Furche ins Linoleum fräsen müsste. Blöde Schnepfe!

Erst als ich durch den warmen Duft von dampfendem Frühlingsgrün und nassem Asphalt nach Hause strample, lässt die Röte in meinem Gesicht nach. Worüber rege ich mich eigentlich so auf? Die Apothekenhelferin hat nur ihre Arbeit gemacht, ganz selbstverständlich. Die Leute waren voller verstockter Vorurteile. Ich habe keinen Grund, mich zu schämen. Ich will mich nicht schämen.

Es hat aufgehört zu regnen. Das Wasser rinnt in schmalen Bächen an den Bordsteinkanten entlang und verschwindet gurgelnd in den Gullys, an denen ich vorbeifahre. Es ist bald sechs, die Verkäufer wischen und fegen und holen Schilder und Waren herein.

Ich bin ganz leise, als ich die Wohnung betrete, falls sie eingeschlafen ist. Ich stelle die Apothekentüte auf den Tisch und sehe sie ein paar Sekunden an, während sich leichter Triumph in mir breitmacht.

Mama hat sich nicht getraut. Aber ich.

MITTEN IN DER NACHT, um kurz vor drei, werde ich wach und höre ein Geräusch. Da redet jemand. Nach ein paar Sekunden begreife ich, dass es der Fernseher im Wohnzimmer ist. Ich steige aus dem Bett. Außer in meinem Zimmer brennt überall Licht. Mama sitzt mit angezogenen Beinen und der Fernbedienung in der Hand auf dem Sofa.

»Hab ich dich geweckt, Schatz?«

Ich gähne. »Nein, ich glaube nicht. Ich bin erst aufgewacht und hab dann den Fernseher gehört. Ich hab geträumt. Alles klar bei dir?«

Sie lächelt. »Geht so. Meine Gedanken überschlagen sich, ich kann nicht schlafen. Nachts ist es am schlimmsten, weißt du. Aber es lässt nach, sobald es heller wird.«

»Du hast doch Schlaftabletten bekommen.«

»Jetzt ist es zu spät, sie zu nehmen.«

»Wieso? Wenn du willst, kannst du doch den halben Tag verschlafen. Wie lange bist du krankgeschrieben?«

»Nur noch bis Freitag. Das müssen wir besprechen, wenn ich mich mit Anna treffe. Wahrscheinlich ist es gut, so schnell wie möglich wieder zur Arbeit zu gehen, damit ich was zu tun habe. Was hast du denen eigentlich gesagt? Bei der Arbeit, meine ich?«

»Dass du eine Magen-Darm-Grippe hast. Das habe ich allen gesagt, die gefragt haben.«

Sie nickt bedächtig, wirkt aber eher nervös und nicht sehr überzeugt.

»Es weiß keiner was«, versichere ich ihr. »Niemand hat was gemerkt. Du kannst einfach hingehen und dich ganz normal benehmen, Mama.«

»Das kommt bestimmt raus«, sagt sie hilflos. »Irgendwann laufe ich auf dem Weg zur Suchtzentrale jemandem in die Arme, den ich kenne, garantiert!«

»Dann seid ihr ja schon zu zweit«, sage ich lächelnd.

Sie sieht mich an. »Ich habe Angst, Fanny. Ich habe schrecklich Angst. Und ich hasse es, dass du mich so siehst.«

Ich weiß nicht, was ich darauf antworten soll. Irgendwo in mir drin ist das Kind, das eine genaue Vorstellung davon hat, wie Eltern zu sein haben. Eltern dürfen keine Angst haben. Eltern sollen der feste Boden unter den Füßen sein, das Fundament der eigenen Existenz, immer da, durch nichts zu erschüttern. Sie dürfen nicht sterben. Und keine Angst haben. Und absolut nicht hilflos sein.

Papa hat sich nicht für diese Rolle qualifiziert. Er ist nie richtig zu meinem Vater geworden. Aber Mama war mein Fels. Und ich habe nicht gemerkt, wie der Fels über die Jahre hinweg Zentimeter für Zentimeter unterhöhlt wurde und unter der Oberfläche verwitterte, zu einer zerbrechlichen Schale um ein wachsendes Chaos wurde. Am Ende ist die Schale gesprungen, und jetzt sitzt sie mit dem bloßgelegten Chaos vor mir, mit ihrer Angst und Verwundbarkeit. Es geht nicht nur darum, mit dem Trinken aufzuhören. Mindestens genauso geht es um den Mut, dem Leben ins Gesicht zu sehen, aufzustehen und sich ohne den schützenden Panzer Alkohol in die Welt hinauszuwagen.

Wie ein kleines, schutzloses Katzenjunges in der Kälte, hat Isabella gesagt.

Erst jetzt, mit Mamas Augen in dem blauen Licht des Fernsehers vor mir, bekomme ich eine leise Ahnung davon, was sie damit meinte, und es durchrieselt mich kalt, ein Grausen, das ich runterwürgen und beherrschen muss.

»Wir schaffen das«, sage ich. »Immer ein Schritt nach dem anderen. Aber du musst schlafen. Es wird nicht besser, wenn du dir die Nacht um die Ohren schlägst und dir Sorgen machst. Nimm eine Tablette.«

»Okay«, sagt sie folgsam.

Ich gehe in die Küche, wo die Apothekentüte unberührt auf dem Tisch steht, nehme die kleine Schachtel mit den Schlaftabletten heraus und drücke eine weiße Kapsel in meine Handfläche. Dann fülle ich ein Glas mit Wasser und gehe zurück zu Mama.

Sie lächelt mich an.

»Ach, meine Kleine … danke.«

Ich sehe ihr zu, wie sie die Tablette schluckt, dann reiche ich ihr die Hand und sie lässt sich von mir ins Schlafzimmer führen.

»Du bist so lieb, Fanny. Sieh zu, dass du selber noch ein bisschen Schlaf kriegst. Du hast morgen schließlich Schule.«

Die Vorstellung, in die Schule zu gehen und Mama alleine zu lassen, ruft eine Unruhe hervor, die mich bis weit in den Schlaf hinein verfolgt. Ich weiß nicht genau, was ich befürchte, finde den Gedanken nur unerträglich, dass sie sich einsam mit ihren Schatten herumschlagen muss. Gleichzeitig weiß ich, dass sie niemals erlauben würde, dass ich ihretwegen frei nehme. Dann würde es ihr wahrscheinlich noch schlechter gehen.

Außerdem haben wir nach der Mittagspause Gemeinschaftskunde.

Unglaublich, dass ich in dem ganzen Wirrwarr noch Zeit

207

habe, daran zu denken. Ich würde sogar behaupten, dass es mir schwerfällt, nicht daran zu denken. Zumindest am nächsten Morgen, als Mama noch schläft und ich mich nicht entscheiden kann, was ich anziehen soll. Ich sehe Finn vor mir, sein Blick im Klassenzimmer, die winzige Sekunde seiner Verwirrtheit, als ich ihn angelächelt habe. Da ist etwas zwischen uns, das spüre ich ganz genau, obwohl eigentlich gar nichts vorgefallen oder ausgesprochen wurde. Die Luft zwischen uns ist verdichtet von einer Sehnsucht, die nicht nur von mir ausgeht.

Ich nehme an, dass es vier Stunden und eine Mittagspause dauert, bis wir uns sehen, aber es kommt anders. In der Vormittagspause kommt er mir im Erdgeschoss entgegen.

»Fanny? Haben Sie einen Augenblick Zeit?«

Alexandra und ich haben gerade unsere Schwedischbücher in den Schrank gelegt und Alexandra sieht mich hastig an.

»Bis später«, sagt sie und steuert auf Sanna und Eleonor zu. Aber ich sehe noch das leichte Zucken in ihren Mundwinkeln.

»Ihr habt doch eure große Pause, oder?«, fragt Finn. »Ich habe was für Sie, wenn Sie Zeit haben, mit nach oben in mein kleines Kabuff zu kommen.«

Ich nicke und gehe neben ihm die Treppe hoch. Mein Herzschlag hallt in meinem Innern wider.

In der oberen Etage der Schule haben die Lehrer ihre Arbeitsräume. Die wenigen größeren Räume teilen sich zwei Lehrer, aber die meisten sind winzig klein, wahrscheinlich ursprünglich mal als Lagerräume oder Abstellkammern gedacht. Finns Raum ist einer von den kleinen, ganz am Ende des Flures, obendrein noch mit einer Dachschräge. Es gibt ein knallvolles Buchregal, Bücher- und Zeitungsstapel auf dem Boden und einen überbordenden Schreibtisch, auf dem ein

Computer, ein einfacher Drucker und Millionen Zettel und Bücher liegen. Zwischen der schmalen Seite des Schreibtisches und der Wand steht ein Stuhl eingekeilt, wie wir sie auch in der Klasse haben.

Finn wühlt in der schwarzen Tasche, die immer auf seinem Gepäckträger klemmt.

»Verdammt, wo hab ich es denn …«, brummelt er. »Ich hab sie doch nicht etwa vergessen? Nein, da sind sie!«

Er reicht mir zwei Bücher, ein hellgelbes und ein hellblaues. »Nüchtern leben«, steht auf dem oberen.

»Die hat Isabella gestern vorbeigebracht«, erklärt er. »Sie sind von den Anonymen Alkoholikern. Ich habe sie nicht gelesen, aber Isabella meinte, ihr hätten sie am Anfang sehr geholfen. Sie können sie gerne mit nach Hause nehmen und Ihrer Mutter empfehlen. Ich dachte, es wäre besser, sie Ihnen hier oben zu geben. In der Klasse hätte das wahrscheinlich zu viel Aufsehen erregt. Möchten Sie eine Tüte haben?«

»Das geht nicht«, sage ich. »Ich kann nicht mit einer Tüte ankommen, die ich in meinen Schrank packe, ohne dass Alexandra und die anderen was merken. Nicht, dass mir das peinlich wäre … Aber wegen Mama …«

»Verstehe«, sagt Finn. »Aber die Bücher würden sie sicher aufbauen. Wann sind Sie heute fertig?«

»Zehn vor vier.«

»Dann bin ich zu Hause. Kommen Sie doch einfach vorbei, und holen Sie die Bücher bei mir ab, wenn Sie mögen.«

Ich lächle. »Ich dachte, Sie wollten nicht, dass ich zu Ihnen komme …«

Er sieht plötzlich schrecklich verlegen aus. »Fanny … bitte vergessen Sie das Ganze. Das ist mir … so rausgerutscht. Man kann sich wunderbar mit Ihnen unterhalten. Da kann einem schon mal außer Kontrolle geraten, was man sagt.«

»Ich denke überhaupt nicht daran, das Ganze zu vergessen«, sage ich. »Das will ich nicht. Ich hab mich so gefreut.«

Er sieht mich an. Direkt in die Augen. Und ich weiche nicht aus. Dann legt er seine Hände auf meine Schultern und küsst mich zärtlich, und ich öffne die Lippen und streife seine Zunge, und es durchrieselt mich, heiße Kohlensäure in den Adern. Der Griff um meine Schultern wird fester, als er mich von sich wegschiebt.

»Das geht nicht«, sagt er. »Das ist vollkommen wahnsinnig und absolut falsch.«

»Aber es fühlt sich richtig an«, flüstere ich, weil meine Stimme kollabiert ist und ohnmächtig ganz tief in meinem Körper liegt.

»Ich sollte nicht so fühlen«, sagt er. »Nicht so fühlen und das nicht tun! Fanny, bitte, gehen wir nach unten … Das hier ist nicht passiert. Mein Gott. Alles in Ordnung mit Ihnen?«

Ihn so aus der Fassung und verwirrt zu sehen verstärkt meinen Rausch noch, ich kann meine Lust, die Arme um ihn zu schlingen und ihn noch einmal zu küssen, kaum beherrschen. Aber Finn schiebt die Tür auf und geht auf den Flur und ich folge ihm.

»Darf ich trotzdem heute Nachmittag vorbeikommen und die Bücher holen?«, frage ich.

Sein Blick ist voller Zweifel, aber er nickt. »Natürlich«, sagt er.

Meine Beine sind ganz weich, als ich die Treppe runtergehe und Alexandra sich wie ein Habicht auf mich stürzt, bevor ich den Schrank erreiche.

»Und, und, und?«, sagt sie und schlägt ihre Krallen in meinen Arm.

»Er hat mir nur gesagt, dass ich meine Hausaufgaben vernachlässige«, sage ich.

»Ja, klar.« Alexandra lacht. »Und warum bist du dann so rot? Du siehst ganz und gar nicht so aus, als hättet ihr euch über Hausaufgaben unterhalten! Reiß dich zusammen! Wenn du mir eine Lüge auftischen willst, musst du dir schon was Besseres einfallen lassen!«

»Okay, okay! Wir haben eine schnelle Nummer in seinem Arbeitszimmer geschoben, was glaubst du denn?«

Für einen kurzen, verdutzten Augenblick entgleiten Alexandras Gesichtszüge, bis ihr aufgeht, dass ich sie auf den Arm nehme.

Ich lache. »Du hast gesagt, ich sollte mir was Besseres einfallen lassen!«

Sie nickt. »Okay. Das war besser. Prüfung bestanden.«

Ich lege einen Arm um sie und flüstere ihr ins Ohr: »Aber geküsst habe ich ihn jedenfalls!«

Alexandra grinst breit. »Ich wusste es. Ihr habt sie nicht alle!«

»Stimmt«, sage ich glücklich. »Wir haben sie nicht alle.«

In der nächsten Stunde haben wir Französisch. Ich kriege nichts mit. Wer kann unregelmäßige Verben beugen, wenn das Blut kocht und der Körper verglüht, wenn der Kopf rauscht und knackt und man die Füße unterm Stuhl nicht still halten kann?

»Fanny!«, ermahnt Yvonne mich, als ich sie zum dritten Mal wie eine Vogelscheuche anstarre, nachdem sie mir eine Frage gestellt hat. »Schläfst du oder was ist mit dir los?«

Schlafen?

Nein, ich schlafe nicht. Schlafen ist das Allerletzte, was ich jetzt tue.

Ich war nie in meinem Leben wacher. Jede Zelle meines Körpers ist wach, aber keine davon interessiert sich für französische Verben und auch in der folgenden Stunde nicht nennenswert für Religionsgeschichte. Die Stunde rauscht genauso an mir vorbei.

Beim Essen gibt es einen kleinen Aufstand. Ein paar Schüler aus unserer Klasse haben mit ein paar Schülern von Handel und Media verabredet, am Samstag eine Fete zu machen, und es entfacht sich eine heftige Diskussion, ob man seinen Freund oder die Freundin mitbringen darf, auch wenn sie in keine der Klassen gehen.

»Natürlich dürfen Alex und Fanny Ali und Johan mitbringen!«, sagt Eleonor, ohne dass Alexandra oder ich sie darum gebeten hätten.

»Aber wenn jeder wen mitbringt, kommen wir auf hundertvierzig Personen!«, wendet Malin Svensson aus der Handelsklasse ein. »Hast du daran gedacht?«

»Hallo, nicht alle sind liiert!«, sagt Sanna. »Und ich kann sowieso nicht kommen!«

»Ist euch klar, dass es nur noch acht Tage bis zum Abi, zum letzten Schultag, sind!«, jubelt ein Mädchen namens Irma.

Oh. Ich rechne nach. Ja, tatsächlich, noch acht Tage. Es gibt kaum noch ein anderes Gesprächsthema, trotzdem ist es irgendwie an mir vorbeigegangen.

Abi.

Das Ende von etwas und der Beginn von etwas Neuem.

»Wo soll die Fete stattfinden?«, fragt Alexandra.

»In der Hütte vom Skiclub«, sagt Malin. »Irmas Vater ist da Mitglied.«

»Die haben eine super Stereoanlage«, sagt Irma. »Ihr werdet es ja sehen! Aber Getränke müsst ihr selber mitbringen. Und was zu grillen, wer will. Hoffentlich ist das Wetter gut.«

»Erinnert ihr euch noch an die Fete an der Badestelle im letzten Jahr?«, fragt Malin kichernd. »So ein Pisswetter!«

»Aber es hat doch erst nachts angefangen zu regnen!«, sagt Eleonor. »Außerdem erinnert Fanny sich bestimmt gerne daran, immerhin war das der Abend, an dem sie von Mister P angebaggert wurde!«

Müssen sie jetzt ausgerechnet über Johan reden? Ich habe es erfolgreich geschafft, den ganzen Tag nicht an ihn zu denken, und ich will auch jetzt nicht an ihn denken. Heute Abend meinetwegen wieder, aber nicht jetzt. Hab ich mit ihm das jemals so erlebt? Diesen Funkenregen? Wie Myriaden wimmeliger Krabbeltiere in jedem Winkel des Körpers? Wie ein Jubelschrei in einem rauschenden Wasserfall? War es jemals so? Wenn ja, kann ich mich nicht daran erinnern.

In Gemeinschaftskunde vermeidet Finn, mich anzusehen. Sein Blick ist überall im Raum, nur nicht bei mir. Ich sehe ihn fast ununterbrochen an und weiß, dass er sich dessen bewusst ist. Ich spüre, dass er es spürt. Dass meine Augen ihn die ganze Zeit berühren, ihn stören und kitzeln wie ein Schmetterlingsflügel oder eine Vogelfeder. Aber es ist strikt erlaubt, sogar wünschenswert, seinen Lehrer während des Unterrichts anzusehen. Man darf so viel gucken, wie man will, den Linien seines Gesichts folgen, den Gesten seiner Hände und dem Schalk in seinem Blick, wenn er uns mit einer Behauptung zu provozieren versucht. Heute ist Globalisierung und die freie Marktwirtschaft dran. Alexandra beteiligt sich leidenschaftlich an der Diskussion, aber ich verliere bald den Faden. Stattdessen widme ich mich Finns Ohrläppchen, das aus dem zerzausten, sandfarbenen Haar ragt, und ich hätte Lust, daran zu knabbern, ganz leicht, und mit meinen Lippen seinen Hals zu streifen, sanft und weich wie ein Atemhauch. Dass Alexandra sich in die Diskussion einmischt, macht es schwer für ihn, mich nicht anzusehen, da sie ja direkt neben mir sitzt. Er muss in unsere Richtung schauen, kommt prompt aus dem Konzept und antwortet nicht so schlagfertig wie sonst, obwohl er mich nicht ein einziges Mal direkt ansieht.

Als Finn uns den Rücken zuwendet und einige Stichworte an das Whiteboard schreibt, stößt Alexandra mich an.

»Mach den Mund zu und hör auf zu sabbern«, flüstert sie provozierend.

Ich spüre, wie mir die Röte ins Gesicht schießt.

WAHRSCHEINLICH MUSSTE DAS PASSIEREN.
So fühlt es sich zumindest an. Als wäre es seit Menschenge-
denken vorherbestimmt, dass wir uns aufeinander zubewegen,
dass unsere Wege, wo auch immer wir gehen, irgendwo zu-
sammentreffen. Wir kämpfen aber auch nicht sonderlich dagegen an. Ich jedenfalls nicht. Wie viel Finn kämpft, kann ich
nicht genau sagen. Als ich an der Tür im Solrosvägen klingele,
sind meine Hände schweißnass und jede Bewegung überdeut-
lich und fast schmerzhaft.

Finn öffnet die Tür. Er lächelt nicht wie sonst. Er sieht mich
einfach nur an, nimmt die Bücher von dem Spiegeltisch im Flur
und reicht sie mir schweigend, ohne mich aus den Augen zu
lassen. Ich nehme sie entgegen und lege sie auf der Hutablage
ab. Erwidere seinen Blick und fühle eine große, innere Schwere,
die Füße vererdet, meine Lungen mit Luft gefüllt.

»Tun Sie jetzt nichts Unüberlegtes, Fanny«, sagt er leise. »Es
ist besser, wenn Sie gehen.«

»Besser für wen?«

»Ich weiß es nicht. Für alle.«

»Du musst immer einen Fehler finden, oder?« Für einen
kurzen Augenblick fällt mir auf, dass ich unbewusst zum Du
übergegangen bin.

»Wie meinst du das?«

»Fünf-Fehler-Finn Bäckström. So nennen wir dich, wusstest
du das nicht? Du hast noch nie eine Arbeit mit weniger als fünf
Fehlern zurückgegeben.« Er lächelt.

»Im Augenblick habe ich das Gefühl, viel mehr als fünf Fehler zu finden«, sagt er. »Oder vielleicht auch nur einen einzigen, aber der ist gigantisch. Ich begreife nicht, wie es so weit kommen konnte, weiß nicht, warum ich die ganze Zeit nur noch dich im Kopf habe und wo mein Verstand abgeblieben ist ... Fanny ... Kannst du nicht einfach nach Hause gehen?«

Er sieht mich so flehend an, dass ich mir plötzlich wie die böse Hexe vorkomme, die ihn ins Verderben treiben will.

»Also gut«, sage ich.

Ich nehme die Bücher und lege die Hand auf die Türklinke, als ich eine Bewegung hinter mir wahrnehme. Ich bekomme nicht richtig mit, was passiert, aber plötzlich befinde ich mich in seinen Armen und seine Lippen öffnen sich über meinen und erfüllen mich mit feuchter Wärme und dem Geschmack von Minze und ich halte ihn ganz fest, fühle das Erstaunen meines Körpers über den seinen, so erwachsen, gar nicht schlaksig. Seine Arme um meinen Rücken, der Seufzer, der ihm entweicht, als seine Lippen meine Schläfe berühren.

»Mein Gott, Fanny, ich glaube, ich bin in dich verliebt. Geht das? Kann man sich in eine Neunzehnjährige verlieben? Ich will dich ... so sehr, dass es wehtut ...«

Ich will dich. Die Worte schießen durch meinen Körper, verbreiten ihre Hitze bis in den hintersten Winkel. Will dich. Ich will dich auch, Finn. Himmel, wie ich dich will. Aber ich bringe es nicht heraus, meine Stimmbänder versagen ihren Dienst.

Linkisch befreie ich mich aus seiner Umarmung und schaffe es, die Bücher wieder auf die Hutablage zu legen, dann ziehe ich zitternd die Schuhe aus und schlinge die Arme um seinen Hals.

»Bist du ganz sicher, dass du das willst?«, haucht er.

»Total sicher«, murmele ich.

»Du willst dich nicht an deinem Freund rächen?«

»Nein. Kannst du endlich mal aufhören zu reden?«

»Ja ... aber wollen wir hier stehen bleiben?«

Ich folge ihm in ein Schlafzimmer, und was mit uns passiert, ist mit nichts vergleichbar, was ich je erlebt habe. Vielleicht ist es immer so. Vielleicht ist jede Liebe wie ein Fingerabdruck. Einzigartig. Aber das, was zwischen Finn und mir passiert, ist noch einzigartiger. Die Glut und die zittrigen Finger, als wir uns gegenseitig die Kleider vom Körper reißen, wie er aufstöhnt, als ich meine Hand um sein heißes, pochendes Glied lege, alle Zurückhaltung und Nervosität von dampfender Lust verdrängt, wie er mich mit seinen Händen und der Zunge liebkost, bis ich laut vor Wollust stöhne und der Körper sich zu einem harten Punkt verdichtet, der in schwerer Brandung hin und her geworfen wird, nicht einmal, sondern immer wieder. Seine Augen, als er in mich eindringt, dunkel und intensiv, der Duft seiner Haut, das Haar, das an seiner Stirn klebt, und mein Name in seinem Mund, gehaucht, immer wieder, die Stöße tief in mein Zentrum und meine Nägel auf seinem Rücken, als ich spüre, wie seine Muskeln sich anspannen und er halb unterdrückt an meinem Hals aufseufzt. Seine Atemzüge hinterher. Das Rauschen in den Adern. Das ist mit nichts vergleichbar.

Das sagt man so: Das ist mit nichts vergleichbar.

Aber das bedeutet etwas anderes als das, was ich meine.

»Hast du nicht gesagt, du wärst noch nie untreu gewesen?«, frage ich, als ich meine Sprache wiedergefunden habe.

»Ja«, antwortet Finn benommen an meiner Seite. »Das stimmte auch. Bis eben.«

Schritt für Schritt hält die wirkliche Welt Einzug in die Irrgänge unserer Hirnwindungen, es dauert nicht lange, bis mich

das schlechte Gewissen einholt. Nicht, weil ich Johan das angetan habe, sondern wegen Mama. Mama allein zu Hause.

Ich setze mich abrupt auf.

»Ich muss nach Hause! Muss gucken, was Mama macht. Sie
hat keine Ahnung, wo ich bin!«

»Das ist auch besser so«, sagt Finn. »Verdammt, Fanny, ich
hab dich noch nicht mal gefragt, ob du verhütest!«

»Pille«, sage ich, während ich meine Kleider zusammensu-
che. »Hältst du mich für so kopflos?«

»Ja.«

Ich halte inne und sehe ihn an, wie er ausgestreckt auf dem
Bett liegt, splitternackt, sein Glied glänzend feucht von unseren
vermischten Körpersäften. Das matte Erstaunen in seinen Augen. Mein Gemeinschaftskundelehrer. Er hat wohl recht. Ich
bin kopflos. Und überglücklich. Und … *gewachsen*. Als hätte
ich zusammengerollt am Boden gelegen und er hat mich auf-
gerichtet.

»Ich muss wirklich los«, sage ich. »Sehen wir uns morgen?«

Er nickt. »Das werden wir wohl. Wir gehen schließlich in die
gleiche Schule.«

»Aber nur noch acht Tage«, sage ich lachend.

Ich fahre mir vorm Flurspiegel hastig durchs Haar. Meine
Wangen glühen, die Augen strahlen mich an und ich finde
mich fast selber schön. Ich schlüpfe in meine Schuhe, schnappe
die Bücher von der Hutablage und laufe aus der Wohnung.

Eigentlich bin ich gar nicht so spät dran. Höchstens eine
Dreiviertelstunde, nicht mehr. Als ich die Tür aufmache, steigt
mir Lasagneduft in die Nase. Mama steht in der Küche und
schneidet Salat und meine Unruhe fällt von mir ab. Sie sieht
mich mit einem stolzen Lächeln an.

»Ich bin einkaufen gegangen«, sagt sie in einem Tonfall, als hätte sie den Mount Everest bestiegen.

»Klasse. Das duftet fantastisch.«

Aber als wir einander am Küchentisch gegenübersitzen, stochert sie nur in ihrem Essen herum. Vielleicht geht es ihr doch nicht so gut. Ich hole die Bücher, die Finn mir mitgegeben hat, und lege sie vor sie hin. »Die habe ich mir ausgeliehen«, sage ich und hoffe, dass sie mir abnimmt, dass ich einen Abstecher zur Bibliothek gemacht habe.

Sie sieht von den Büchern zu mir und wieder zurück. Dann schiebt sie sie von sich weg.

»Danke, aber das brauche ich nicht. Ich schaffe das auch so.«

»Aber da stehen eine Menge gute Ratschläge und Tipps drin, glaube ich … Von jemandem, der sich damit auskennt.«

Mama sitzt wie versteinert da. Plötzlich steht sie auf und verschwindet im Badezimmer. Als ich hinter ihr hergehe, höre ich, dass sie weint.

»Scheiße«, wimmert sie zwischen den Schluchzern. »Scheiße, scheiße, scheiße!«

Erschrocken laufe ich in die Küche zurück und räume die Bücher neben den Zeitungsstapel auf der Bank. Es prickelt in meinen Händen und Fingerspitzen, als wären sie eingeschlafen. Ich setze mich schweigend an den Tisch und warte, dass sie zurückkommt.

Wir erwähnen das Ganze mit keinem Wort.

Sie fordert mich auf, mehr Lasagne zu essen, und ich zwinge mit Mühe noch einen Bissen hinunter. Sie schmeckt super, aber meine Speiseröhre ist mit einem Mal so eng.

»Willst du gar nicht zu Johan?«, fragt sie knapp. »Er hat vorhin angerufen.«

Ich schüttele den Kopf.

»Heute nicht … keine Lust. Ich rufe ihn später an.«

Mit Johan zu sprechen sollte mir in dieser Situation völlig unmöglich vorkommen, ist es aber seltsamerweise nicht. Es macht mir überhaupt kein Problem. Als hätte das eine nichts mit dem anderen zu tun. Ich rufe ihn einfach an und plaudere unbeschwert über die Fete in dem Lokal vom Skiclub. Wir beschließen, mariniertes Fleisch zum Grillen vorzubereiten. Als er fragt, ob ich später noch vorbeikomme, sage ich, dass ich Mama heute nicht alleine lassen möchte, noch nicht, morgen vielleicht. Er insistiert nicht und dafür bin ich ihm sehr dankbar. Für heute ist es genug. Die Erlebnisquote ist erfüllt. Über die Maßen sozusagen.

Ich setze mich zu Mama aufs Sofa und wir sehen uns eine alte Schnulze im Fünften an. Zwischendurch lacht sie herzlich. Ich beobachte sie heimlich von der Seite und versuche das mit der plötzlichen Heulattacke von vorhin zusammenzubringen. Aber ich sage nichts.

Gegen halb elf, nach dem Zähneputzen auf dem Weg ins Bett, sehe ich durch Mamas offene Schlafzimmertür, dass Isabellas Bücher auf ihrem Nachttisch liegen. Ich seufze erleichtert. Dann war es vielleicht doch nicht so verkehrt, sie mit nach Hause zu bringen.

Es dauert über eine Stunde, bis ich einschlafe, aber was macht das schon? Der schwache Duft von Haut, Seife und Minze begleitet mich in die Dunkelheit und ich hätte gerne noch eine Weile in ihr wach gelegen.

NACH EIN PAAR STUNDEN SCHLAF in diesem wohligen Rausch werde ich von anderen Gedanken geweckt, die mich von allen Seiten bedrängen. Finster und klebrig begraben sie alles Warme, Wohlige in mir. Beschmutzen es und lassen mich frösteln.

Ich bin keinen Deut besser als Johan. Ich habe genau das Gleiche getan wie er. So einfach ist das also. Und Finn ist auch kein Stück besser als Johan. Fast noch schlimmer, weil er und Jenny Kinder zusammen haben.

Was hatte er noch bei einem unserer Telefongespräche gesagt? Dass er nicht übel Lust hätte, diesem egoistischen Idioten, mit dem ich zusammen bin, eine Abreibung zu verpassen? Und nur wenige Tage später tut er Jenny genau das Gleiche an, was Johan mir angetan hat. Und wenn das alles nur ein Trick war, um mich ins Bett zu kriegen? Sein verständnisvolles Lächeln, seine Fürsorge, unsere Gespräche. Waren das alles nur manipulative Tricks? (Aha, Fanny ist traurig und verwirrt, da wird es leicht, sie flachzulegen.)

Nein, das kann nicht sein. Das darf nicht sein.

Ich kneife die Augen zu und sehe Finns Blick vor mir. Das kann nicht sein! Er riskiert alles. Seine Familie und seine Arbeit. Seine Karriere.

Nein, so ist es nicht.

Trotzdem stecken lauter kleine spitze Nadeln des Zweifels in meinem Fleisch, als ich an diesem Morgen zur Schule fahre. Ich versuche, sie zu ziehen, unter meinen Absätzen zu zermalmen, sie im Fahrtwind abzuschütteln, aber sie stecken hartnäckig fest, stechen und brennen bis tief in mein Inneres.

Als wir die Treppe zur ersten Unterrichtsstunde hochgehen, zeigt Alexandra mir Informationsbroschüren von einer Au-Pair-Vermittlung und fängt wieder von Madrid an, aber ich höre nur mit halbem Ohr zu. Kaum sitzen wir auf unseren Plätzen, teilt Yvonne eine schriftliche Hausaufgaben-Abfrage aus. Ich kann mich ums Verrecken nicht erinnern, dass wir für heute überhaupt Hausaufgaben aufhatten, und als ich die Sätze durchlese, die wir übersetzen sollen, ist mir klar, dass ich wohl nichts davon schaffen werde. Das Leben scheint komplett an mir vorbeizugehen. Ich treibe ziellos dahin wie Treibholz. Wie kann ich die Kontrolle zurückgewinnen? Nach welchem der vielen losen Fäden um mich herum soll ich greifen und ihm folgen?

Als Alexandra die Nase aus ihren Broschüren hebt und registriert, dass ich den Test abgebe, ohne ein einziges Wort geschrieben zu haben, sieht sie mich forschend an und malt ein großes Fragezeichen auf einen Zettel, den sie mir schickt. Yvonne kann es nicht leiden, wenn in ihren Stunden geredet wird, ihr entgeht nicht das kleinste Flüstern. Ich starre ein paar Sekunden auf den Zettel, dann schreibe ich »Sex mit F« auf die Rückseite und schicke ihn zurück. Sie liest die Mitteilung mit aufgerissenen Augen, und ich lächele sie provozierend an, weil sie jetzt garantiert zum Platzen neugierig ist, aber sich noch zwanzig Minuten gedulden muss.

Kaum entlässt Yvonne uns in die Pause, stürzt sich Alexandra wie erwartet auf mich, packt mich mit beiden Händen und sorgt dafür, dass wir schnell einen gehörigen Abstand zwischen uns und die anderen legen.

»Ist das *wahr*?!«

Ich nicke. »Gestern. Bei ihm zu Hause, gleich nach der Schule.«

»Hol mich der Teufel und seine verruchte Großmutter! Sind seine Freundin und die Kinder immer noch weg?«

»Die ganze Woche.«

»Ist dir klar, was ihr da tut? Ein bisschen zu flirten ist eine Sache, aber … Und ausgerechnet du!«

»Was soll das denn heißen?«

Alexandra breitet die Arme aus. »Weil … weil du am liebsten eine ganze Schachtel voller Drillingsnüsse hättest, Fanny! Du bist eine, die den ersten Jungen heiratet, mit dem sie zusammen ist, und die bis zur Pensionierung an der gleichen Stelle arbeitet und dann Memory mit den Enkelkindern spielt. Du bist eine, die mit fünfundzwanzig eine Kapitallebensversicherung und eine Vollkaskoversicherung fürs Auto abschließt. Der Villa-Haustier-Volvo-Typ, verstehst du?«

Ich nicke. Sie hat vollkommen recht. Genauso bin ich.

»Ist es nicht schön, wenn jemand einen so überrascht?«, frage ich.

»Ich fand es schon überraschend genug, dass du überhaupt auf die Idee gekommen bist, ihn ins Visier zu nehmen«, platzt Alexandra heraus.

Dann reißt sie sich zusammen und legt wieder ihre übliche Neugier an den Tag. »Und? Wie war es?«

Mir wird ganz heiß, als sie das fragt. Wie sollte ich es beschreiben, selbst wenn ich es wollte?

»Verboten«, antworte ich. »Und ein bisschen verzweifelt.«

Alexandra grinst.

»Wow«, sagt sie. »Und was ist nun? Wie geht's jetzt weiter?«

223

Ich zucke mit den Schultern. Das ist das Problem.

»Und Johan?«, hakt Alexandra weiter nach. »Ihr wolltet doch zusammenziehen und was weiß ich! Lässt du ihn jetzt einfach fallen für eine aussichtslose Romanze mit einem Lehrer?«

»Bitte, Alex«, sage ich. »Kannst du nicht aufhören zu fragen und mich einfach mal in den Arm nehmen?«

Alexandra lacht und nimmt mich fest und lange in den Arm.

»Ich habe dich vermisst«, sagt sie.

Ich warte, dass sie noch etwas sagt, aber es kommt nichts mehr. Wir stehen schweigend voreinander, als Alexandra plötzlich entdeckt, dass es schon zehn nach neun ist. Wir rasen zu den Schränken und schnappen unsere Geschichtsbücher. Natürlich kommen wir viel zu spät und Malm sieht uns ungehalten über seine Nasenspitze an, als wir schuldbewusst in die Klasse geschlichen kommen. Er trägt immer ein dunkelblaues oder schwarzes Hemd. Eine schlechte Wahl für einen Mann, der extrem unter Schuppen leidet. Schon interessant, dass Lehrer so verschieden sein können wie er und Finn. Aber, na ja, zumindest stellt Eric Malm definitiv keine Gefahr für den moralischen Wandel seiner Schülerinnen dar. Eskil Granberg auch nicht, was das betrifft. Ich teile Alexandra meine tiefschürfenden Erkenntnisse mit und sie grinst.

»Nein, igitt«, flüstert sie. »Dann schon lieber den Käsehobel!«

Das bedeutet, dass sie lieber sterben würde. Sie war mal mit ihrem Vater im Museum der Reichspolizei in Stockholm, und da gab es eine detaillierte Beschreibung eines Mordes, der mit einem Käschobel begangen wurde. Der Täter hatte sein Opfer nicht scheibchenweise ins Jenseits befördert, sondern war sehr viel effektiver zur Tat geschritten, indem er ihm den Hobel mit einem kräftigen Stoß in den Hals gerammt hatte. Alexandra hat mir das so grausig bildhaft beschrieben, dass ich nie wieder das Wort Käsehobel hören kann, ohne es mit einem gewaltsamen, jähen Tod in Verbindung zu bringen.

Der Geschichtsunterricht vergeht ebenfalls in grüblerischem Nebel. In der Vormittagspause halte ich es nicht länger aus und rase die Treppen zu Finns Arbeitszimmer hoch. Ich muss ihn sehen, eine Bestätigung bekommen, wissen, wer er heute ist. Es hilft nichts, dass mir vor Aufregung ganz schlecht ist, weil ich das mache. Ich kann nicht anders. Die Tür ist angelehnt, er ist über die Stapel auf seinem Schreibtisch gebeugt. Vorsichtig klopfe ich an den Türrahmen und er schaut hoch. Dann wirft er einen Blick auf den Flur, bevor er mich in das winzige Zimmer zieht und die Tür zumacht.

»Fanny«, sagt er, »mein Gott …!«

Ich lächle. »Fanny reicht völlig«, sage ich.

Er trägt heute ein schwarzes T-Shirt und eine blaue Jeans. Das T-Shirt hat einen weiten Halsausschnitt, der ihn irgendwie verletzlich aussehen lässt. Ich sehe in seine blaugrünen Augen und begreife, dass meine Nervosität und Unruhe nichts gegen das ist, was sich in ihm abspielt.

Finn streckt eine Hand nach meiner Schulter aus, verharrt abrupt in der Bewegung und lässt den Arm wieder sinken.

»Wie geht es dir?«, fragt er.

»Gut«, sage ich. »Glaube ich. Und dir?«

Er schüttelt den Kopf. »Ich habe heute Nacht kein Auge zugemacht. Hätte dich gestern Abend fast noch angerufen, aber dann wusste ich nicht mehr, was ich eigentlich sagen wollte. Ich war noch nie in meinem Leben so verwirrt, Fanny. Ich weiß nicht, ob der gestrige Tag die totale Katastrophe oder ein kurzer Blick ins Himmelreich war. Herrgott, klingt das banal! Aber so fühlt es sich an. Als ob ich abwechselnd gegen die Decke und auf den Boden schlage, ohne zum Nachdenken zu kommen. Ich sollte der Erwachsene und Verantwortungsvolle sein. Ich bin derjenige, der das Ganze hätte aufhalten müssen, bevor es beginnt, und ich sollte jetzt derjenige sein, der ein paar sehr vernünftige Worte findet. Aber stattdessen plappere ich unzusammenhängendes und neurotisches Zeug wie in einem Woody-Allen-Film, während du wunderschön und ruhig wie ein See bei Windstille vor mir stehst ... Bitte, Fanny, sag doch was!«

Aus unerfindlichen Gründen hat sein Geplapper eine beruhigende und entspannende Wirkung auf mich. All die quirlige Nervosität schmilzt zu einer kleinen Pfütze zusammen.

Ich möchte ihn umarmen. Weil er auch Angst hat. Weil nichts von dem, was passiert ist, ein Spiel war.

»Sehen wir uns noch einmal?«, frage ich. »Bevor deine Familie nach Hause kommt?«

Finn klappt den Mund ein paar Mal auf und zu, wie ein Barsch, der gerade vom Haken genommen wurde, und in seinen Augen spielt sich die Miniversion eines Weltuntergangs ab.

»Wie kannst du das fragen?«, sagt er schließlich. »Das ist nicht nur unangebracht, verboten und moralisch nicht in Ordnung ... das hier ist ... etwas, das ich niemals tun wollte. Verstehst du? Ich wollte niemals ein Verhältnis mit einer Schülerin haben.«

»Das beantwortet nicht meine Frage«, sage ich.

»Wenn das hier auffliegt ...«

»Willst du es jemandem erzählen?«

»Fanny, ich mag dich sehr. Du bist ein wunderbarer Mensch. Ich will dir auf keinen Fall wehtun ... Aber ich fühle mich, als hätte ich dich ausgenutzt ... oder zumindest eine vorübergehende Schwäche bei dir. Du bist zu mir gekommen, weil du Unterstützung und Trost brauchtest, und das Letzte, was man in so einer Situation machen sollte ... Herrgott, hörst du nicht, wie banal das klingt? Begreifst du nicht, wie sich das für die anderen darstellen muss? Du wirst es fürchterlich bereuen, Fanny. Und mich vielleicht dafür hassen. Und ich glaube nicht, dass ich ... dass ich bereit bin, meine Beziehung zu Jenny und den Kindern aufs Spiel zu setzen ... Ich bin zu feige, Fanny. Zu feige, zu dem zu stehen, was zwischen uns passiert ist, mich auf eine Beziehung mit einer jungen Frau einzulassen, unabhängig davon, wie verliebt ich mich auch fühle ... denn das tue ich. Ich fühle mich verliebt. Und dich gestern so nah zu spüren ... Ich kann dir gar nicht sagen, wie traumhaft das war, Fanny ... Aber ich will ehrlich zu dir sein. Ich bin ein Feigling.«

Ich schüttele den Kopf.

»Du klingst, als hätte ich dir einen Heiratsantrag gemacht«, sage ich. »Dabei habe ich dich nur gefragt, ob wir uns noch einmal sehen, und nicht, welche Farbe wir für die Küchengardinen nehmen wollen.«

Dass er überhaupt daran gedacht hat, Jenny und die Kinder meinetwegen zu verlassen, kommt fast wie ein Schock für mich. So weit habe ich definitiv nicht gedacht. Es war irgendwie die ganze Zeit klar, dass ein Verhältnis zu ihm unmöglich ist. Dass er jemand anderem gehört. Aber es hat auch etwas ungeheuer Erhebendes, ihn für ein paar glitzernde Augenblicke ausgeliehen zu haben.

»Ich würde wirklich gerne«, sagt er. »Du kannst dir nicht vorstellen, wie sehr. Aber das ist falsch. Dir und Jenny gegenüber und deinem Freund ... ja, in jeder Hinsicht, die mir gerade einfällt.«

Er unterbricht sich und betrachtet mich schweigend.

»Ist es nicht seltsam«, sagt er dann, »dieses Gefühl, fast sterben zu müssen, weil man etwas ablehnt, das so offensichtlich falsch ist? Darf ich dich in den Arm nehmen? Dich ganz kurz spüren?«

Ich mache einen Schritt auf ihn zu und lasse mich von seiner Umarmung einhüllen, sauge seinen Duft in mich auf und genieße das Gefühl seines Halses an meiner Stirn. In seine Halsbeuge zu atmen und die Wärme seines Körpers durch die Kleider hindurch zu spüren. Alles, was er gesagt hat, ist unwirklich und schwer zu realisieren. Aber seine Nähe ist wirklich und unmittelbar und ich fühle mich so gegenwärtig, so ungeheuer hier und jetzt. Die Schwerkraft zieht wieder in meinen Körper ein. Die Konzentration. Er braucht mich nicht einmal zu küssen oder zu liebkosen, um mein Blut in Wallung zu bringen. Einfach nur da sein, intensiv und nah. Es tut fast weh, als er mich nach einer Weile loslässt und von mir wegrückt.

»Seid ihr glücklich?«, frage ich. »Jenny und du?«

Er seufzt. »Ja, doch, das sind wir. Zumindest geht es uns nicht schlecht. Aber mit zwei Kindern bleibt nicht mehr viel Zeit füreinander. Wir haben uns wohl ein wenig aus den Augen verloren. Das ist wahrscheinlich bei vielen Paaren so. Wir thematisieren das auch, dass wir mehr Zeit für uns brauchen. Zueinander zurückfinden wollen. Aber sie meint, dass wir nicht mehr kommunizieren.« Er lächelt. »Das ist eins ihrer Lieblingswörter. Kommunizieren. Wir reden über die Dinge, sagt sie. Aber wir kommunizieren nicht. Was steht jetzt auf deinem Stundenplan?«

»Schwedisch.«

»Und ich habe jetzt eine Doppelstunde bei den Sozialwissenschaftlern. Die Stunde heute Morgen in der Medien-Klasse war die reinste Katastrophe … Zum Glück müssen die mich nicht benoten.«

Ich werfe einen Blick auf die Uhr. »Ich muss los. Muss noch meine Bücher aus dem Schrank holen.«

Er nickt. Dann beugt er sich vor und küsst mich zärtlich mit geschlossenen Lippen. »Danke, dass du gekommen bist.«

Ich nicke. Streiche mit den Fingerspitzen über seine Wange. »Wir sehen uns.«

NACH IHREM ERSTEN BESUCH am Freitagnachmittag in der Suchtklinik wirkt Mama viel ruhiger. Fast ein bisschen erleichtert.

»Das ist gar nicht so schlimm«, sagt sie. »Anna hat mich am Empfang abgeholt, so dass mir erspart blieb, mit einem Haufen anderer Leute im Wartezimmer zu sitzen, wie ich dachte.«

»Die haben sicher auch schon mitgekriegt, dass die Leute sich vorher nicht gegenseitig abchecken wollen. Anna sagte, dass viele eine Heidenangst hätten, erkannt zu werden, hohe Tiere zum Beispiel. Gemeinderäte und Unternehmenschefs oder so.«

»Die sollen sich nicht so anstellen«, sagt Mama. »Dann schreiben sie eben einen Beitrag in irgendeiner Zeitschrift und ›geben dem Alkoholismus ein Gesicht‹ und werden auch noch für ihren Mut und ihre Kraft bewundert, dass sie sich nicht kleinkriegen lassen und anderen ein Vorbild sind. Aber was glaubst du wohl, was ich für Aussichten habe? Stell dir mal vor, die erfahren was davon bei der Arbeit! Das wäre ein Grund, mich zu feuern, Fanny.«

Ich schüttle den Kopf. »Man entlässt doch seine Angestellten nicht einfach, weil sie ein bisschen zu viel getrunken haben? Jedenfalls nicht, solange sie ihre Arbeit nicht vernachlässigen?«

Mama schnauft. »Sei dir da nicht so sicher! Das wird natürlich nicht als Kündigungsgrund angegeben! Da steht dann ›wegen notwendiger Stellenreduzierungen‹ oder so was! Aber mit den Kunden ist das so 'ne Sache. Wenn eine der Verkäufe-

rinnen oder Kassiererinnen in der Suchtklinik gesehen wird …
Na ja, ich weiß nicht, aber ich glaube, das wäre ziemlich ka-
tastrophal. Denk nur mal an die älteren Leute, die jeden Tag
einen Liter Milch kaufen, um unter Leute zu kommen und
einen kleinen Plausch an der Kasse zu halten – an *meine* Kasse
würden die ganz sicher nicht mehr kommen, wenn sie Bescheid
wüssten, das garantier ich dir!«

»Aber du bist doch der gleiche Mensch wie vorher«, wende
ich ein. »Es ist doch besser, man setzt sich mit seinem Problem
auseinander und lässt sich behandeln.«

»So tickt unsere Gesellschaft nicht, Fanny«, sagt Mama. »So
denken die wenigsten.«

Ich protestiere nicht weiter, weil ich weiß, dass sie recht hat.
Die Menschen denken nicht so. Wenn die Neuigkeit die Runde
macht, wird es nicht heißen: »Wusstet ihr, dass Vanja an der
Kasse endlich versucht, ihr Leben in den Griff zu kriegen?«,
sondern: »Wusstet ihr, dass Vanja an der Kasse trinkt? Doch,
ehrlich wahr, sie geht in die Suchtklinik und kriegt Antabus,
stell dir das mal vor, dabei war sie immer so freundlich.«

Ich schlinge meine Arme um Mama und drücke sie ganz fest.

»Ich bin auf alle Fälle sehr stolz auf dich«, sage ich.

Sie lächelte mich müde an und streichelt mir zärtlich über
die Wange.

»Nein, mein Schatz, das bist du nicht. Aber es ist sehr lieb
von dir, dass du es sagst. Ohne dich würde ich das hier nicht
schaffen. Vielleicht würde ich es auch gar nicht wollen.«

»Gehst du Montag wieder zur Arbeit?«

Sie nickt. »Ja. Das wird das Beste sein. Je länger ich zu Hause
bleibe, desto schwerer wird es mir danach fallen. Vera hat übrigens gestern Abend angerufen. Als du bei Johan warst.«

231

»Und was hast du ihr erzählt?«

»Ich habe deine Geschichte übernommen. Dass ich eine richtig fiese Magen-Darm-Grippe hatte. Sie hat mit Wassergymnastik angefangen, jeden Donnerstagabend. Oder Wasser-Aerobic heißt das wohl eher. Klingt weniger nach Altenheim. Ich hab gedacht, dass ich da nächsten Donnerstag auch mal hingehe. Um ein bisschen in Form zu kommen. Und allzu teuer ist es auch nicht.«

Mir schießt durch den Kopf, dass sie doch jetzt eine Menge spart, weil sie keinen Alkohol mehr zu kaufen braucht, was ich natürlich nicht sage.

»Klingt gut«, sage ich stattdessen. »Vielleicht lernst du da ja ein paar neue Leute kennen.«

Etwas später radele ich zu Johan und wir gehen zusammen einkaufen. Fleisch, Grillöl und Kartoffelsalat für den nächsten Abend. Johan war schon beim Wodkatürken (der so heißt, obwohl er Schwede ist. Er hat den kleinen Lebensmittelladen an der Ecke zwischen Kungsgatan und Myrtenvägen) und hat eine Flasche polnischen Wodka und ein paar Dosen Starkbier gekauft. Mir dreht sich fast der Magen um, als ich den Alkohol in Johans Küchenecke stehen sehe. Als Johan meine angeekelte Miene sieht, fängt er sofort an, sich zu verteidigen.

»Man kann doch nicht mit leeren Händen zu einer Fete gehen«, sagt er.

»Hallo«, falle ich ihm ins Wort, »ich hab doch gar nichts gesagt.«

»Aber ich hab dein Gesicht gesehen. Nur weil deine Mutter ein Alkoholproblem hat, darf der Rest der Welt ja wohl noch ein bisschen Spaß haben.«

»Ja, klar. Hab ich jemals was gesagt, wenn du ein Bier zur

Pizza trinkst oder dir auf einer Fete einen ansäufst? Worüber regst du dich eigentlich auf?«

»Ich rege mich nicht auf. Aber du siehst aus wie die Moraltante beim Kindergottesdienst.«

Ich muss lachen. »Warst du etwa beim Kindergottesdienst?«

»Ja, stell dir mal vor. Vor einer Ewigkeit. Die Trulla dort hat jedenfalls gesagt, dass die Stelle, wo Jesus Wasser in Wein verwandelt, eine falsche Übersetzung ist. Und das ›Trink deinen Wein mit frohem Herzen‹ vom Chef des Wein- und Spirituosen-Monopols da reingemogelt wurde.«

Ich reiße die Folie von der Verpackung und spüle die dunkelroten Fleischstücke ab.

»Du kannst so viel trinken, wie du willst«, sage ich. »Hauptsache, ich muss nicht.«

»Niemand zwingt dich«, sagt Johan.

»Na, dann ist ja alles gut«, sage ich.

Ich hacke Knoblauch und mische ihn mit rotem Kochwein, Salz, weißem Pfeffer, Soja und Grillöl, lege das Fleisch in die Marinade und stelle es in Johans Kühlschrank.

»Vergiss nicht, das morgen mitzunehmen.«

»Die halten uns bestimmt für Obersnobs«, sagt Johan. »Die meisten grillen garantiert Hamburger oder Würstchen.«

»Ja und?«

Er lacht. »Kein Problem.«

Dann setzt er sich aufs Sofa und klopft auffordernd auf den Platz neben sich. »Komm schon. Du bist in letzter Zeit so beschäftigt, dass ich schon gar nicht mehr weiß, wie du dich anfühlst.«

Ich trockne meine Hände ab und setze mich folgsam neben ihn. Er schnuppert in meinem Haar und an meiner Halsbeuge wie immer. Schiebt eine Hand unter meinen Pullover und knetet meine linke Brust.

Das Einzige, was nicht ist wie immer, bin ich. Ich gebe mir wirklich Mühe, schlinge meine Arme um ihn und versuche, mich zu entspannen, mich zu freuen, dass wir zwei zusammen sind, Mister P. und ich. Aber es ist zu viel passiert, da sind zu viele störende Gedanken, Gefühle, nichts ist mehr wie vorher, und mir wird ganz kalt, als ich das einsehe. Dass nichts mehr ist wie vorher und dass es wahrscheinlich auch nie wieder so werden wird.

Vielleicht irre ich mich ja.
Vielleicht sind es nicht deine Augen, die sich verändert
haben. Sondern meine. Vielleicht ist da was in meinem
Blick, das vorher nicht dort war.
Und ich bin eine andere geworden.

ALEXANDRA UND ICH verbringen eine ausgedehnte Kaffeepause im Miranda. Die Stimmung ist ausgelassen und erwartungsvoll. Etliche von denen, die heute Abend auf die Fete gehen, sind da. Irma und Malin sitzen am Tisch nebenan und diskutieren, was für Musik gespielt werden soll. Es dauert nicht lange, bis die Hälfte der Gäste sich in das Gespräch eingemischt hat.

Eleonor zeigt ein neues Top, das sie für den Abend gekauft hat. Alexandra hat auch eine Kleidertüte dabei. Bevor wir ins Café gegangen sind, waren wir bei Impuls, wo sie sich ein schwarzes Kleid für fast achthundert Kronen gekauft hat. Ein gerade geschnittenes, schmales Modell mit dünnen Spaghettiträgern und doppelter Stofflage, unten drunter glänzende Seide, oben drüber ein ganz dünner, durchbrochener Stoff.

»Ali wird begeistert sein«, sagte Alexandra, als sie sich in der Anprobekabine hin und her drehte.

Ich sah sie erstaunt an. Teils weil ich sie noch nie in so einem Kleid gesehen hatte, teils weil ich mich nicht entsinnen konnte, dass sie jemals etwas mit dem Hintergedanken gekauft hatte, ihrem Freund gefallen zu wollen. Höchstens, um einen potentiellen zukünftigen Lover zu verführen.

Nach einer Weile beginnt Karim, uns vorwurfsvolle Blicke von seinem Platz hinter der Theke zuzuwerfen. Wir sind nicht die Einzigen, die an einem Samstagnachmittag Kaffee trinken wollen, aber wir okkupieren sozusagen das halbe Café mit unseren seit langem ausgetrunkenen Gläsern und Tassen. Die meisten ignorieren seine Blicke, aber Alexandra erbarmt sich und gibt ihren Platz frei, nicht ohne die anderen aufzufordern, es ihr gleichzutun.

Wir gehen bei Alexandra vorbei. Sie packt ihren Schminkbeutel und die schwarzen, hochhackigen Schuhe ein, die sie letzten Herbst gekauft hat. Dann gehen wir zu mir und liegen ein paar Stunden auf dem Bett, plaudern und hören Musik, bis es Zeit ist, sich für das Fest fertig zu machen.

Ich habe mich noch nicht entschieden, was ich anziehen will. Mir scheint es nicht so wichtig, aber Alexandra verwendet einen Batzen Energie auf meine Kleiderwahl. Am Ende ist mein kompletter Kleiderschrank ausgeräumt. Nach vielem Hin und Her stehe ich in einem militärgrünen Rock mit tiefer Taille und breitem Gürtel und einem schwarzen, weit ausgeschnittenen Top vor dem Spiegel und verkünde, dass es jetzt gut ist. Alexandra mustert mich nachdenklich, dann nimmt sie ein schwarzes Samtband mit Silberverschluss aus ihrem Beutel und legt es mir um den Hals.

»So«, sagt sie entschieden. »So siehst du perfekt aus.«

»Hast du das nicht für dich geplant?«, frage ich. »Das würde doch bombastisch gut zu deinem Kleid passen.«

Alexandra angelt ein anderes Band aus schwarzer Spitze aus dem Beutel.

»Ich hab noch eins«, sagt sie.

Danach steckt sie ihr schwarzlila Haar in einem lockeren Knoten hoch und zieht an beiden Schläfen und an der Stirn eine Strähne heraus. Nachdem sie sich in einer dunkelvioletten Farbskala geschminkt und das Halsband um ihren langen, schmalen Hals gebunden hat, sieht sie richtig gefährlich und mystisch aus, Typ Morticia Addams.

Ich sehe sie bewundernd an. »Klasse!«

Als wir so mit den Klamotten und dem Schminken und unseren Überlegungen beschäftigt sind, wer wohl alles kommt und wer nicht, spüre ich ein wehmütiges Ziehen im Bauch. Auch das hier wird nie wieder so sein, wie es mal war, Alexandras und meine Zeit ist auch längst überzogen. Während ich mit dem Gesicht dicht vor dem leicht fleckigen Badezimmerspiegel stehe und meine Wimpern tusche, beschließe ich im Stillen, nicht zu dem Hausball auf Helmersnäs zu gehen. Ich habe zwar ein bisschen Geld auf meinem Sparkonto, und wenn ich wollte, könnte ich mir davon ein Abendkleid leihen, aber ich will nicht. Ich hab das Gefühl, dass ich es bald für was anderes gebrauchen könnte. Für meine Zukunft beispielsweise. Und nicht für dieses peinliche Festhalten an Gewesenem.

Ganz davon abgesehen, ist mir die Abi-Schlussfeier ziemlich egal. Meinetwegen würde ich viel lieber zu Hause bleiben. Es dreht sich alles nur noch um die mit Grün geschmückten Wagen und gemieteten Oldtimer. Alle reden nur noch davon, wie es sein wird, den Schulhof für immer zu verlassen, und welche Geschenke sie zu Hause erwarten. Die Fotogeschäfte werben mit Angeboten für Abiturientenschilder und in den Schaufenstern der Blumenläden hängen blaugelbe Bänder mit Bärchen oder kleinen Hunden mit Studentenmützen, die man in Blumensträuße hängen kann. Die Züge und Busse sind von den anreisenden Großeltern und Verwandten ausgebucht. Wahrscheinlich ist es genau das, was meine Stimmung drückt. Sicher. Mama wird sich in Schale werfen und mich auf dem Schulhof abholen. Bestimmt gibt es hinterher was Besonderes zu essen. Aber ich habe sonst keine Familie. Normalerweise mache ich mir keine Gedanken darüber. Wenn alle anderen aus der Klasse mit ihren Familien Weihnachten gefeiert haben, hat mich das vielleicht ein wenig traurig gemacht. Aber jetzt, bei der Abschlussfeier, ist es schon ein bisschen merkwürdig, dass außer Mama niemand kommt, um mich abzuholen. Papas Mutter ist vor meiner Geburt gestorben, und ich habe keinen blassen Schimmer, wo sein Vater lebt. Mamas Eltern sind beide tot und Mama hat keine Geschwister. Papa war auch ein Einzelkind.

Mama und ich sind einsam in einer Welt, in der alle anderen kreuz und quer und in langen Kettenformationen miteinander verbandelt zu sein scheinen. Sie haben Cousinen, Tanten, Onkel, Großeltern. Nur wir gehören nicht zu einer solchen Kette. Wir sind frei schwebende Glieder.

Und vor kurzem war sie einen kleinen Atemzug vom Tod entfernt. Unfassbar nah.

Den Kopf zum Bersten voll mit solchen Gedanken, gehe ich neben Alexandra zur Bushaltestelle am Markt, wo wir uns mit Ali und Johan verabredet haben. Johan trägt eine schwarze Jeans und ein ärmelloses schwarzes T-Shirt und wird sicher auch an diesem Abend die schmachtenden Blicke der Mädels auf sich ziehen. Er umarmt mich und macht mir ein Kompliment, wie gut ich aussehe, und da beschließe ich, mir Mühe zu geben, einen richtig schönen Abend zu haben. Und mir die Fete nicht durch finstere Grübeleien verderben zu lassen.

Als wir ankommen, ist in der Clubhütte bereits der Bär los. Es riecht nach dem Rauch der Lagerfeuer auf dem Grillplatz und aus der niedrigen Holzhütte dröhnt Musik. Vor der Tür stehen ein paar Typen, die ich nicht kenne, und unterhalten sich lauthals und lachen. Johan dreht erst einmal, seiner Gewohnheit treu, eine Runde auf dem Festplatz und nimmt das

Clubhaus in Augenschein. Alexandra und ich machen es uns auf einer Bank an der Giebelseite der Hütte in der Abendsonne gemütlich. Ali steht etwas unentschlossen daneben und wartet wohl darauf, dass er sich mit Alexandra zeigen kann.

Gegen halb zwölf haben alle was gegessen und die Gluthaufen unter den Grillrosten qualmen nur noch schwach. Die Party ist jetzt in vollem Gang, es wird getanzt, und man muss sich anschreien, um die Musik zu übertönen. Hinterm Haus kotzt jemand, und Irma hat Probleme, ihren Blick auf die zu fokussieren, mit denen sie sich unterhält. Ich hab ein paar Mal mit Johan getanzt, aber jetzt unterhält er sich mit den Jungs, die ich bei unserer Ankunft gesehen habe. Alexandra und Ali sind irgendwo im Wald unterwegs. Ich hätte auch Lust auf einen kleinen Spaziergang. In der Hütte mieft es nach Rauch, Bier und Schweiß. Eigentlich ist es verboten, in der Hütte zu rauchen, aber Irma hat schon vor über einer Stunde mit den Ermahnungen aufgehört und inzwischen ist die Luft zum Schneiden.

In der Tür stoße ich mit Eleonor und Rikard aus der Handelsklasse zusammen. Eleonor lallt betrunken und hängt dem armen Rikard um den Hals, dem das Ganze eher peinlich zu sein scheint. Ich drängele mich an den beiden vorbei und fülle meine Lungen mit der herrlich samtweichen Nachtluft. Die Vorstellung, in den Mief da drinnen zurückzugehen, ist total abschreckend.

Ich drehe eine Runde in dem kleinen Waldstück, damit meine Ohren sich erholen können, und als ich zurückkomme, sehe ich Johan auf dem erleuchteten Streifen vor der Tür stehen und sich suchend umsehen.

»Da bist du ja«, sagt er, als ich in die Lichtkegel der Außen-

240

beleuchtung trete. »Ich hab schon überall nach dir gesucht. Geht's dir gut?«

Ich nicke. »Klar. Hab nur kurz Luft geschnappt. Und du?«

»Super. Da drinnen ist ja eine Bombenstimmung. Du, ist es okay, wenn ich mit Sanna tanze, oder bist du dann sauer?«

Ich ziehe die Schultern hoch. »Ist schon in Ordnung. Du brauchst mich doch nicht zu fragen, mit wem du tanzen darfst.«

»Klasse. Hat auch nichts zu bedeuten. Ich hab übrigens schon wieder Hunger. Ist noch was von dem Kartoffelsalat übrig?«

Ich schüttle den Kopf. »Aber Alex und Ali hatten noch Bratwürstchen, glaube ich. Soll ich sie fragen?«

»Mmh, wenn du sie siehst.«

Er beugt sich vor und küsst mich auf die Wange. Ich muss mich beherrschen, nicht reflexartig das Gesicht wegzudrehen, als mir sein saurer Atem in die Nase steigt.

»Kommst du auch wieder rein?«, fragt Johan.

»Ja. Bald.«

Er lacht und verschwindet nach drinnen. Gleich darauf sehe ich Alexandra und Ali um die Hausecke biegen. Alexandra hat rote Wangen und ihre sorgfältig hochgesteckte Frisur sieht leicht zerwühlt aus. Sie winkt mir zu, als sie mich sieht, und ich bleibe stehen und warte, bis sie bei mir sind.

»Johan verhungert«, sage ich. »Habt ihr noch was zu essen?«

»Ein paar ungegrillte Würste«, sagt Alexandra. »Nicht unbedingt verlockend. Aber da drüben scheint noch ein bisschen Glut zu sein. Sollen wir Holz nachlegen?«

»Das kann ich auch machen«, sage ich. »Die frische Luft tut gut.«

»Ich geh rein und organisier mir was zu trinken«, sagt Ali. »Und hotte ein bisschen.«

»Mach das«, sagt Alexandra. »Ich bleib bei Fanny.«

»Das brauchst du nicht«, sage ich.

»Will ich aber.«

Ali schmollt, trottet aber trotzdem ohne Alexandra in die Hütte, die erleichtert seufzt.

»Das tut gut!«, sagt sie. »Warum hängen Jungs immer wie Kletten an einem? Man muss sich doch noch bewegen können!«

Ich lache. So erkenne ich sie wieder.

»Selber schuld«, sage ich. »Du bist zu unabhängig. Da werden sie so.«

Wir holen ein paar Holzscheite und Zeitungspapier aus dem Abstellraum. Das Feuer ist schnell wieder angefacht, und während wir warten, dass es runterbrennt, unterhalten wir uns und haben es ziemlich gemütlich. Linda, Julia und Mia aus unserer Klasse kommen nach draußen und setzen sich auf die abgesägten Baumstümpfe um das Feuer. Es vergeht bestimmt eine Dreiviertelstunde, bis wir die Würste auf den Rost legen können und ich aufstehe, um Johan Bescheid zu sagen.

Nach so langer Zeit in der kühlen, angenehmen Nachtluft kommen mir der Lärm und die Hitze drinnen schier erdrückend vor. Die Luft ist zähflüssig und verstopft die Atemwege. Ich kann Johan nirgends entdecken. Als ich Eleonor frage, ob sie Johan gesehen hat, flackert ihr Blick und sie antwortet nicht. Zuerst denke ich, das liegt daran, dass sie zu besoffen ist, aber im nächsten Augenblick sehe ich sie, und da ist mir klar, wieso Eleonor so merkwürdig geguckt hat.

Johan und Sanna tanzen. Zumindest soll es wohl so etwas

wie Tanzen darstellen. Sie stehen dicht aneinandergepresst am Rand der Tanzfläche, die Hände unter den Klamotten des anderen. Johan ist über sie gebeugt, da sie viel kleiner ist als er, und ich sehe, wie er mit den Händen weit unter dem Bündchen ihres Rockes ihren Unterleib an seinen presst, und ihre Bewegungen haben einen ganz eigenen Rhythmus.

Ein paar Sekunden stehe ich, wie vom Blitz gerührt, da und glotze sie an.

Tut es weh? Ja, natürlich tut es weh. Es brennt, als ich sie so sehe, als wäre der Anblick eine Schweißflamme, die sich in meinen Schädel bohrt. Im nächsten Moment schaltet sich das Gefühl der Erniedrigung ein. Als ich mich umschaue, sehe ich die Blicke der anderen, neugierig, mitfühlend oder einfach nur sensationslüstern.

Alle wissen, dass Johan mein Freund ist, und alle sehen, was ich sehe, was er mir antut. Das schmerzt fast am meisten. Nicht spitz und punktuell wie mit der Schweißflamme, sondern ein breitflächiger, ausdauernder Schmerz, der mich kopflos aus der Hütte taumeln lässt. Mein Kopf hämmert, ich sauge die Nachtluft ein, um nicht in Ohnmacht zu fallen. Zwinge einen Fuß vor den anderen zurück zum Grillplatz, wo Alexandra auf mich wartet.

»Biete jemand anderem die Würstchen an«, sage ich steif. »Johan ist beschäftigt und ich fahre nach Hause.«

Alexandra bleibt verdutzt sitzen, als ich mich umdrehe und zur Straße gehe. Aber dann hat sie mich schon eingeholt und packt mich fest am Arm.

»Was ist passiert?«, will sie wissen.

Ich erzähle es ihr. Weder heulend noch schreiend. Ich sage einfach, wie es ist.

»Johan knutscht da drinnen mit Sanna. Er hat das ganze Frühjahr über mit ihr gevögelt. Ich scheiß auf sie alle. Ich will jetzt nach Hause.«

Alexandra glotzt mich perplex an. Ich habe das Gatter zum Tigerkäfig geöffnet. Bald weiß jeder Bewohner der nördlichen Halbkugel Bescheid. Das lässt Alexandra Johan niemals durchgehen.

»Verdammt noch mal, was sagst du da?«, platzt sie heraus.

»So ist es«, sage ich. »Und jetzt lass mich bitte los. Ich muss weg hier. Ich melde mich morgen bei dir.«

Alexandra scheint einen Moment darüber nachzudenken, ob sie mich tatsächlich alleine nach Hause gehen lassen kann. Aber dann nimmt sie mich fest in den Arm und verabschiedet sich von mir.

Der nächste Nachtbus fährt erst um zwanzig nach zwei. Aber das macht nichts. Es spielt überhaupt keine Rolle. Ich gehe einfach die Landstraße entlang in Richtung Stadt. So weit ist es auch wieder nicht und ich bin nicht sonderlich müde.

Als ich das erste Wohnviertel erreiche, habe ich mir eine fiese Blase an der rechten Hacke gelaufen. Ich ziehe die Schuhe aus und gehe barfuß weiter. Das tut richtig gut. So ein deutliches Gefühl irgendwie. Genau das brauche ich jetzt, deutliche und greifbare Sinneswahrnehmungen. Die Teerschicht fühlt sich kühl und ein wenig feucht unter meinen Fußsohlen an. Wie ein kaltes Handtuch auf einer fieberheißen Stirn.

Bloß nicht heulen. Nicht jetzt.

Gegen halb drei schleiche ich in die Wohnung und eine Viertelstunde später liege ich im Bett. Meine Beine und Füße tun angenehm weh. Schlafen. Morgen ist ein neuer Tag. Ein anderer Tag.

KURZ NACH VIER KLINGELT DAS TELEFON. Ich fahre im Bett hoch, taumele halb bewusstlos in den Flur und lese die Nummer auf dem Display. Johan. Aus reinem Reflex strecke ich die Hand nach dem Hörer aus, aber dann schaltet sich die Erinnerung ein. In Bruchteilen von Sekunden fallen die Bilder in meinem Gehirn an ihren Platz. So hektisch, dass es mich fast umwirft, gehe ich in die Hocke und taste nach dem Stecker unter dem Telefontisch. Ich kriege ihn zu fassen, ziehe ihn heraus und bringe das Telefon zum Schweigen.

Mama guckt verschlafen aus ihrem Schlafzimmer.

»Was ist los?«

»Nichts«, antworte ich. »Irgendein Idiot, der sich verwählt hat.«

»War es nett bei der Party?«

»Geht so. Leg dich wieder hin und schlaf weiter.«

»Mm«, sagt sie. »Du auch.«

Sie zieht die Tür zu und ich gehe zurück in mein Zimmer. Ich bin hellwach und kann nicht wieder einschlafen.

Das ist nicht zu fassen.

Jungs sind unbegreiflich.

Wahrscheinlich wäre es so oder so irgendwann aus gewesen. Das Gefühl jedenfalls hatte ich vorgestern, als ich bei ihm auf dem Sofa saß, auch wenn ich es da für mich noch nicht so klar formulieren konnte. Vielleicht hat er das auch irgendwie gespürt. Aber wir sind als Paar zu dem Fest gegangen. Und manche Dinge tut man einfach nicht.

245

Vor ein paar Wochen habe ich noch daran geglaubt, dass wir gemeinsam es schaffen könnten, über Johans Affäre mit Sanna wegzukommen. Dass es uns auf lange Sicht vielleicht sogar stärker zusammenschweißen würde. Wie es bei manchen Krisen eben so ist. Ist aber nicht so bei dieser Krise. Sie hat uns von innen aufgefressen und alles kaputt gemacht, was wir hatten. Und jetzt hat Johan eindeutig bewiesen, dass er nicht daran interessiert ist, die Sache auszustehen. Doch, vielleicht schon. Aber in dem Fall ist es nicht die Affäre mit Sanna, sondern seine Beziehung zu mir, die er hinter sich bringen will. Und morgen werde ich ihm dabei behilflich sein. O ja, und wie ich ihm behilflich sein werde. Aber jetzt will ich noch ein paar Stunden ganz in Ruhe unter meiner Decke verbringen, damit ich mich sammeln kann und mein Bedürfnis zu heulen in den Griff kriege. Weg mit der Trauer und raus mit der Wut. Weg mit dem Selbstmitleid und her mit der Streitaxt. Johan, du Scheißkerl! Du verdammter Arsch! *Mister Perfect my ass!*

Um sieben Uhr stehe ich auf und decke den Frühstückstisch. Ich kann nicht länger still liegen. In meinem Kopf summt es wie ein Wespennest. Als Mama mich in der Küche klappern hört, steht sie auch auf.

»Bist du schon wach? Ich denke, du bist spät nach Hause gekommen.«

»Ich konnte nicht mehr schlafen. Soll ich die Brötchen aufbacken?«

»Gerne. Ich habe gestern Brombeermarmelade gekauft.«

Wir plaudern und frühstücken wie gewöhnlich, wenn auch ungewöhnlich früh für einen Sonntagmorgen, aber mein Kopf schwirrt weiter, für meinen Beitrag zur Unterhaltung ist der Autopilot verantwortlich. Mir ist sehr bewusst, dass der Telefonstecker gezogen ist, und ich habe auch nicht vor, ihn reinzustecken, bevor ich Alexandra anrufe, was kaum vor elf Uhr der Fall sein wird. Aber bis dahin zu Hause hocken kann ich auch nicht.

Viertel nach acht schlüpfe ich in meine Schuhe, nehme den Fahrradschlüssel und gehe raus. Es ist bewölkt, aber warm. Ich fahre durchs Zentrum zum See und einmal drum herum. Danach noch einmal durchs Zentrum, am Marktplatz vorbei, die Storgatan runter, und ohne es vorher geplant zu haben, jedenfalls nicht bewusst, biege ich in den Solrosvägen. Ich bremse und stelle das Rad vor Finns Hauseingang ab. Dann gehe ich auf die andere Straßenseite und schaue zu den Fenstern in der zweiten Etage hoch. Das mit den rotweißen Gardinen muss das Küchenfenster sein. Heute kommt seine Familie nach Hause. Aber vielleicht sind sie ja auch schon gestern gekommen? Obwohl es ja wohl kaum verboten sein kann, bei seinem Lehrer zu klingeln. Vielleicht brauche ich ja eine Auskunft. Zum Beispiel, wer 1962 Präsident der UN war.

Ich hole tief Luft, überquere die Straße, gehe in den Hausflur und die Treppen nach oben. Der Präsident der UN, denke ich, als ich den Finger auf den Klingelknopf lege. 1962. Für den Fall, dass Jenny die Tür aufmacht.

Aber das tut sie nicht.

Es klickt im Sicherheitsschloss und Finn im dunkelblauen Bademantel und mit noch zerzausteren Haaren als sonst steht vor mir. Er zwinkert mich verdutzt an, und mein Herz flattert, wie immer, wenn ich ihn sehe.

»Guten Morgen«, sage ich. »Du bist ja noch gar nicht angezogen.«

»Was, nein, ich frühstücke gerade und überfliege die Zeitun-

gen, die ich im Laufe der Woche nicht geschafft habe … Magst
du einen Kaffee?«

Ich nicke. »Wenn das okay ist.«

Er lächelt eilig. »Das weiß ich nicht genau. Aber wo du ja nun
mal hier bist … Und ich freue mich, dich zu sehen. Ich zieh mir
bloß schnell was über.«

»Nicht nötig«, sage ich, als ich meine Schuhe ausziehe und
auf das Schuhbord stelle. »Ich habe dich schließlich schon nackt
gesehen.«

Das scheint Finn in Verlegenheit zu bringen. Er wird sogar
ein ganz klein bisschen rot. »Meine Güte, du bist aber …«

»Direkt?«

»Ja, so könnte man es auch sagen.«

Ich folge ihm in die Küche und setze mich an den Tisch. Finn
schenkt Kaffee in einen hellblauen Keramikbecher mit einer
handgemalten Kuh drauf, stellt den Becher vor mich und setzt
sich mir gegenüber.

»Ich habe an dich gedacht«, sagt er. »Viel zu oft.«

Ich sehe ihn an. Seine blaugrünen Augen und der Mund mit
der winzigen Falte im Mundwinkel, als lauere dort bereits das
Lächeln auf eine Gelegenheit, sich auf seinen Lippen auszu-
breiten. In dem Licht, das durchs Küchenfenster fällt, sehe ich
zum ersten Mal die Narbe an seinem Hals. Eine deutliche, fast
weiße Linie auf der linken Seite. Meine Augen wandern von
der Narbe zu seiner Halsbeuge und zu dem Schatten, der mich
ganz schwach macht.

»Schade«, sage ich. »Dass es ist, wie es ist, meine ich. Unter
anderen Umständen würde ich uns eine Chance geben.«

Er nickt. »Ich auch. Unter anderen Umständen. Der Gedanke, sich zwischendurch mit dir zu treffen, ist ungeheuer

verführerisch, aber das will ich nicht. Ein Seitensprung ist ein Seitensprung und an sich schon schlimm genug. Aber geplante und andauernde Untreue ist schlimmer, finde ich. Und das will ich nicht. Und du hast auch was Besseres verdient.«

»Kannst du mir was versprechen?«, frage ich.

»Was?«

»Erzähl ihr nichts. Lass dich nicht von dem Bedürfnis hinreißen, dein Gewissen durch ein verdammtes Geständnis zu erleichtern. Sag ihr niemals, was zwischen uns war und dass du es wichtig findest, ehrlich zu sein. Kannst du mir das versprechen?«

Er sieht mich ein paar unendlich lange Sekunden an.

»Ja«, sagt er schließlich. »Ich denke, dass ich das versprechen kann.«

»Gut.«

Ich nehme den Becher und trinke ein paar Schlucke von dem heißen, bitteren Getränk. Es brennt, als es die Speiseröhre hinunterrinnt, und verbreitet seine Wärme in meinem Körper. Aber vielleicht ist es auch nicht der Kaffee, der mich wärmt, sondern Finn. Als er kurz darauf aufsteht, um etwas von der Spülablage zu holen, gehe ich hinter ihm her und drehe ihn zu mir um.

»Wir wollten doch nicht …«, sagt er.

»Nur noch einmal«, sage ich. »Damit wir uns an ein erstes und ein letztes Mal erinnern können.«

Ich knote den Gürtel seines Bademantels auf und betrachte schweigend seinen Körper. Er lacht leise.

»So was gehört sich aber nicht für kleine Mädchen«, sagt er. »Das bilde ich mir alles nur ein. Bestimmt bist du nur ein Traum, den ich grade träume.«

Ich lege meine Hand auf seine Hüfte und streichele sanft über seinen Bauch und die Brust bis zu seiner Schulter.

»Und träumen ist nicht verboten«, sage ich mit kippeliger Stimme.

Er zieht mich mit einem Seufzer an sich, wickelt uns beide in seinen Bademantel und knotet den Gürtel zu.

»Wo soll das enden …?«, fragt er.

»Wo, weiß ich nicht genau. Aber ich weiß, dass es bald sein wird. Heute. Wann kommen sie nach Hause?«

»Nachmittags.«

Ich nicke. Dann strecke ich mich zu seinem Mund und wir küssen uns.

Dieses Mal, das nicht das erste, sondern das letzte Mal ist, lieben wir uns langsamer. In die Länge gezogen, genüsslich und ein wenig traurig vielleicht. Wir machen es in demselben Zimmer wie beim ersten Mal, und als wir hinterher daliegen, still, die Arme umeinandergeschlungen, frage ich, ob das ihr Schlafzimmer ist.

»Nein«, sagt Finn. »Bis jetzt ist das noch unser Gästezimmer, aber es ist für Nils gedacht, wenn er größer ist. Ich kann nicht mit einer anderen Frau in Jennys und meinem Bett schlafen. Da ist meine Grenze, auch wenn sie erheblich weiter weg liegt, als ich dachte.«

Er nimmt meine Hand und drückt die Finger an seinen Mund.

»Fanny?«, sagt er.

»Ja?«

»Wenn ich in einem halben … oder in einem Jahr … Wenn ich dann immer noch das Gefühl habe, ohne dich sterben zu müssen, darf ich dich dann anrufen?«

Ich sehe ihn lange an. Versuche, das Bild in mein Gehirn einzubrennen. Jede noch so kleine Nuance.

»Das wird nicht passieren«, sage ich.

»Hoffentlich hast du recht«, sagt er.

Eine halbe Stunde später sitze ich auf meinem Rad. Ich lasse meinen Tränen freien Lauf, der Fahrtwind schiebt sie über die Wangen zu den Ohren. Ich weiß nicht genau, wieso ich weine, wegen Finn oder Johan oder dem Leben im Allgemeinen, und es ist mir auch egal. Ich drehe eine Runde um den Park, bis meine Wangen getrocknet sind und keine neuen Tränen mehr kommen. Kurz nach halb elf schließe ich die Wohnungstür auf, um Alexandra anzurufen. Da höre ich Mamas Stimme aus der Küche.

»Das scheint sie zu sein … Fanny? Johan ist hier!«

Ein paar Sekunden stehe ich wie versteinert im Flur und überlege, ob ich dem Impuls nachgeben soll, einfach kehrtzumachen und wegzulaufen, aber da sehe ich Johan in der Türöffnung stehen und es ist zu spät zu fliehen. Er sieht mich mit rot geränderten Augen und völlig zerknirscht an.

»Alex hat mich gestern ganz schön zur Sau gemacht.«

Ich antworte nicht.

Er wirft einen hektischen Blick in die Küche und sieht dann wieder mich an.

Mamas Kopf erscheint neben ihm in der Tür. »Darf ich euch was anbieten?«

Als sie meinem Blick begegnet, ist ihr schlagartig klar, dass etwas nicht so ist, wie es sein sollte.

»Ich mache am besten einen Spaziergang«, sagt sie hastig. »Dann könnt ihr in Ruhe reden.«

In weniger als einer halben Minute hat sie das Haar vor dem

Spiegel zurechtgewuschelt, ihre Sandalen angezogen, die Handtasche über die Schulter gehängt und ist weg.

»Ich hab dich doch gefragt«, sagt Johan. »Ich hab doch extra gefragt, und du hast gesagt, es wäre okay.«

»Du hast mich gefragt, ob es okay ist, dass du mit Sanna *tanzt*«, sage ich. »Du hast mich nicht gefragt, ob es okay ist, dass du es vor allen anderen mit ihr treibst.«

»Ach Scheiße … das hab ich doch gar nicht gemacht … Okay, ich bin vielleicht ein bisschen zu weit gegangen. Wir hatten beide was getrunken. Aber das hat nichts zu bedeuten.«

»Das hab ich schon öfter von dir gehört«, sage ich. »Dass das nichts bedeutet. Aber eins hast du jetzt jedenfalls bewiesen, und zwar, dass ich dir nichts bedeute. Dir jedenfalls nicht.«

Es wundert mich, mit welcher Ruhe ich vor ihm stehe und darüber rede. Mein Herz hämmert zwar wie wild und in mir brennt und reißt es, wahrscheinlich ist mein Gesicht feuerrot, was weiß ich, aber ich stehe aufrecht vor ihm, mit fester Stimme. Fast zumindest.

Johan hingegen sieht aus, als hätte er einen prachtvollen Kater. Sein Gesicht ist käsig blass und die Augen liegen tief in den Höhlen und sind geschwollen, rot gerändert. Für ihn ist das ein definitiv weniger perfekter Tag.

»Natürlich bedeutest du mir was«, sagt er. »Viel sogar.«

»Klar«, sage ich. »Sicher.«

»Doch, das weißt du genau … Ich hab sofort versucht, dich anzurufen, sobald ich zu Hause war, und heute Morgen auch schon ein paar Mal, aber es ist niemand rangegangen.«

»Ich hab den Telefonstecker rausgezogen.«

Er macht einen Schritt auf mich zu und will mich in den Arm nehmen, aber ich weiche aus. »Fanny …«

»Nein. Diesmal funktioniert das nicht. Du hattest deine Chance, Johan. Es ist aus, so einfach ist das. Ich glaube nicht einmal, dass ich dich noch mag.«

»Sei nicht so verdammt zickig! Du kannst mich doch wegen so einer Scheißlappalie nicht einfach abservieren. Wenn du mit mir Schluss gemacht hättest, als ich dir das von Sanna erzählt habe, das hätte ich ja noch verstanden, aber doch nicht wegen dem, was gestern passiert ist.«

»Das hat schon vorher angefangen.«

»Red keinen Scheiß. Du wirst es bereuen.«

»Das wäre dann mein Problem.«

Johan drängt sich mit aggressivem Gehabe an mir vorbei und zieht seine Sneaker an. Er öffnet die Tür, bleibt stehen und dreht sich zu mir um. »Denk noch mal drüber nach«, bettelt er.

Ich sehe ihn an. Mein Freund, der vor kurzem noch meine Zukunft war und der Mensch, um den sich alle meine Träume drehten.

»Da gibt es nichts mehr nachzudenken«, sage ich.

DIE LETZTEN TAGE VOR DER ABI-FEIER, an denen alle hellwach sind und das Miteinander extrem intensiv und aufgeladen ist von dem bevorstehenden Aufbruch, laufe ich mit einem großen Vakuum in mir herum. Eine Leere, die mich in mein eigenes Zentrum saugt und den Abstand zwischen mir und meiner Umgebung immer größer werden lässt.

Alexandra hat wohl tatsächlich einen Mordsaufstand veranstaltet auf der Party, jedenfalls nach den Blicken und Gesprächen der anderen zu urteilen, die sich abwenden und verstummen, sobald ich mich nähere.

Als ich sie schließlich frage, was eigentlich passiert ist, wirft sie den Kopf in den Nacken.

»Ich hab die Musik ausgestellt und meine Meinung gesagt«, verkündet sie.

Das reicht als Erklärung. Wenn Alexandra sich Gehör verschaffen will, ist ihr das noch immer gelungen, selbst wenn ihre Zuhörer krakeelen und sturzbesoffen sind. Wenn es sein muss, hat sie ein Organ, bei dem jede Operndiva vor Neid erblassen würde.

Niemand nimmt den Unterricht in der letzten Woche noch allzu ernst, was mir nur recht ist, weil ich weder mit besonderer Motivation noch Konzentration aufwarten kann. Der einzige Moment, in dem ich mich vollkommen anwesend fühle, ist die letzte Gemeinschaftskundestunde, als Finn mir in die Augen schaut und für ein paar Sekunden die Welt um uns komplett ausradiert und ich einsehe, dass er mir viel mehr fehlt als Johan. Ziemlich absurd eigentlich. Wie kann man jemanden vermissen, den man nie richtig gehabt hat?

Nachdem Mama mit Engelszungen auf mich eingeredet hat, gehe ich am Tag vor der Abi-Feier in die Stadt und kaufe mir ein schlichtes, weißes Kleid, das ich pflichtschuldig am Freitagmorgen anziehe.

Mehrere meiner Mitschüler sind nach einem Sektfrühstück im Park leicht angetrunken und es ist laut und chaotisch und ein einziges Umarme und Geschluchze. Ein paar der Lehrer verabschieden sich ebenfalls mit einer Umarmung, aber die meisten mit einem feierlichen Händedruck. Um die Mittagszeit strömen alle nach draußen und es werden Lieder gesungen, und der Schulhof ist voll mit erwartungsvollen Verwandten, die in der Sonne stehen und winken und rufen. Ich drücke Alexandra ganz fest, bevor sie zu dem großen, hochgehaltenen Plakat abdüst, das sie als Baby zeigt, dem Obstbrei aus dem einen Mundwinkel quillt. Ich bahne mir einen Weg durch das Gedränge. Mama ist nirgends zu sehen. Vielleicht sind die vielen Leute ihr einfach zu anstrengend. Das kann ich ja verstehen, aber ein bisschen enttäuscht bin ich trotzdem. Ich schlucke ein paar Mal, um den Kloß loszuwerden, den ich plötzlich in meinem Hals spüre. Auf halber Strecke zum Schulhoftor legt sich eine Hand auf meine Schulter.

»Herzlichen Glückwunsch, mein Schatz!«

Da steht sie, mit dem grünen Rock und der Tunika und einem großen, weißen Blumenstrauß im Arm, und die Sonne scheint auf die Strähnchen in ihrem Haar, und ich freue mich mindestens so sehr darüber, meine einsame, blasse Mutter in dem Gedränge zu sehen, wie andere über ein Dutzend buckliger Verwandter, die sie schreiend und jubelnd mit Plakaten und

255

Geschenken begrüßen. Ich nehme sie in den Arm und kann es nicht mehr verhindern, dass meine Augen überlaufen. Aus lauter Solidarität schluchzt Mama auch ein bisschen. Dann nimmt sie meine Hand und zieht mich mit ungewohntem Eifer hinter sich her.

»Hast du dich von allen verabschiedet?«, fragt sie. »Jetzt wartet nämlich eine Überraschung auf dich.«

»Von allen, die wichtig sind«, sage ich neugierig.

Draußen vor dem Schultor, neben einem alten, mit Laub geschmückten Taunus, steht ein großes, weinrotes, mit Ballons und Birkengrün geschmücktes Motorrad mit einer behelmten, in Leder gekleideten Gestalt hinterm Steuer. Ich sehe Mama fragend an, als sie mich auf das Ungeheuer zuschiebt, aber sie zeigt stumm mit einem Nicken zu dem Chauffeur, der den Helm abnimmt und sich als rotwangige, verschwitzte Vera entpuppt! Sie lacht ihr schepperndes Lachen, als sie mein verdutztes Gesicht sieht, dann überreicht sie mir einen Lederanzug, ein paar Stiefel und einen roten Helm mit dunklem Visier.

»Zieh dich an, Abiturientin!«, ruft sie.

Wenige Minuten später kreuzen wir zwischen den wartenden Fahrzeugen hindurch. Mama winkt mit meinen Blumen in der einen und den Sandalen in der andern Hand hinter uns her.

Ich hätte nie gedacht, dass Motorradfahren so herrlich ist. Und ganz sicher nicht mit einer Frau im Alter meiner Mutter. Vera chauffiert uns sicher und ruhig aus der Stadt hinaus auf die Landstraße. Dort gibt sie Gas, was wunderbar im Magen kribbelt, und ich schlinge beide Arme um ihre Taille. Mit einem satten Knattern fliegen wir durch Wälder und Felder, legen uns vor glitzernden Seen und farbenprächtigem Laubwerk in die Kurven und eine himmlische halbe Stunde oder mehr gibt es nur Vera, das brummende Ungeheuer zwischen meinen Beinen und den Fahrtwind. Das Leben ist auf einen kleinen, zitternden Tropfen im Hier und Jetzt reduziert, und bis ich mit weichen Beinen vor unserem Haus vom Motorrad steige, dringt kein Kummer der Welt zu mir durch.

Vera kommt mit nach oben, wo Mama mit hochstieligen Gläsern und Servietten hübsch gedeckt hat. Wir stoßen mit Mineralwasser an und lassen uns den duftenden, im Ofen ge- backenen Lachs mit selbst gemachter Rogensauce und einen herrlich frischen, bunten Blattsalat mit tropischen Früchten schmecken.

Später am Nachmittag ruft Alexandra an in einem letzten Versuch, mich zum Mitkommen nach Helmersnäs zu überre- den, aber ich bin entschlossener denn je, nicht zu gehen. Ich habe nichts dagegen, den Abend mit Mama und einem alten Film im Fernsehen zu verbringen. Obwohl Mama besorgt den Kopf schüttelt, als sie mitkriegt, dass ich zu Hause bleiben will, während alle anderen feiern.

»Du bleibst doch hoffentlich nicht meinetwegen zu Hause?«, fragt sie. »Ich komme gut allein zurecht.«

»Das weiß ich«, sage ich. »Aber ich habe keine Lust.«

»Die Welt geht nicht unter, nur weil Johan nicht mehr da ist«, sagt sie. »Du musst nach vorne schauen. Kerle gibt es wie Sand am Meer.«

»Das weiß ich auch. Aber ich nehme lieber eine kurze Aus- zeit.«

Sie nickt. »Ja, das ist sicher nicht das Dümmste. Zwischen- durch braucht man Auszeiten.«

Es ist noch nicht mal elf Uhr, als ich meine Leselampe aus- knipse und einschlafe.

Nach einem vorwiegend milden und warmen Frühling setzt nach den ersten Tagen Sommerferien der Regen ein, mit hartnäckigem Schmuddelwetter und einem schneidenden Wind, der es nötig macht, die Jacken wieder aus dem Schrank zu holen. Alexandra arbeitet am Empfang des Gesundheitszentrums und kann umsonst ins Solarium gehen. Sie sieht also hübsch braun gebrannt und sommerfrisch aus, während ich im Laufe der drei Vertretungen als Aushilfe in dem Supermarkt, wo Mama arbeitet, immer blasser werde.

Zwischen der ersten und der zweiten Vertretung, genauer gesagt am 24. Juni, passiert etwas, das mein Dasein noch einmal bedrohlich ins Wanken bringt. Eigentlich hätte ich vorbereitet sein oder zumindest die Möglichkeit im Hinterkopf haben sollen, dem ist aber nicht so. Ich habe mich entspannt, bin nicht mehr so wachsam und habe geglaubt, es wäre alles überstanden.

Es passiert an einem Samstag, Alexandra und ich hocken im Miranda, bis es schließt. Wir spazieren planlos zwischen Filmpalast, Loop und Shannon hin und her, ohne uns richtig entscheiden zu können, irgendwo reinzugehen, obwohl der Himmel schon wieder dunkelgrau zugezogen ist und es jeden Augenblick anfangen kann zu regnen.

Gegen zehn Uhr trennen sich unsere Wege. Alexandra will noch bei Ali vorbeigucken. Die beiden sind jetzt schon über einen Monat zusammen, für Alexandra eine Art inoffizieller Rekord. Ich bummele nach Hause, mit einem kleinen Umweg durch den Solrosvägen und einem kurzen Blick zu Finns Fenstern.

Es ist nicht das erste Mal, dass ich diesen Weg nehme, dieser kleine Abstecher ist fast ein bisschen zur Gewohnheit geworden. Ich gucke und erinnere mich. Spüre die leichte Beschleunigung meines Pulsschlags und habe den Duft von warmer Haut, Seife und Minze in der Nase. Jedes Mal, wenn ich vor seinem Haus stehe, nehme ich mir vor, dass es das letzte Mal ist, aber nach ein paar Tagen bin ich wieder dort. Bald werde ich damit aufhören. Ganz bald.

An diesem Abend sehe ich Finn sogar am Küchenfenster. Er muss am Küchentisch gesessen haben und steht genau in dem Moment auf, als ich da unten stehe und gucke. Zum Glück wirft er keinen Blick auf die Straße, aber trotzdem habe ich es plötzlich ziemlich eilig, das Weite zu suchen.

Zu Hause schließe ich die Tür auf und rufe wie immer ein Hallo in die Wohnung. Die Antwort klingt ziemlich bemüht, und als Mama in der Tür zum Wohnzimmer erscheint, ist mir sofort klar, dass etwas nicht stimmt. Sie hat rote Flecken am Hals und im Gesicht, die Augen sind gerötet und glasig und ihr Lächeln ist übertrieben breit.

»Hallo, mein Schatz«, sagt sie lallend. »Hattest du einen schönen Abend?«

Ich habe das Gefühl, mir bleibt zwischen zwei Schlägen das Herz stehen, die Luft stockt in der Luftröhre und ich gefriere innerlich zu Eis.

»Du bist besoffen!«

Sie versucht zu lächeln. Das macht es noch schlimmer. Abstoßend ist das.

»Ach was, nicht doch, bloß ganz wenig …«

Die Wut schießt von den Zehen durch mich hindurch, erreicht in wenigen Millisekunden jede Fiber meines Körpers.

»Du bist sternhagelvoll!«, schreie ich. »Glaubst du, ich sehe das nicht? Für wie blöd hältst du mich eigentlich?!«

259

Mama streckt die Arme aus und geht auf mich zu, kommt aus dem Tritt und muss sich an der Wand abstützen.

»Meine Kleine …«

»Komm ja nicht her!«, schreie ich sie an. »Geh in dein Zimmer und mach die Tür zu, ich will dich nicht mehr sehen! Verdammt, Mama! Verdammt!«

Früher habe ich sie schon öfter angetrunken gesehen, aber sie war noch nie richtig betrunken, nicht so abstoßend sturzbetrunken wie jetzt. Und die roten Flecken und das Aufgedunsene hab ich auch noch nie gesehen. Ich erkenne sie nicht wieder. Das erschreckt mich und macht mich zugleich wahnsinnig wütend. Ich weiß nicht, wie ich mit dieser Wut umgehen oder sie in den Griff kriegen soll.

»Geh in dein Zimmer und leg dich ins Bett!«, brülle ich. »Ich hasse dich!«

Da fängt sie an zu weinen. Sie schnieft und heult und schluchzt, aber ich kann mich nicht überwinden, zu ihr zu gehen und sie anzufassen, sie zu stützen oder wenigstens ins Bett zu bringen. Ich bin so maßlos enttäuscht und wütend und angeekelt.

»Duhu weiheiheißt ja nicht, wie das ist …«, schluchzt sie.

»Ich weiß, dass du auf einem guten Weg warst! Dass ich mich auf dich verlassen habe! Du hast es versprochen!«

Bei dem letzten Wort wird ihr Weinen noch lauter. Ich schiebe mich an ihr vorbei, vermeide es, sie zu berühren, gehe in mein Zimmer und schließe die Tür hinter mir zu. Ich setze mich auf mein Bett, die Hände fest auf die Ohren gedrückt wie eine Sechsjährige, die nichts hören will, nicht wissen will, was um sie herum passiert.

Als ob das funktionieren würde.

Man kann den Kontakt zu seinen Eltern abbrechen. Aber man kann nicht Schluss machen.

Nachdem ich eine ganze Weile mit den Händen auf den Ohren und wiegendem Oberkörper auf dem Bett gesessen habe, fange ich auch an zu weinen. Ich weine über Mama und Johan und Finn. Weil nichts so ist, wie ich es mir vorgestellt habe, weil alles Planen sinnlos ist, wenn ständig neue Steine ins Spiel geworfen werden, und nichts mehr vorhersagbar ist. Ich weine, weil alles, was ich mir aufzubauen versuche, zusammenbricht, bevor das Fundament fertig ist. Ja, ich heule aus reinem Selbstmitleid, manchmal ist das okay, man darf aus Selbstmitleid heulen, wenn einem so schlimm mitgespielt wird.

Ich habe keine Ahnung, wie viel Zeit vergeht, aber irgendwann verebbt mein Schluchzen und Wimmern und ich lausche auf die Stille in der Wohnung. Es ist kein Laut zu hören. Draußen fährt ein Auto vorbei, aber dann ist es wieder ganz still.

Plötzlich sehe ich sie vor mir, wie sie mehr tot als lebendig in ihrem Erbrochenen auf dem Boden liegt, und auch wenn ich es eigentlich gar nicht wissen will, springe ich aus dem Bett und laufe auf den Flur.

Niemand da. Weder in der Küche noch im Wohnzimmer. Nur die Stille. Die Tür zu ihrem Zimmer ist geschlossen. Vorsichtig drücke ich die Klinke runter und schiebe sie auf, mein Herz pocht im Hals.

Sie liegt auf dem Bett und schläft, die rechte Wange ins Kissen gedrückt. Ihr Gesicht sieht alt und eingesunken aus, aber ihr Atem geht gleichmäßig.

Ich verlasse das Zimmer und ziehe die Tür hinter mir zu. Ich setze mich an den Telefontisch und suche in der Keramikschale mit den Papierschnipseln nach dem Zettel mit Isabellas Telefonnummer. Ich habe seit dem Abend bei Finn nicht mehr mit ihr gesprochen, aber im Moment fällt mir niemand anderes ein, mit dem ich reden könnte. Außerdem hat sie mir ihre Nummer gegeben, damit ich mich bei ihr melden kann, wenn ich Hilfe brauche, und die brauche ich jetzt.

Sie antwortet schon nach einem Klingeln.

»Hallo, hier ist Fanny Wallin«, sage ich schnell. »Ich bin …«

»Ich weiß, wer du bist«, unterbricht sie mich. »Hallo. Wie läuft es mit deiner Mutter?«

»Schlecht«, sage ich und fange wieder an zu weinen.

Wir reden ziemlich lange. Isabella meint, dass ich mir keine Sorgen um Mama machen und ins Bett gehen soll.

»In diesem Zustand hat es wenig Sinn, etwas mit ihr zu diskutieren«, sagt sie. »Denk an was Schönes und schlaf gut, ich komme morgen zum Frühstück bei euch vorbei. Ist das in Ordnung?«

»Mhmh«, sage ich dankbar. »Das wäre wunderbar. Wenn Ihnen das nicht zu viel Mühe macht.«

»Das macht überhaupt keine Mühe.«

Ich lege den Hörer auf und atme tief durch.

Ich bin nicht alleine.

Mir war noch nie so klar, wie wichtig das ist.

GEGEN DREI UHR HÖRE ICH Mama durch die Wohnung laufen, aufs Klo gehen und was aus dem Kühlschrank nehmen. Sie hustet rasselnd. Ich liege reglos da und kneife die Augen zu. Ich will ihr jetzt nicht begegnen. Noch nicht.

Um halb sieben horche ich, ob sie vielleicht dabei ist, ein feierliches Frühstück mit getoastetem Brot, frisch gepresstem Orangensaft und dünn geschnittenen Paprikastreifen in verschiedenen Farben vorzubereiten. Das hat sie früher immer gemacht, wenn sie was getrunken hatte. Als eine Art Entschuldigung. Oder Alibi. Oder um den Schein zu wahren, dass alles ist, wie es sein sollte.

An diesem Morgen ist aber wohl ganz offensichtlich, dass der Haussegen schief hängt und der übliche Frühstücksritus nicht helfen würde. Jedenfalls sitzt sie, als ich mich irgendwann aufraffe, mit einer einsamen Tasse Tee vor sich am Frühstückstisch. Sie wirft mir einen kurzen, verschämten Blick zu, bevor sie wieder aus dem Fenster guckt.

Ich empfinde immer noch Ekel bei ihrem Anblick. Enttäuschung, Wut und Ekel. Ich schmiere mir in aller Eile ein Brot, gieße mir ein Glas Saft ein und ziehe mich damit in mein Zimmer zurück. Ich rechne fest damit, dass sie hinterherkommt, mit mir reden, sich entschuldigen will. Aber sie kommt nicht.

Um sieben Uhr klingelt es an der Tür.

Ich hatte keine Zeit mit Isabella abgemacht, aber dass sie so früh kommen würde, an einem Sonntagmorgen, damit hatte ich nicht gerechnet. Ich habe mich noch nicht einmal entschieden, ob ich Mama vorwarnen soll oder nicht. Wahrscheinlich fährt sie alle Krallen aus, wenn sie auf diese Weise von einem fremden Menschen überrascht wird. Als ich über den Flur laufe, um die Tür zu öffnen, ist mir ganz übel vor schlechtem Gewissen.

»Guten Morgen«, sagt Isabella fröhlich, den Arm voller Tüten. »Seid ihr schon aufgestanden?«

»Ja, doch ... sind wir«, stammele ich.

Sie trägt ein blaues Kostüm über einer weißen Bluse und erinnert mich ein bisschen an eine Heilsarmeesoldatin. Nur ohne Hut.

»Kommen Sie doch rein«, füge ich hinzu. »Willkommen.«

Isabella drückt mir die Tüten in die Hand und schlüpft aus ihren dunkelblauen, hochhackigen Schuhen.

»Einmal getragen, und schon habe ich Blasen«, sagt sie und massiert ihre Ferse. »Warum lerne ich bloß nie, Größe achtunddreißig zu kaufen!«

Sie schnappt sich eine der Tüten, macht sie auf und hält sie mir unter die Nase.

»Frischer Blätterteigplunder! Ich weiß ja nicht, was ihr so mögt, darum hab ich von allem was genommen.«

»Aber Sie müssen doch nicht ...«, setze ich an.

»Müssen und müssen. Ich komme so ungern mit leeren Händen zu Besuch.«

»Kommen Sie rein«, wiederhole ich und zeige zur Küche.

Mama steht vorm Spülbecken und sieht uns fragend und misstrauisch an. Isabella lacht und streckt ihr die Hand entgegen.

»Hallo, guten Morgen«, sagt sie gut gelaunt. »Ich heiße Isabella und bin mit Fanny befreundet. Ich bin trockene Alkoholi-

264

kerin, was auch der Grund meines kleinen Überfalls ist. Wie ich gehört habe, hat es gestern eine Krise gegeben.«

Mama blickt überrumpelt von Isabella zu mir. Ich traue mich kaum zu atmen. Isabella überbringt ihre Botschaft nicht gerade in Seidenpapier verpackt.

»Vanja«, stellt Mama sich automatisch vor, als sie Isabellas Hand schüttelt.

»Ja, genau, Vanja war es. Ich hab versucht, auf dem Weg hierher drauf zu kommen. Mein Gedächtnis ist nicht das allerbeste. Mögen Sie eine Apfelsine? Apfelsinen waren das Einzige, was ich morgens runtergekriegt habe; je schlimmer die Sauferei am Abend vorher, desto mehr Apfelsinen. Inzwischen kann ich den Duft kaum noch ertragen, aber ich habe Ihnen trotzdem ein paar mitgebracht. Aber vielleicht steht Ihnen der Sinn ja nach was ganz anderem?«

Ein hauchdünnes Lächeln huscht über Mamas müdes Gesicht.

»Apfelsinen sind gut«, sagt sie.

Isabella sieht mich an und lächelt verschmitzt. »Und für Fanny einen Plunder?«

»Ich setze Kaffee auf«, sage ich unbeholfen.

Isabella wirft einen Blick auf Mamas Tasse, die noch auf dem Tisch steht.

»Macht es sehr viel Umstände, wenn ich einen Tee möchte?«, fragt sie.

»Aber nicht doch.« Mamas Gastgeberinnenautomatik schaltet sich ein. »Ich setze Wasser auf. Setzen Sie sich doch.«

Isabella reicht mir die Tüte und sucht sich einen Platz am Küchentisch.

»Ach ja, Vanja«, sagt sie mit einem Seufzer. »Wenn Sie wüss-

265

ten, wie viele Rückfälle ich hatte, bevor ich endlich einen einigermaßen festen Kurs hatte. Und ich bin nicht sicher, ob es mir recht gewesen wäre, wenn sich mir am Morgen danach eine fremde, redselige Frau aufgedrängt hätte … Aber wissen Sie, Fanny war gestern so niedergeschlagen, und da dachte ich, dass ich die Stimmung vielleicht etwas auflockern könnte. Ein Rückfall ist ein Rückfall. Deswegen ist noch lange nicht alles verloren. Jetzt heißt es, weiterzukämpfen. Den Kurs noch einmal zu korrigieren.«

Ich widme mich den Tüten auf der Spülablage und packe Plunder und Äpfel, Apfelsinen und Himbeernester aus. Meine Ohren sind groß wie Unterteller, und ich traue mich nicht, einen von ihnen anzusehen oder einen Mucks zu sagen, aus Angst, etwas falsch zu machen. Mama lässt Wasser in den Wasserkocher laufen, schaltet ihn an und nimmt zwei Tassen aus dem Schrank. Danach setzt sie sich mit einem Seufzer zu Isabella an den Tisch.

»Es gibt so viel, was Fanny nicht weiß. Und ich hab nicht den Mut, mit ihr darüber zu reden. Ich bin der Meinung, dass sie so schon mehr als genug um die Ohren hat. Mit mir. Und allem anderen.«

»Dann wird es dringend Zeit, damit anzufangen«, sagt Isabella. »Je schlimmer die Dinge, die Sie zu erzählen haben, desto besser eignen sie sich als Entschuldigung. Ich hatte keine Entschuldigung … Natürlich habe ich es auch versucht, aber eine *wirkliche* Entschuldigung hatte ich nicht. Außer mir selbst. Meiner Angst vorm Leben. Manchmal hätte ich es einfacher gefunden, wenn mir ein Arzt eine unheilbare Krebskrankheit diagnostiziert hätte oder so was. Das wäre eine gute Entschuldigung fürs Saufen gewesen, oder? Aber nichts da. Ich war immer kerngesund. Ich hab's ja noch nicht einmal geschafft, meine Leber kaputt zu machen, obwohl ich wahrlich mein Bestes gegeben habe.«

»Na ja, das, was mich bedrückt, ist absolut keine Entschuldigung«, sagt Mama. »Im Gegenteil.«

»Fanny«, sagt Isabella unvermittelt. »Bring die Teller her und setz dich zu uns.«

Ich tue folgsam, was sie sagt, werfe Mama einen hastigen Blick zu.

Isabella nimmt ein Himbeernest, beißt den halben Keks ab und kaut genüsslich.

»Und?«, fragt sie.

»Schulden«, sagt Mama verkrampft. »Ich habe über meine Verhältnisse gelebt … Alkohol ist teuer. Ich habe versucht, einen Teil mit Pferdewetten und Lotto zurückzugewinnen. Aber das hat es noch mehr zugespitzt.«

Sie sieht mich an. »Ich kann die Wohnung nicht abbezahlen, Fanny. Ich kriege nirgendwo mehr Kredit. Und die Abzahlungen sind so hoch, dass mein Gehalt nicht einmal dafür reicht …«

Mama steht auf, öffnet den Putzschrank und nimmt den Putzeimer und den Staubsauger heraus. Dahinter kommt eine braune Papiertüte zum Vorschein, die bis über die Hälfte mit ungeöffneten Kuverts gefüllt ist. Sie stellt sie neben den Tisch, nimmt einen Stapel Fensterumschläge heraus und lässt sie wieder in die Tüte fallen. Danach sackt sie auf ihren Stuhl.

»Rechnungen«, sagt sie. »Rechnungen und Zahlungsaufforderungen und Mahnungen. Wir müssen die Wohnung verkaufen, Fanny. Wir müssen verkaufen und trotzdem werde ich bankrott sein, und es wird nichts, rein gar nichts mehr übrig

267

sein, um dir einen guten Start ins Erwachsenenleben zu sichern. Verstehst du, Fanny? Nichts!«

Ich sehe die Verzweiflung in ihren Augen. Es ist ganz still in der Küche. Selbst Isabella ist stumm. Sie kaut nicht einmal. Mir ist klar, dass ich diejenige bin, die die Stille brechen muss. Ich kann nicht einmal sagen, dass mich das schockiert. Lieber das als eine unheilbare Krebskrankheit, so viel ist sicher.

»Du hast mich neunzehn Jahre lang durchgebracht«, sage ich. »Da hast du deinen Teil geleistet. Ich gehe mal davon aus, dass ich Studien-Bafög kriege. Und abends kann ich jobben. Das machen viele.«

Mama schluchzt, verbirgt das Gesicht hinter den Händen.

»Es tut mir so leid«, murmelt sie. »Ich bin so traurig und so schrecklich müde.«

Isabella steht auf, geht um den Tisch herum und nimmt Mama in den Arm.

»Vanja, Liebe«, sagt sie. »Das wird sich alles regeln. In diesem Land verhungert man nicht ohne weiteres. Und Fanny hat recht. Sie ist erwachsen. Die Verantwortung liegt nicht mehr bei Ihnen. Sie können ihr jetzt auf andere Weise helfen. Mütter werden immer gebraucht, wissen Sie.«

Wie ist das möglich?

Isabella platzt einfach bei uns herein und tröstet meine Mutter, die sich höchst selten bis gar nie jemandem anvertraut. Plötzlich steht sie im Zentrum aller schmerzhaften Wahrheiten wie die gute Großmutter, ein natürlicher Fels in der Brandung für uns Schiffbrüchige, an dem wir uns festhalten können.

Am Montag werde ich Mama in die Suchtklinik begleiten. Ich will mit Anna Vidberg sprechen. Um zu begreifen, wie die Dinge zusammenhängen.

Bei unserem Gespräch mit Anna erzählt Mama, wie alles passiert ist. In der Apotheke hatte sie behauptet, sie wolle eine Woche verreisen, worauf man ihr zwei Antabus-Tabletten mitgegeben hatte, die sie in eigener Verantwortung nehmen sollte. Was sie dann nicht getan hat.

»Aber die Reaktion war trotzdem heftig, nachdem ich was getrunken hatte«, sagt sie. »Mein Herz hat so wild gehämmert, dass ich dachte, ich müsste sterben.«

»Und sie hatte einen knallroten Kopf, als ich nach Hause kam«, sage ich zu Anna. »Lag das auch an den Medikamenten? So habe ich sie noch nie erlebt.«

Anna nickt. »Ja, mit Sicherheit. Starke Hautrötungen und Herz-Kreislauf-Störungen sind typische Symptome. Jetzt wissen Sie, wie es sich anfühlt, mit Antabus im Körper zu trinken.«

»Schrecklich«, sagt Mama. »Ich hätte nicht gedacht, dass es so heftig sein würde, nachdem ich fünf Tage nichts genommen hatte.«

»Die Wirkung kann bis zu fünf Wochen anhalten, obgleich es natürlich viel schlimmer ausgefallen wäre, wenn Sie das Mittel regelmäßig eingenommen hätten. Aber jetzt belassen wir es dabei und gucken nach vorne. Fast alle haben einen oder mehrere Rückfälle, Vanja. Das ist ganz normal.«

Mama schüttelt den Kopf. »Es wird keinen weiteren geben. Ich habe Fannys Geduld schon über alle Maßen strapaziert … Ich muss es schaffen.«

»Gut«, sagt Anna ruhig. »Das werden Sie auch. Fangen Sie am besten damit an, Ihr Antabus in nächster Zeit regelmäßig zu nehmen. Ihretwegen.«

Ich sehe sie über den runden Tisch hinweg an. Annas Hände

machen kleine, ruhige Gesten, wenn sie spricht. Und wieder
einmal stellt sie das Unbegreifliche als etwas ganz Gewöhnli-
ches dar.

»Und was kann ich tun?«, frage ich. »Ich habe keinen Bock,
die Polizei zu spielen und sie zu überwachen und nach Flaschen
zu suchen.«

»Das wird auch gar nicht von Ihnen verlangt. Sie müssen
Vanja nur vertrauen. Geben Sie ihr eine Chance. Und noch
eine, wenn es nötig ist. Mehr können Sie nicht tun, Fanny. Sie
können nicht die Mutter Ihrer Mutter sein, davon hat keiner
was. Vanja wird das bestens hinkriegen, und wenn Sie in dieser
Zeit für sie da sind, tun Sie sehr viel für sie.«

Ich sehe Mama an und sie mich.

»Ich kann es gut verstehen, wenn dir das zu viel ist«, sagt sie.
»Ich kann es so gut verstehen, Fanny. Ich bin mir ja selbst zu
viel.«

»Kannst du mir nicht wenigstens versprechen, mit mir zu
reden?«, sage ich. »Wenn alles zu viel wird, wenn du das Gefühl hast, unbedingt was trinken zu müssen, weil du es sonst
nicht erträgst. Kannst du das nicht einfach sagen? Damit ich
mir nicht die ganze Zeit Sorgen machen muss?«

Sie nickt. »Ich will es versuchen.«

»Gut.«

Anna lächelt uns an. »Ihr zwei seid stark und mutig. Das
wird schon werden.«

»Kannst du mir im Gegenzug auch was versprechen?«, fragt
Mama mich.

»Was?«

Sie holt tief Luft. »Dass du erwachsen genug bist, das Schiff
zu verlassen, wenn es sinkt. Dass du rechtzeitig aussteigst und

dein eigenes Leben lebst, wenn ich zu einer Belastung werde …
einer noch größeren Belastung als jetzt schon.«

»Das wird nicht passieren.«

»Aber wenn.«

Ich nicke. »Okay. Ich werde es versuchen.«

Es fällt mir schwer, dieses Versprechen zu geben, aber ich
verstehe, dass sie es braucht. Sie will das Gefühl haben, mich
nicht mit in den Abgrund zu ziehen. Ihre Verantwortung für
mich ist nicht nur ein Ansporn, sondern auch ein Mühlstein
um ihren Hals.

DER RESTLICHE SOMMER IST ZIEMLICH SCHÖN, obwohl das Wetter grau und kühl bleibt. Mama und ich unternehmen viel zusammen, lauter Dinge, die nichts kosten. Wir machen Spaziergänge, Schaufensterbummel oder sitzen zu Hause und unterhalten uns. In diesen Wochen erfahre ich mehr als in all den Jahren vorher, über Mama und Papa und ihre gemeinsame Zeit, wie es war, mit mir alleine zurückzubleiben und sich mit einem Teilzeitjob bei Hemköp über Wasser zu halten. Man kann fast sagen, dass ich sie in dieser Zeit richtig kennen lerne, nicht nur als meine Mutter, sondern auch als Vanja, als Menschen, als Freundin und Vertraute. Im Gegenzug erzähle ich ihr auch einiges über mich, wie das mit Johan und Finn war und so weiter.

Zusammen bringen wir die Wohnung auf Vordermann und haben schon Interessenten am Hals, ehe wir selbst eine Alternative gefunden haben. Mama spricht bei ihrer Bank vor, und dank der Tatsache, dass sie nach dem Verkauf der Wohnung den größten Teil der Schulden abbezahlen kann und dass sie einen sicheren Vollzeitjob im Supermarkt hat, bekommt sie einen Kredit bewilligt, mit dem sie die anderen, sehr viel teureren Kredite tilgen kann. Das, was vorher so hoffnungslos aussah, erweist sich im Nachhinein als durchaus lösbar. Viel Bewegungsfreiraum bleibt uns nicht, aber zumindest sieht es so aus, als ob wir den Bankrott abwenden könnten.

Isabella lässt ab und zu von sich hören. Sie kommt mir immer mehr wie eine Großmutter vor. Einmal lädt sie uns zu

Himbeernestern und Tee zu sich ein und wir verbringen einen richtig netten Nachmittag zusammen. Mama mag sie auch. Vielleicht genießt sie es, sich in ihrer Gesellschaft nicht verstellen zu müssen. Isabella weiß Bescheid und das ist okay. Sie können sogar Witze über die Trinkerei machen. Aber über diese Art von schwarzem Humor kann ich nur schwer lachen.

Ende Juli ruft Alexandra an und teilt mir mit, dass sie eine Familie in Madrid gefunden hat, die ein Au-pair sucht. Zwei kleine Kinder und eine große Wohnung mitten in der Stadt. Und Alexandra kriegt ein eigenes Zimmer mit eigenem Bad.

»Bist du jetzt sauer auf mich?«, fragt sie besorgt.

»Sauer?«, sage ich verdutzt. »Spinn nicht rum. Wieso denn? Das hast du dir doch die ganze Zeit gewünscht. Aber ich werde sauer, wenn du mir nicht mailst.«

»Da kannst du Gift drauf nehmen, dass ich dir maile. Du wirst dich vor Mails nicht zu retten wissen. Kommst du mich dort besuchen?«

»Vielleicht.«

Ein ganzes Jahr ohne Alexandra. Seit der sechsten Klasse sind wir nie länger als ein paar Wochen in den Sommerferien getrennt gewesen. Der Gedanke tut ein bisschen weh, aber ich weiß, dass wir uns haben, nur mit ein wenig mehr Abstand dazwischen.

»Das wird traurig, ohne dich mit dem Studium anzufangen«, sage ich.

»Ich komme ja wieder und hole dich locker ein.«

»Ha! Das will ich sehen.«

Ein paar Sekunden herrscht Schweigen in der Leitung.

»Wann geht's los?«, frage ich schließlich.

»Am siebten. In neun Tagen. Billigflug. Die Familie verbringt den Sommer in ihrem Haus am Meer, ich soll mich dort schon mal einarbeiten … Nicht übel, was?«

»Was sagt Ali?«

»Ach … Er redet die ganze Zeit davon, sich einen Job in Madrid zu suchen und nachzukommen. Den werde ich wahrscheinlich so schnell nicht mehr los. Kommst du morgen mit in die Stadt? Ich muss noch ein paar Klamotten kaufen.«

»Klar. Natürlich komm ich mit.«

Wir sehen uns nicht nur am nächsten Tag, sondern jeden Tag bis zu ihrer Abreise. Wir haben ausgiebige Kaffeetreffs im Miranda, gehen in die Stadt, hören Musik, liegen nebeneinander auf meinem Bett und lösen die großen Rätsel des Lebens. Und am siebten August bringe ich sie zum Flughafen. Ali ist auch dabei, worüber Alexandra etwas sauer ist, auch wenn sie versucht, es sich nicht anmerken zu lassen. Als wir in der Schlange vorm Check-in stehen, nimmt sie ihre dünne Goldkette ab, die sie immer trägt, und hängt sie mir um.

»Das kann ich nicht annehmen«, sage ich. »Die gehört zu dir.«

»Jetzt nicht mehr«, sagt sie. »Ab jetzt gehört sie zu dir. Wenn du sie trägst, sind wir zusammen. *Friends forever* und so weiter.«

Ich sehe sie an. Ihr Haar hat eine neue Dosis Tulpenfarbe bekommen und ist schwarzvioletter als je zuvor. Ihre dunkelblauen Augen sind traurig und erwartungsvoll zugleich.

»Ich werde dich unendlich schrecklich vermissen«, sage ich.

»Ich dich auch«, sagt Ali, der schräg hinter mir steht. »Aber ich komme ja bald nach.«

Alexandra drückt mich ganz fest.

»Ich werde dich auch vermissen«, flüstert sie. »Sehr.«

Jetzt ist sie dran mit dem Einchecken. Sie gibt der blau gekleideten Frau hinter dem Tresen den Pass und das Ticket. Danach begleiten wir sie, so weit wir mitdürfen, und sehen sie weinend und lachend und winkend durch die Sicherheitskontrolle gehen.

»Ich schreibe dir!«, ruft sie. »Heute Abend!«

Ich nicke und winke zurück, und irgendwie bin ich froh, dass Ali neben mir steht und auch winkt und ein bisschen schnieft, weil ich sonst wahrscheinlich hemmungslos in Tränen ausgebrochen wäre.

Im Bus nach Hause sitzen wir pflichtschuldig nebeneinander, haben uns aber eigentlich nichts zu sagen. Meine Alexandra ist nicht seine Alexandra und seine nicht meine.

Ich trete meine dritte und längste Vertretungsphase bei Hemköp an und bewege mich mehr oder weniger nur zwischen dem Supermarkt und zu Hause hin und her. An den Wochenenden denke ich, dass ich telefonieren und mich vielleicht mit jemandem treffen sollte, aber irgendwie ergibt es sich nie. Erst an einem Samstag gegen Ende des Monats raffe ich mich auf, ins Miranda zu gehen.

Es ist ziemlich spät am Nachmittag und das Café ist höchstens halb voll. Ich hole mir eine Tasse Kaffee und eine Zimtschnecke und gucke, wo noch ein Platz frei ist, als ich Sanna entdecke, die allein an einem Tisch sitzt, mit einer Latte und einer Zeitung.

Einen Augenblick stehe ich zögernd da, aber dann gehe ich zu ihr. Ich habe sie seit Juni nicht mehr gesehen, nur von Alexandra erfahren, dass sie sie ein paar Mal mit Johan in der Stadt gesehen hat. Aber das ist auch schon wieder eine Weile her.

»Hallo«, sage ich. »Bist du alleine hier?«

Sanna blickt von ihrer Zeitung hoch und betrachtet mich ein paar Sekunden lang verdutzt.

»Ja, irgendwie sind alle weg«, sagt sie. »Elli ist in Griechenland und Mia und Julia machen eine Interrailtour.«

»Ich weiß, wie das ist«, sage ich. »Alex ist für ein Jahr in Spanien. Darf ich mich setzen?«

Sie nickt. »Klar …«

»Arbeitest du wieder im Napoli?«

»Ja, obwohl mir das allmählich ziemlich auf den Senkel geht. Ich freu mich, wenn's endlich mit dem Studieren losgeht.«

Ich stimme ihr zu. Und dann schneide ich das Thema an, das wie eine Eiterbeule in der Luft zwischen uns hängt.

»Und Johan? Wie läuft es mit ihm?«

Sie sieht mich unsicher an. Dann zuckt sie mit den Schultern. »Keine Ahnung, wir sind nicht mehr zusammen.«

»Ah so?«

»Das war nichts. Ich glaube, er hat die ganze Zeit an dich gedacht.«

Ich schnaufe. »Das hätte er sich auch etwas eher einfallen lassen können.«

»Ja, klar, hätte er. Jedenfalls glaube ich, dass es das war, wieso nie richtig was draus werden konnte … du weißt schon … zwischen uns. Kann sein, dass ich auch an dich gedacht habe. Ich hab mich ganz schön schäbig gefühlt.«

Ich sehe sie an. Die solariumgebräunte Haut und die fülligen, Lipgloss-glänzenden Lippen, die großen, braunen Augen und der schwarz glänzende Pagenschnitt.

»Wer weiß, wozu es gut ist«, sage ich. »Das war meine Chance, zu erkennen, dass Mister Perfect nicht ganz so perfekt

276

ist. Ich war ja schon auf dem besten Weg, mit ihm zusammen-zuziehen.«

»Ihr wärt bestimmt total glücklich zusammen geworden.«

Ich schüttle den Kopf. »Das glaube ich nicht. Aber da habe ich es geglaubt. Was machst du eigentlich heute Abend? Hast du Lust, ins Kino zu gehen?«

»Gerne. Du darfst entscheiden.«

»Dann treffen wir uns um halb sieben vorm Kinopalast und gucken, was läuft. Ich fahr nur noch kurz zu Hause vorbei und esse was.«

Sanna lacht. »Okay.«

Sanna und ich verbringen einen richtig lustigen Abend zu-sammen. Und danach noch mehrere. An einem dieser Abende, ein Freitag so gegen zehn Uhr, treffen wir Johan in der Stadt. Er guckt ziemlich dämlich, als wir ihn grüßen, was uns prächtig amüsiert.

Mitte September springt mir eine Anzeige im Lokalblatt ins Auge. Eine kleine Einzimmerwohnung in Haga. Das liegt etwas außerhalb, dafür ist die Miete erschwinglich.

Unsere Wohnung ist verkauft und Mama hat eine kleine Zweizimmerwohnung in der Parallelstraße gemietet, nur einen Block entfernt. Ich war eigentlich fest entschlossen, mit ihr dorthin zu ziehen, aber als ich die Anzeige sehe, ist mir klar, was ich will. Ich nehme die Zeitung mit ans Telefon und wähle die Nummer.

Eine Viertelstunde später habe ich für den gleichen Nach-mittag eine Verabredung mit dem Vermieter zur Wohnungsbe-sichtigung. Was eigentlich überflüssig ist. Ich habe mich schon entschieden. Dass die Wohnung sich als luftig und gemütlich erweist und mir viel größer vorkommt als die angegebenen 32 Quadratmeter, bestärkt mich nur zusätzlich.

Jetzt muss ich nur noch Mama gestehen, was ich getan habe. Ich nehme meinen ganzen Mut zusammen und erzähle es ihr noch am gleichen Abend.

Sie sieht mich lange an. Dann lacht sie und blinzelt ein paar schnelle Tränen weg.

»Wie schön«, sagt sie. »Das freut mich riesig, Fanny!«

Ich nehme sie in den Arm.

»Versprich mir, mich ganz oft zu besuchen«, sage ich.

Mama lacht. »Pass auf, dass ich dich nicht beim Wort nehme!«

Ich fühle mich unendlich erleichtert.

»Damit kannst du mir keine Angst machen. Aber ich brauche ein paar Sachen. Die Gardinen, die ich aufgehängt habe, als du im Krankenhaus warst, in der Küche … Meinst du, die könnte ich haben?«

»Aber natürlich. Nimm alles, was du brauchst.«

Meine erste eigene Wohnung. Ein Platz nur für mich. Und für die, die ich gerne um mich habe.

In einem verborgenen Winkel meines Gehirns setzt sich eine Sehnsucht in Bewegung und ein vorsichtiger Gedanke guckt um die Ecke. Vielleicht werde ich ja irgendwann Finn anrufen. Und ihn fragen, ob er Lust hätte, auf einen Kaffee vorbeizukommen. Sicher, eine idiotische Idee. Aber trotzdem. Bloß, weil man zu Hause auszieht, muss man ja in Zukunft nicht immer erwachsen und klug sein?

Oder?

Katarina von Bredow

Katarina von Bredow, geboren 1967, lebt als freie
Autorin in Småland in Schweden. Sie studierte Kunst
und arbeitete einige Jahre als Fotografin. Ihr großes
Debüt feierte sie als 23-jährige mit *Ludvig meine
Liebe*. Bei Beltz & Gelberg erschienen von ihr unter
anderem die Romane *Kaum erlaubt, Kratzspuren,
Verliebt um drei Ecken, Kribbeln unter der Haut* und
Wie ich es will.
Mehr zu Katarina von Bredow und ihren Büchern
unter: www.katarinavonbredow.de

Katarina von Bredow
Wie ich es will
Aus dem Schwedischen von Maike Dörries
Roman, 272 Seiten (ab 14), Klappenbroschur 81048

Jessica ist so verliebt und kann es kaum glauben, dass Arvid auch auf die Fete kommt. »It's your night tonight, Baby«, sagt ihre Freundin. Es wird eine Nacht, die ihr Leben verändert: Jessica ist schwanger. Lange Zeit trägt sie das Wissen allein mit sich herum, bis sie die Entscheidung, ob sie das Kind abtreiben lässt oder ob sie es bekommt, nicht mehr länger hinauszögern kann… Es gibt immer zwei Möglichkeiten, aber in jedem Fall ist es Jessicas Entscheidung. Denn es ist ihr Leben.

Katarina von Bredow
Ludvig meine Liebe
Aus dem Schwedischen von Maike Dörries
Roman, 216 Seiten (ab 14), Gulliver TB 78881

»Darf einem so warm und schwach im ganzen Körper werden, wenn man seinen eigenen Bruder ansieht? Darf das passieren, auch wenn er der hübscheste und netteste Junge im ganzen Universum ist?« Trotz dieser Zweifel kann Amanda ihre Gefühle nicht verbergen, und Ludvig ist in Amanda verliebt. Die Spannung zwischen den Geschwistern wird immer stärker – bis sie ihrem Verlangen nachgeben.

www.gulliver-welten.de
Beltz & Gelberg, Postfach 10 01 54, 69441 Weinheim

Katarina von Bredow
Kribbeln unter der Haut
Aus dem Schwedischen von Maike Dörries
Roman, 352 Seiten (ab 14), Gulliver TB 74040

Die Liebe ist ein großes Kribbeln, sie kann aber auch zu einem beträchtlichen Gefühlschaos führen. Wie bei Natalie, die mit ihrer Mutter aufs Land zieht. Das neue Leben beginnt verheißungsvoll, als Natalie den süßen Jerker kennen lernt. Doch Natalie ist auch verwirrt: Sind sie nun zusammen oder nicht? Und soll das die Liebe sein?

Katarina von Bredow
Verliebt um drei Ecken
Aus dem Schwedischen von Maike Dörries
Roman, 360 Seiten (ab 14), Gulliver TB 74008

Adam, der Neue in der Klasse, hat Augen zum Eintauchen. Wenn er Katrin ansieht, werden ihre Knie weich. Aber verlieben ist undenkbar, denn Frida, ihre allerbeste Freundin, hat ein Auge auf Adam geworfen. Und Frida ist das tollste Mädchen, das Katrin kennt. Doch was soll sie tun, wenn Adam immer wieder ihre Nähe sucht?

www.gulliver-welten.de
Beltz & Gelberg, Postfach 10 01 54, 69441 Weinheim

Beate Dölling
Hör auf zu trommeln, Herz
Roman, 256 Seiten (ab 14), Gulliver TB 78963

Katharina ist Arzthelferin und in ihrem Leben soll endlich die Sonne aufgehen. Immerhin ist samstags Party im »Schlachthof« ... und sie ist mit Ingo zusammen. Aber ihr Herz gehört einem anderen: Armand, einem französischen Bandgitarristen, der in Amsterdam lebt. Er schreibt ihr innige Briefe, aber das reicht Katharina nicht. Mitnehmen soll er sie, in sein aufregendes Leben!

Dagmar Chidolue
Lady Punk
Roman, 176 Seiten (ab 14), Gulliver TB 78711
Deutscher Jugendliteraturpreis

Terry ist fünfzehn und sieht aus wie siebzehndreiviertel. Sie ist ein Biest und ganz schön verrückt, crazy. Terry hat alles, was man mit Geld kaufen kann. – In diesem Sommer will sie wissen, was es mit der Liebe auf sich hat. Sie hat sich viel vorgenommen, zum Beispiel, C.W. Burger aufzuspüren, der ihr Vater ist. Doch dann kommt einer dieser Tage, an denen es unendlich schön und unendlich schrecklich sein kann.

www.gulliver-welten.de
Beltz & Gelberg, Postfach 10 01 54, 69441 Weinheim

Kristina Dunker
Anna Eisblume
Roman, 112 Seiten (ab 13), Gulliver TB 78869

Anna Eisblume ist cool. Deshalb bewundern sie ihre Mitschüler – und meiden sie gleichzeitig. »Anna ist eine arrogante Lügnerin«, sagt Valerie. Anna rächt sich grausam und manövriert sich so noch weiter ins Aus. Aber egal, schließlich ist sie auf Freunde nicht angewiesen. Erst als eine Gruppe Neonazis anfängt, sie und ihren Vater zu belästigen, zeigt sich, dass Anna längst nicht so cool ist, wie sie tut ...

Kristina Dunker
Schmerzverliebt
Roman, 216 Seiten (ab 12), Gulliver TB 78676

Pias Leben scheint perfekt. Doch sie hat ein quälendes Geheimnis: Wenn sie unglücklich ist, verletzt sie sich mit einer Rasierklinge selbst, um den seelischen Schmerz über den Körper loszuwerden. Pia ist verzweifelt, allein findet sie keinen Ausweg aus dieser Sucht. Doch da ist Sebastian ... Ein Roman über die Liebe und den schmerzhaften Weg zu sich selbst.

www.gulliver-welten.de
Beltz & Gelberg, Postfach 10 01 54, 69441 Weinheim

Holly-Jane Rahlens
Wie man richtig küsst
Aus dem Amerikanischen von Sabine Ludwig
Roman, 304 Seiten (ab 13), Gulliver TB 74047

Renée, 15, genannt Rebella, befindet sich mitten in der »Hölle der Hormone«. Und nun muss sie ihre Mutter auf einer Lesereise begleiten. Wie soll sie drei Wochen ohne ihren Könnte-was-werden-Freund Philipp überstehen? Einen dicken Sex-Ratgeber im Gepäck, aufwühlende Tagträume im Kopf und einen tiefen Schmerz im Herz, erlebt Rebella einen stürmischen Sommer.

Christiane Thiel
Das Jahr, in dem ich 13 1/2 war
Roman, 192 Seiten (ab 12), Gulliver TB 74035
Peter-Härtling-Preis der Stadt Weinheim

Neue Schwester, neuer Vater, neue Gedanken – fast ein bisschen viel für die 13-jährige Tine. Aber nun ist Maria da, eben erst zur Welt gekommen, und Carsten, der neue Mann der Mutter, zieht zu ihnen. Er will Maria taufen lassen – ein exotischer Gedanke für die Leipziger Familie. Dann spielt auch noch Tines große Schwester Mella verrückt und die beste Freundin hat ein Verhältnis mit dem Sportlehrer. Wie soll Tine da noch durchblicken?

www.gulliver-welten.de
Beltz & Gelberg, Postfach 10 01 54, 69441 Weinheim